2049

Ce que le climat va faire à l'Europe

Nathanaël Wallenhorst

2049

Ce que le climat va faire à l'Europe

Éditions du Seuil
57, rue Gaston-Tessier, Paris XIXe

ISBN 978-2-02-158446-2

www.seuil.com

À Noémi, Mathis et Anna

« La Terre est la quintessence même de la condition humaine, et la nature terrestre, pour autant que l'on sache, pourrait bien être la seule de l'univers à procurer aux humains un habitat où ils puissent se mouvoir et respirer sans effort et sans artifice[1]. »

Hannah Arendt

« Notre plus grande responsabilité est d'être de bons ancêtres[2]. »

Jonas Salk

Sommaire

Introduction

2049 comme une image

Je conçois *2049* non comme une date, mais comme une image. Celle d'un monde à venir, avec des sociétés humaines explosées par les ruptures que nous créons sur la Terre. C'est une image difficile à voir. Elle résulte de la familiarisation avec des milliers d'articles académiques, de tous champs disciplinaires, accumulés depuis plus de dix ans.

2049, c'est un futur dystopique. C'est un réel en train de se faire, appréhendé à partir d'un faisceau d'analyses scientifiques. Pour cela il est nécessaire de maîtriser une boîte à outils, constituée de savoirs biogéophysiques, d'éléments techniques comme des controverses scientifiques en cours. Cette boîte à outils, c'est la compréhension de ce que j'appelle dans cet ouvrage le système Terre, entendu comme la résultante de trois ensembles : le climat, les écosystèmes de la biosphère et nos sociétés.

Les sciences du système Terre sont une forme de fédération disciplinaire qui étudie notre planète comme un système dynamique et complexe, un système interconnecté et sensible aux perturbations globales. Ses racines remontent à certaines des idées du XVIIIe siècle, comme celles du géologue écossais James Hutton sur la « théorie de la Terre », et aux travaux du biogéochimiste russo-ukrainien Vladimir Vernadski sur la biosphère au début du XXe siècle. Ensuite c'est dans la seconde moitié du XXe siècle que les sciences du système Terre ont émergé formellement, notamment grâce à des initiatives scientifiques comme l'Année géophysique internationale (1957-1958), événement préparé au cours de la décennie précédente, qui regroupe 67 États lors d'une période d'intense activité solaire et a permis de faire avancer la compréhension de la planète bleue comme système complexe. Les évolutions technologiques, et notamment l'avènement de l'informatique, ont ensuite permis de développer des modèles numériques capables de simuler les interactions entre les différentes dimensions de la Terre (les « sphères » : biosphère, atmosphère, cryosphère, hydrosphère, lithosphère, etc.)[1].

Le concept d'Anthropocène, proposition de nouvelle époque géologique marquée par une transformation des conditions d'habitabilité de notre planète, introduit par les sciences du système Terre, a été une étape importante dans la formalisation de cette émergence disciplinaire, qui est alors venue interagir avec les sciences géologiques. Elles ont également été profondément marquées par la conceptualisation des *tipping points*, ou points de bascule, dans des sous-systèmes, comme la calotte glaciaire du Groenland ou l'Amazonie, où des perturbations peuvent entraîner des changements irréversibles.

J'utilise toutes ces données dans cet ouvrage, mais avec l'ambition de ne traiter que de nos sociétés. Le désastre écologique ne sera pas abordé au travers d'un autre objet que nous-mêmes. Quelles seront les conditions d'habitabilité de *2049* ? C'est l'unique question qui m'anime ici.

Dans le monde de la recherche, le savoir s'organise en silo, où chacun approfondit une expertise sans l'articuler aux autres données scientifiques. Cette compartimentation du savoir constitue une entrave pour les chercheurs à disposer d'une vision panoramique, pourtant essentielle dans la compréhension de la trajectoire des sociétés humaines.

Au contraire, travailler sur les conditions d'existence suppose une articulation singulière des données scientifiques sans être cantonné à un champ disciplinaire. Cela implique, par exemple, d'appréhender l'Anthropocène à partir des savoirs géologiques et de leurs fondements stratigraphiques, sans oublier les savoirs systémiques, ni ceux des sciences humaines et sociales.

De la même façon, il s'agit de comprendre le fonctionnement des circulations atmosphériques et océaniques tout en s'appuyant sur les savoirs glaciologiques pour saisir la façon dont les glaces ont partie liée avec les océans et l'atmosphère, en intégrant une analyse du capitalisme globalisé pour qui les démocraties sont la dernière limite à faire tomber[2].

C'est cette vision singulière du monde, procédant de la compréhension de la matière, que je veux partager ici. Les conditions qui permettent l'existence humaine vivent de profonds bouleversements. Une dynamique non linéaire reliant les causes à leurs effets est en train de changer toute notre compréhension de la Terre et notre manière d'habiter le monde : la mort, soigneusement mise à distance dans nos sociétés occidentales, fait son grand retour ; la pénurie et les famines que nous avons réussi à évincer se frayent une place de choix dans nos vies. Mais c'est aussi au dépeuplement de la Terre que nous devons faire face, à l'expérience systématique de la contamination de nos propres corps, au surgissement permanent de l'imprévisible, aux migrations et aux guerres.

Au cœur des conditions qui permettent nos existences apparaît progressivement le chaos. Fondamentalement, c'est la désaffiliation et l'esseulement qui nous guettent : comment être ensemble, nous soutenir et nous aimer, dans un environnement où tout nous serait devenu hostile ? C'est à ces questions, aussi, que tentera de répondre cet ouvrage sur nos nouvelles conditions d'habiter *2049*. Dans le premier chapitre, je partage la méthode me permettant d'anticiper les conséquences concrètes du dérèglement climatique dans les décennies à venir. Dans les chapitres suivants, je décris ces projections.

1

La non-linéarité

Blanchiment puis disparition massive de récifs coralliens, sécheresses dans la forêt amazonienne, dégel de vastes régions de permafrost en Sibérie, recul irréversible d'une partie de la calotte glaciaire de l'Antarctique occidental, perte de la glace de mer arctique… Avec +1,2 °C de réchauffement climatique global, certaines transformations extraordinaires sont déjà en train de voir le jour. Loin d'être anodins, ces bouleversements sont autant de points de basculement du système Terre, le moment où s'engage un processus dont les conséquences sont non proportionnelles avec ce qui les a déclenchées.

Une menace pour la stabilité de nos sociétés

Prenons un exemple. Lorsque nous soufflons dans un ballon de baudruche, son volume augmente de façon proportionnelle au flux d'air que nous injectons… jusqu'à ce qu'un petit centimètre cube supplémentaire le fasse exploser et le déchiquette. L'effet est non proportionnel ou non linéaire avec la cause. Le moment où le ballon explose est ce qu'on appelle un *tipping point*, en anglais, ou point de basculement. Le passage de l'état où le ballon réagit proportionnellement à nos stimuli à un autre état, explosé et qui ne peut plus contenir le moindre centimètre cube d'air, est brusque et irréversible. Aucun retour en arrière ne sera jamais possible.

C'est à ce type de processus que répond la Terre. Ces logiques non linéaires ou non proportionnelles sont un type de corrélation qui ne nous est pas familier : elles sont propres aux systèmes complexes, qui sont, par essence, bourrés d'incertitudes et très difficiles à modéliser. Notre cerveau, le corps humain, un écosystème, nos systèmes économiques et sociaux sont des systèmes complexes. Ils sont caractérisés par les interactions entre leurs nombreuses composantes, et le comportement de l'ensemble ne se réduit pas à la simple addition des éléments individuels. Par différenciation, un système simple n'a que des interactions linéaires, comme un pendule qui suit les lois de la mécanique dont on peut déduire facilement le comportement global à partir de la somme des actions de ses parties. Contrairement au système complexe, le système simple est facilement prédictible. La Terre est un système complexe, qu'on appelle… le système Terre. Dans ce type de structure, un même stimulus ne donne jamais exactement la même réponse. Un peu comme quand la bille commence à dévaler la pente d'un flipper. On ne peut pas savoir exactement de quel côté elle va tomber. Cela étant dit, l'incertitude n'est pas complète, car elle est située dans un spectre : on sait d'emblée que la bille ne va ni remonter, ni sortir du flipper.

Que se passe-t-il après un *tipping point* ? Il y a une redoutable inversion entre ce qui est normal et ce qui est exceptionnel. Ce qui est un « événement exceptionnel » aujourd'hui, comme une vague de chaleur à plus de 40 °C durant quelques jours en France réduisant les rendements agricoles de 30 %, devient une « normalité » demain. Et la normalité du quotidien d'aujourd'hui, comme un climat stable et prévisible permettant de maîtriser les écosystèmes, de dégager des excédents agricoles nous permettant d'aller faire nos courses après être allés chercher nos enfants à l'école ou faire du sport, n'existe plus demain.

Timothy Lenton, fondateur du Global Systems Institute à l'université d'Exeter, un chercheur britannique spécialisé dans la compréhension du système Terre qui compte parmi les scientifiques dont les travaux sont les plus cités au monde, ne mâche pas ses mots : « Les points de basculement néfastes dans le monde naturel constituent l'une des menaces les plus graves auxquelles l'humanité est confrontée. Leur déclenchement endommagera gravement les systèmes de survie de notre planète et menacera la stabilité de nos sociétés[1]. »

Dans la mécanique des points de basculement, les dommages postérieurs à leur franchissement sont sans commune mesure avec les impacts qui les ont causés. Ils s'accompagnent aussi d'effets en cascade sur nos systèmes sociaux et économiques – jusqu'à pouvoir dépasser les capacités d'adaptation des nations. « Les points de basculement négatifs montrent que la menace posée par la crise climatique et écologique est bien plus grave que ce que l'on croit généralement et qu'elle est d'une ampleur inédite pour l'humanité[2]. »

Et nos systèmes de gouvernance ne sont pas adaptés à cette menace existentielle qui pèse sur l'humanité : « Le monde est sur une trajectoire désastreuse. Le franchissement d'un point de basculement néfaste pourrait en déclencher d'autres, provoquant un effet domino de changements accélérés et ingérables dans nos systèmes de survie[3]. » C'est la raison pour laquelle l'approche actuellement privilégiée par nombre de décideurs encourageant un changement linéaire et progressif n'est plus envisageable. L'existence de *tipping points* met nécessairement fin au *business as usual*[4].

Les articles scientifiques : seule médiation permettant d'être dans le réel

Nous avons été éduqués à appréhender le monde de manière linéaire. Nous avons appris à nous le représenter comme une immense machine que nous pouvons transformer à notre guise. Or il ne se comporte pas de façon linéaire. Alors que nous rêvons de changements progressifs, la matérialité biogéophysique nous indique tout autre chose : des bouleversements brusques, parfois inattendus et souvent irréversibles.

Un des éléments clés de la réussite mondiale de l'humanité réside dans notre compréhension des points de basculement. C'est la méthode que nous allons utiliser tout au long de ce livre : traquer au sein de la littérature scientifique les *tipping points* climatiques et écosystémiques pour comprendre ce qu'ils peuvent faire à nos sociétés. Les savoirs scientifiques sont la seule médiation nous permettant d'être en prise avec le réel. Or, ces savoirs, parce qu'ils concernent le système complexe par excellence, sont organisés autour d'un paradigme non linéaire ou non proportionnel.

Un exemple : le climat européen est plutôt doux et humide. Il ne fait ni trop froid, ni trop chaud, ni trop humide, ni trop sec. Cela est dû à une grande circulation atmosphérique et océanique qui brasse l'océan Atlantique, qu'on appelle l'AMOC (Atlantic Meridional Overturning Circulation), et qui arrive sur le continent. Ce dernier agit comme un immense ventilateur offshore qui régule la température de l'hémisphère Nord et apporte de la chaleur et de l'humidité sur l'Europe. Mais il faut se rendre à l'évidence : le réchauffement climatique détraque le ventilo et un effondrement de l'AMOC fait partie des scénarios possibles. Cela générerait un refroidissement de la moyenne des températures de l'hémisphère Nord et un assèchement du climat européen entraînant une perte de la moitié de la superficie mondiale aujourd'hui destinée à la culture du blé et du maïs. C'est ce qu'ont écrit 44 scientifiques dans une lettre ouverte fin octobre 2024 à destination des dirigeants du Conseil nordique des ministres[5].

Les *tipping points* : une notion scientifique pour transmettre une inquiétude

La première personne à avoir mobilisé le terme de *tipping point* est l'ingénieur spécialisé dans les instruments de mesure, et notamment dans le secteur de l'hydraulique, John C. Hoadley, dans un article de chimie publié en 1884 qui portait sur un compteur d'eau[6] pour décrire un changement qualitatif dans un système. *Tipping* est mobilisé ici dans le sens d'un mécanisme qui bascule lorsqu'un certain seuil de fonctionnement est atteint. On trouve également des éléments importants pour comprendre la mécanique des *tipping points* dans un article du mathématicien français Henri Poincaré publié à la même époque, en 1885, sur les formes d'équilibre et de bifurcation dans un système. Cet article écrit en français mentionne l'expression « forme de bifurcation », véritable objet de l'article[7], dont une traduction en anglais pourrait être relativement proche de *tipping point*.

Aujourd'hui encore la théorie de la bifurcation est mobilisée en mathématiques et en physique dans l'analyse des systèmes complexes[8]. De fait, les travaux de Poincaré ont eu une grande influence dans le développement des sciences modernes[9] : les mathématiciens et physiciens se sont intéressés au début du XXe siècle à la façon dont des transitions soudaines pouvaient advenir dans des systèmes dynamiques. Cela a donné lieu dans les années 1970 à la *catastrophe theory* selon laquelle des petits changements dans les conditions initiales peuvent entraîner des transitions abruptes dans le comportement d'un système[10] ou à des modélisations de bifurcations non linéaires au sein de la *chaos theory*, où un système peut passer d'un état stable à un autre de manière abrupte lorsqu'un paramètre critique est dépassé[11].

En parallèle de ces complexités théoriques, un *tipping point* est progressivement appréhendé dans une perspective physique pour faire référence à l'ajout d'un petit poids supplémentaire sur un objet en équilibre entraînant son renversement (de façon soudaine et complète). Exemple : alors que vous êtes tranquillement installé dans votre kayak, un ami s'amuse à chahuter votre embarcation jusqu'à ce qu'il donne la petite pichenette de trop. Votre kayak est alors renversé et vous êtes à l'eau. Le système « eau-kayak-kayakiste » est passé d'un premier état stable à un nouvel état stable.

C'est l'acception qu'en a donnée le politiste états-unien Morton M. Grodzins, qui étudiait les quartiers urbains aux États-Unis pour décrire le phénomène de départ des familles blanches d'un quartier lorsque le nombre de foyers noirs devenait trop important. Tandis qu'ils restaient sur place à l'arrivée d'un nombre restreint de Noirs, les Blancs déménageaient en nombre à l'arrivée de « la famille noire de trop »[12] – franchissant alors un *tipping point*. Ensuite l'économiste états-unien Thomas Schelling s'est appuyé sur les travaux de Morton Grodzins pour démontrer le processus selon lequel un quartier avec un mélange des races peut se transformer en un quartier ségrégué. Il a modélisé les conditions de l'équilibre de ces deux états stables (races mélangées, ségrégation) et les processus de passage d'un état à un autre (avec une explicitation de la notion de *tipping point*)[13].

Les travaux de Grodzins et Schelling ont ensuite été popularisés par le journaliste états-unien Malcolm Gladwell dans un livre publié en 2000, *The Tipping Point : How Little Thing Can Make a Big Difference* (Little, Brown and Compagny) (« Le point de bascule : Comment faire une grande différence avec de petites choses »), qui a connu un grand succès pour décrire ce qui se passe lorsque, dans un système, un petit changement entraîne une grande différence. La conceptualisation de Gladwell n'est pas propre au fonctionnement du système Terre, elle porte sur les changements sociologiques de la vie quotidienne ou la transformation de certaines pratiques de consommation.

Mobilisation par les sciences du système Terre

Dans un article précurseur datant de 1961, l'océanographe états-unien Henry Stommel de l'université Harvard suggère que les océans pourraient passer d'un état stable à un autre lorsque la salinité dépasse un certain seuil, transformant alors les dynamiques de circulation océanique[14]. Plus tard, dans les années 1970, l'écologue canadien Crawford S. Holling travaille sur les perturbations des systèmes environnementaux et leurs réactions. Il mobilise le concept de résilience lorsqu'ils ont de multiples équilibres et qu'ils retrouvent leur équilibre initial après une perturbation. Réciproquement, Holling met en évidence que des changements dans les conditions externes peuvent conduire à des transitions abruptes en passant d'un état stable à un autre[15]. Ses travaux sur la non-linéarité et les seuils critiques dans les systèmes écologiques ont été très importants dans la conceptualisation future des *tipping points* en climatologie. Ils ont servi de socle pour introduire la question du risque dans la façon dont les responsables politiques appréhendent les questions climatiques.

Dans les années 1970-1980, il devient de plus en plus important que nos sociétés adoptent une nouvelle attitude face au risque climatique. C'est dans ce contexte que le politologue états-unien William C. Clark présente ses vues en 1985, lors de la célèbre « Conférence internationale sur l'évaluation du rôle du gaz carbonique et d'autres constituants radiativement actifs dans les variations climatiques et leurs incidences » (la mission du GIEC verra le jour trois ans plus tard). Clark évoque les « seuils et impacts non linéaires » : « Un deuxième domaine de la science fondamentale qui préoccupe beaucoup les membres du Congrès est la question des seuils. Ils veulent savoir si l'augmentation de la concentration de dioxyde de carbone pourrait un jour faire franchir un seuil au système naturel et confronter les décideurs politiques à une situation qui se détériore soudain si rapidement qu'elle réduit à néant les capacités d'adaptation des sociétés. Cette question domine toutes les autres portant sur la compréhension scientifique du dioxyde de carbone[16]. »

Au début des années 2000, le physicien allemand Hans Joachim Schellnhuber et son compatriote professeur de changement global Hermann Held commencent à travailler sur l'idée de *tipping point*, sans mobiliser cette terminologie mais en identifiant les points de fragilité du système Terre du point de vue de son habitabilité[17]. Après avoir été un des auteurs principaux du troisième rapport du GIEC publié en 2001, Hans Joachim Schellnhuber utilisera l'expression *tipping points* de façon informelle pour expliquer à un journaliste de la BBC les ruptures non linéaires : « ce sont, plus ou moins, des *tipping points* ». Au même moment, l'idée de changements brusques donne son titre à un rapport de 200 pages dirigé par le géologue états-unien James W. C. White pour l'académie nationale des sciences des États-Unis en 2002, *Abrupt Impacts of Climate Change : Anticipating Surprises* (« Impacts brusques du changement climatique : Anticiper les surprises »). Il écrit : « Il est temps de prendre au sérieux la menace des points de basculement, afin de mieux anticiper les surprises inévitables et de s'y préparer[18]. »

L'année suivante, le géologue états-unien Richard B. Alley et ses collègues montrent que « des changements climatiques importants, brusques et généralisés, aux conséquences majeures, se sont produits à plusieurs reprises dans le passé, lorsque le système Terre a été contraint de franchir des seuils ». S'ils ne mobilisent pas explicitement le terme « *tipping point* », c'est celui de « *bifurcation point* » qui apparaît dans cet important article publié dans *Science*, qui affirme alors qu'il « est concevable que l'action humaine sur le changement climatique augmente la probabilité d'événements importants et brusques[19] ». Dans les années 2004-2005, en plus de Hans Joachim Schellnhuber, d'autres personnalités scientifiques aux travaux fortement médiatisées comme Richard B. Alley et le climatologue états-unien James Hansen mobiliseront à plusieurs reprises le terme de *tipping point* de façon informelle pour souligner l'inadéquation des politiques publiques avec la réalité physique du système climatique[20].

En bref, la notion de *tipping point* dans le système climatique émerge pour médiatiser les préoccupations des scientifiques qui tentent d'interpeller la responsabilité des nations. Elle connaît ainsi une médiatisation avant même d'avoir une conceptualisation scientifique précise. Dès lors, il est difficile d'affirmer de façon simpliste la matérialité physique des *tipping points* sans avoir une analyse de ce qui prévaut à cette catégorisation : informer sur le risque, transmettre une inquiétude[21].

Développement scientifique et conceptualisation

Après les premiers usages informels du terme *tipping point* pour sensibiliser le large public aux changements brutaux dont est capable le système climatique, il n'apparaît dans les productions scientifiques sur le climat qu'en 2005 avec cet article de deux glaciologues de l'université de Washington, Ron W. Lindsay et Jinlun Zhang, portant sur la glace de mer arctique, « L'amincissement de la glace de mer arctique, 1988-2003 : Avons-nous franchi un *tipping point*[22] ? ». Mais il n'est pas véritablement défini et conceptualisé. Comme l'a identifié le Canadien spécialiste en communication Chris Russill, *tipping point* est ici de toute évidence mobilisé pour sa puissance communicative et suggestive. La même année, une réunion est organisée à Oxford les 11 et 12 septembre dans le but de trouver des images pour évoquer au grand public les dangers du changement climatique. Des chercheurs se réunissent avec des artistes (scéniques, musicaux, plasticiens, romanciers…) et cherchent une « image mémorable » qui ferait date[23]. Une des icônes retenues est la « carte des *tipping points* » élaborée par le directeur de l'Institut de recherche sur l'impact climatique de Potsdam en Allemagne et directeur de recherche du Centre Tyndall pour la recherche sur le changement climatique à l'université d'East Anglia (Royaume-Uni), Hans Joachim Schellnhuber. Celle-ci représente les régions du monde où les systèmes écologiques et climatiques sont proches d'un point critique qui, s'il est franchi, est potentiellement irréversible. Ce meeting de septembre aboutit à une nouvelle réunion à l'ambassade britannique de Berlin les 5 et 6 octobre intitulée, cette fois-ci explicitement, « *Tipping points* dans le système Terre », et qui réunit 36 experts internationaux.

En 2005, James Hansen mobilise l'idée de *tipping point* lors d'une conférence à l'occasion d'un congrès de la puissante *American Geophysical Union* (AGU), évoquant les impacts du climat sur nos sociétés : « Je présente de nombreux éléments indiquant que le climat de la Terre est proche d'un *tipping point*, mais qu'il ne l'a pas encore franchi, au-delà duquel il sera impossible d'éviter les changements climatiques qui auront des conséquences indésirables de grande ampleur. » La question cruciale devient alors immédiatement : quel niveau de réchauffement provoquerait ces dégâts ? L'approche de James Hansen, scientifique brillant, n'est pas d'animer un débat sur les différentes probabilités de franchissement d'un *tipping point* en fonction de la moyenne des températures terrestres, car cela détourne notre regard du véritable enjeu. L'heure n'est plus à chipoter, mais à agir. Le 26 mars 2006, Hansen est cité dans un article du *Times* qui titre « La Terre au point de bascule : le réchauffement climatique s'intensifie[24] ». La presse s'empare du sujet, pas encore les politiques.

En 2007, Timothy Lenton et Hans Joachim Schellnhuber, deux des chercheurs du système Terre ayant le plus travaillé à la popularisation de la notion de *tipping point*, publient ensemble un article dans le premier volume de *Nature Climate Change*, une revue qui se crée alors dans le sillage de *Nature* et deviendra vite une revue de référence en sciences du climat, intitulé « Faire pencher la balance » (« Tipping the scales[25] »). Ils explicitent un nécessaire basculement socio-économique pour éviter un basculement du système climatique ; le terme *tipping point* est alors mobilisé à neuf reprises. Les deux chercheurs encouragent une reconfiguration de la politique climatique à partir de la menace que représentent les *tipping points* pour les sociétés. Ils commencent alors à développer une conceptualisation biogéophysique qui a d'emblée un double objectif : produire un savoir singulier sur le système Terre, d'une part, et communiquer sur les risques auprès des décideurs politiques pour réorienter la trajectoire de nos sociétés.

Ce n'est qu'en 2008 que nous avons véritablement affaire à un article scientifique en bonne et due forme qui conceptualise les *tipping points*. Timothy Lenton, Hermann Held, Hans Joachim Schellnhuber et cinq autres collègues publient dans la prestigieuse revue *PNAS* : « Éléments de basculement dans le système climatique terrestre » (« Tipping elements in the Earth's climate system[26] »). Dans cet article de référence, point de départ d'une conceptualisation climatique de la notion de *tipping point*, on comprend que les impacts dangereux du changement climatique pour les sociétés ne peuvent véritablement être compris qu'à partir du comportement non linéaire du système Terre. Si la température moyenne augmente de façon graduelle, ses conséquences sont non proportionnelles. Les paléoclimatologues qui étudient les évolutions climatiques passées le savent bien : il y a eu dans l'histoire de la Terre des changements brusques dont certains ont été irréversibles[27].

Le GIEC et la non-linéarité

Quelques années auparavant, en 2001, dans son troisième rapport, le GIEC avait introduit l'idée de « discontinuités futures à grande échelle[28] » ou de « risque de changements abrupts/non linéaires[29] » dans le fonctionnement du système climatique. Mais ces événements non proportionnels n'étaient considérés comme probables que dans l'hypothèse d'un réchauffement de +5 °C. Les savoirs scientifiques se sont affinés et dans les deux rapports publiés en 2018[30], ces discontinuités sont considérées comme probables même entre +1 °C et +2 °C[31]. Le sixième rapport publié en 2021-2022 évoque le terme de *tipping points* à 111 reprises dans le texte de 2 409 pages écrit par le premier groupe de travail, sur les données physiques[32]. Ce groupe de travail a identifié quinze éléments de basculement, dont la plupart sont marqués par la possibilité de franchissement de seuils irréversibles dans la biosphère, la cryosphère et les océans[33]. C'est le « changement brusque » (*abrupt change*) qui caractérise un *tipping point*, que le GIEC identifie comme « considérablement plus rapide que le taux de changement de l'histoire récente[34] ». Si le GIEC a tardé à mobiliser la notion de points de basculement, c'est lié à ses processus propres consistant dans la synthèse des données déjà publiées (le GIEC a donc mécaniquement un peu de retard sur le débat scientifique).

Globalement, si l'existence de *tipping points* dans le système Terre devient scientifiquement de plus en plus claire, le niveau de température globale moyenne permettant leur déclenchement comporte encore nombre d'incertitudes. De plus, si la caractéristique des *tipping points* du système Terre est d'entraîner dans leur sillage des *tipping points* sociétaux aux conséquences dramatiques (insécurité alimentaire, perte de territoires habitables, crises financières, etc.), nous ne pouvons pas identifier avec exactitude chacun des effets – les réactions des sociétés fournissant une large palette de réactions possibles (de la concurrence guerrière à la coopération pacifique). Au cœur de ces incertitudes, des chercheurs ont consacré toute leur énergie à modéliser les évolutions du climat comme des écosystèmes pour fournir aux sociétés des signaux d'alerte précoces permettant de « nous détourner du précipice[35] », *dixit* la chercheuse sud-américaine Reinette Biggs et ses collègues, nous qui sommes ni plus ni moins « au bord du gouffre[36] » selon une expression de trois grands écologues.

2023 : le premier rapport mondial

En 2023, Timothy Lenton coordonne un rapport de près de 500 pages, *Global Tipping Point Report*, qui propose un état du savoir et des lacunes sur les *tipping points* du système Terre[37]. Ce sont plus de 2 000 articles afférents aux processus non linéaires qui sont lus, analysés, discutés et synthétisés dans le cadre d'un travail d'équipe mobilisant 200 chercheurs. Le commanditaire de ce rapport, le Bezos Earth Fund, doté de 10 milliards de dollars par le fondateur d'Amazon Jeff a certainement été intéressé par l'attention des auteurs à des solutions et autres améliorations techniques possibles. La finalité, en plus de la réalisation d'une synthèse sur ce que nous savons et sur ce qu'il nous faut parvenir à savoir dans les années à venir (parties 1 et 2 du rapport), est de développer une gouvernance mondiale consciente du fonctionnement du système Terre (partie 3) afin d'activer des *tipping points* économiques, techniques et sociétaux pour permettre à l'humanité de continuer sa recherche de prospérité (partie 4).

Les auteurs de cette étude proposent d'identifier des points de basculement positifs pour accélérer les transformations permettant de trouver une durabilité (ils prennent ici en exemple les investissements de plus en plus massifs dans les énergies renouvelables – en oubliant toutefois de préciser que leur développement ne s'est pas accompagné à ce jour d'une baisse des énergies fossiles). Mais ils espèrent que le déclenchement d'un *tipping point* positif permettra d'en déclencher d'autres, provoquant un effet domino de changements positifs. Le franchissement de plusieurs *tipping points* technologiques, économiques et sociétaux devra créer un contre-effet puissant pour ne pas risquer de voir les *tipping points* du système Terre échapper à tout contrôle.

Les *tipping points* et leur galaxie sémantique

Un petit peu de vocabulaire

Depuis l'article inaugural de 2008, la notion de *tipping point* s'est accompagnée d'un ensemble terminologique qui a transformé notre manière de parler du climat et de la Terre[38]. Imaginons un immense équilibre où un petit changement – ou une succession d'infimes altérations – peut déclencher une métamorphose. Le *tipping point* ou point de basculement est ce moment critique où, dans un système aux multiples interactions, un changement s'auto-entretient au-delà d'un seuil. Selon les caractéristiques du système et la dynamique engagée, le système stable peut alors osciller doucement (la transition se fait alors de façon « lente »), ou il peut se déplacer sans discontinuer vers le nouvel état dans une bifurcation catastrophique.

Ce basculement a trois caractéristiques. (1) La soudaineté (à rapporter aux échelles temporelles des processus en vigueur) : il n'y a plus de retour en arrière possible mais les effets du franchissement ne sont pas nécessairement immédiatement perceptibles. La transition peut s'engager sur un temps long. C'est le cas du franchissement du *tipping point* de la fonte des calottes glaciaires. Une fois les calottes condamnées, leur fonte peut prendre des milliers d'années. (2) L'autoperpétuation : une fois enclenché, le changement continue sa course, même si le facteur initial disparaît. C'est comme une avalanche qui, une fois lancée, poursuit sa descente sans qu'on puisse l'arrêter. (3) L'irréversibilité : on ne peut pas revenir en arrière, ou de façon très difficile et sur des échelles temporelles très longues[39]. La quantité d'effort nécessaire pour restaurer l'équilibre initial dépasse de loin celle qui a déclenché le basculement.

Pour décrire les sous-systèmes du climat susceptibles de basculer, on utilise le terme « élément de basculement ». Des petites perturbations peuvent les commuter dans un nouvel état, qualitativement différent[40]. Ainsi l'effondrement des calottes glaciaires qui entraîne une forte élévation du niveau de la mer ; un dépérissement de la forêt amazonienne qui modifie le régime de précipitations ; ou encore un dégel du permafrost libérateur de carbone[41].

Le mécanisme est parfois comparé à un jeu de dominos. Un petit changement dans un élément peut en déclencher un autre dans un processus en cascade, aboutissant à un effet domino (ou cascade de basculements) sur l'ensemble du système. On distingue alors des boucles de rétroaction : la boucle positive amplifie le changement, tandis que la boucle négative cherche à le contenir. Mais le système Terre est aussi intrinsèquement imprévisible. Sa nature stochastique – où le hasard joue un rôle non négligeable – signifie que la même perturbation peut engendrer des réactions très différentes selon le contexte. Prévoir un point de basculement est alors particulièrement complexe et caractérisé par des probabilités toujours imprécises[42]. Un autre aspect d'un système concerne ses états stables alternatifs, ou « attracteurs ». Dans cette situation, il peut avoir une hystérésis : son évolution n'est pas immédiate, il y a comme un retard de l'effet. Ce phénomène est notamment responsable de l'irréversibilité souvent observée dans les systèmes ayant dépassé leur seuil critique.

S'il est essentiel de comprendre le fonctionnement du système Terre et les processus de *tipping points*, il est important d'entretenir une relation non déterministe avec cette notion afin de ne pas sombrer dans des sentiments négatifs stériles d'inévitabilité, d'impuissance, et, *in fine*, de désespoir. Un point à avoir à l'esprit concernant les éléments de basculement à évolution lente (la fonte des calottes glaciaires est ici un élément typique) est qu'un seuil peut être temporairement dépassé sans provoquer de changement d'état de l'ensemble du système si le temps de dépassement est court (relativement à l'échelle de temps de l'effondrement de l'élément du système Terre)[43].

Un tipping point en image

Une balançoire en équilibre est une analogie possible pour comprendre la logique des points de basculement. Imaginons une de ces balançoires qu'on trouve sur une aire municipale de jeux, à côté d'une « araignée » ou d'une « pyramide ». Pas une balançoire qu'on a dans son jardin où un petit siège individuel est accroché à une structure en bois ou en métal par deux fils. Mais plutôt un de ces « tapeculs » avec une barre en métal horizontale qui dispose d'un pivot central et se termine par un siège à chaque extrémité et où deux enfants peuvent s'asseoir.

Dans son état initial, la balançoire est stable, symbolisant un système en équilibre. Les forces de chaque côté se compensent, permettant au système de résister à de petites perturbations. À mesure que des poids sont ajoutés progressivement sur un côté, la balançoire commence à s'incliner légèrement. Ces poids représentent les perturbations ou pressions exercées sur le système, comme l'augmentation des gaz à effet de serre, la déforestation, l'anthropisation des sols, etc.

Tant que ces ajouts restent modérés, le système conserve sa résilience, bien qu'il devienne progressivement plus fragile. Mais un moment critique survient lorsque l'ajout d'un poids supplémentaire, même infime, provoque un basculement total de la balançoire. Ce basculement illustre un *tipping point*, où un changement mineur entraîne une transformation majeure et rapide. Ce comportement non linéaire diffère des premiers ajustements progressifs et marque une transition abrupte du système vers un nouvel état. Une fois dans cet état incliné, il devient plus difficile de revenir à la position initiale. Essayons de retirer le dernier poids positionné, la balance ne revient pas à l'équilibre.

Dans le contexte du climat, cette analogie est intéressante. Par exemple, l'accumulation progressive de gaz à effet de serre agit comme les poids ajoutés à la balançoire, créant une pression constante sur des systèmes naturels comme les calottes glaciaires ou les courants océaniques. Une fois un point de basculement atteint, les transformations, telles que la fonte irréversible des glaciers ou le ralentissement des courants océaniques, deviennent difficilement réversibles, entraînant des conséquences dramatiques et durables. Cette image souligne l'importance d'intervenir avant d'atteindre ces seuils critiques, car au-delà de ce point, les efforts pour stabiliser le système deviennent colossaux, voire impossibles.

Le franchissement des premiers *tipping points*

La méthodologie de la recherche sur les *tipping points* s'appuie sur des preuves empiriques des changements qui ont déjà eu lieu dans l'histoire du système Terre. Un pan entier des recherches consiste dans des reconstructions paléoclimatiques où des ruptures ont eu lieu mobilisant plusieurs composantes du système Terre avec des mécanismes de propagations entre elles.

Ici, la littérature scientifique montre que la plupart des interactions entre les éléments de basculement sont déstabilisantes à l'égard du système Terre lorsqu'elles sont forcées (nous aurions pu imaginer qu'elles le stabilisent, mais ce n'est pas le cas)[44]. Aujourd'hui nous manquons encore cruellement de données concernant le nombre d'interactions entre des éléments de basculement. Ensuite les chercheurs articulent trois autres approches méthodologiques de l'observation des archives paléoclimatiques : des modélisations du système Terre (à partir des savoirs biogéophysiques), des modélisations informatiques et des avancées dans la production de connaissance sur des éléments précis du système Terre.

Mais pour identifier un *tipping point*, il s'agit également d'envisager certains changements possibles qui ne se sont pas encore produits au cours de l'histoire. Car notre époque est singulière : les changements en cours dans le système Terre portent en même temps sur nombre de processus. Les activités humaines forcent même chacun des processus écologiques qui régissent notre planète, et ce à une vitesse fulgurante. Concernant ces changements qui ne se sont pas encore produits, ce sont bien, ici aussi, des preuves qui sont apportées. Mais elles sont d'un autre ordre, théorique et non empirique. La méthode consiste à fournir des preuves des relations causales entre les différents éléments du système Terre, en étant particulièrement attentif aux mécanismes de rétroaction. Partant, les chercheurs réalisent différentes simulations informatiques en faisant évoluer les paramètres connus. Et ici l'histoire de la Terre fourmille de points de repère.

Une situation critique pour 9 des 26 **tipping points** *identifiés*

De façon schématique, il existe aujourd'hui quatre éléments problématiques qui forcent les *tipping points* : le changement climatique, les pertes d'habitat (la déforestation en est l'exemple le plus fort), l'exploitation des écosystèmes (telle que la surpêche) et les différentes pollutions de l'air, de l'eau et des sols. Pour ces différents forçages, le niveau de réchauffement moyen fonctionne comme une forme d'indicateur global.

Aujourd'hui, avec un réchauffement global moyen de +1,2 °C, (1) la mort des récifs coralliens d'eau chaude est d'ores et déjà probable (2) ainsi que la perte de la glace de mer arctique d'été et quatre autres systèmes sont grandement fragilisés : (3) l'effondrement de la calotte glaciaire du Groenland et (4) l'effondrement de la calotte glaciaire de l'Antarctique occidental ; (5) la circulation du gyre subpolaire de l'Atlantique nord ; (6) et le dégel de régions de permafrost. De plus, il est probable que trois autres systèmes franchiront un point de basculement avec un réchauffement de +1,5 °C, dès les années 2030 : (7) le dépérissement méridional de la forêt boréale ; (8) la mort des mangroves ; (9) et la mort des prairies marines. De plus, nous avons des signaux d'alerte clairs de fragilisation de (10) la circulation méridienne de retournement de l'Atlantique (AMOC) ; (11) et de dépérissement de la forêt amazonienne (12).

Enfin, quinze *tipping points* supplémentaires ont été identifiés par les différentes communautés scientifiques : (13) le dépérissement de la forêt tropicale du Congo ; (14) le dépérissement de la forêt tropicale d'Asie du Sud-Est ; (15) le dépérissement des forêts tempérées ; (16) la dégradation des savanes, des prairies et des terres des zones arides ; (17) les transformations des lacs (diminution de la quantité d'oxygène, chargement en matières organiques dissoutes et brunissement de l'eau, salinisation de l'eau, expansion des espèces envahissantes) ; (18) l'effondrement des zones de pêche ; (19) les changements de régime des communautés marines ; (20) la mort des forêts de varech ; (21) l'effondrement de la pompe biologique à carbone ; (22) la perte de l'oxygénation de l'eau de mer ; (23) la circulation de retournement de l'océan Austral ; (24) les transformations ou effondrements des moussons (mousson d'été indienne, moussons ouest-africaine et sud-américaine) ; (25) l'effondrement des bassins marins de l'Antarctique oriental ; (26) et l'effondrement de la calotte glaciaire non marine de l'Antarctique oriental. À ces *tipping points* il faut également ajouter la perte de la glace de mer autre que celle arctique d'été en train de disparaître (arctique d'hiver, mer de Barents, mer de l'Antarctique) ; le dégel du permafrost sous-marin ; et le recul des glaciers[45].

Nos existences, nos vies quotidiennes sont donc tenues par des fils qui nous relient à chacun de ces *tipping points* dont nous n'avons jamais entendu parler – ou presque. Bien sûr, tous n'ont pas la même importance pour les sociétés. Certains sont des points de basculement à grande échelle aux conséquences planétaires, comme les inlandsis groenlandais et antarctique, quand d'autres sont vraisemblablement régionaux avec des conséquences dramatiques mais plus localisées (comme la fonte de glaciers ou le dégel du permafrost).

De nombreuses incertitudes

Si l'existence de processus non linéaires dans le fonctionnement du système Terre est une évidence scientifique, il reste encore beaucoup d'incertitudes sur le fonctionnement de chacun des *tipping points* identifiés. Car leurs observations scientifiques, forme de talon d'Achille biogéophysique de nos sociétés, s'échelonnent sur une durée beaucoup trop courte. Les processus de rétroaction et les sensibilités (le seuil au-delà duquel un effondrement a lieu) sont encore trop peu connus pour nombre de points de basculement. De plus, les effets non linéaires de leurs forçages restent à confirmer.

Par exemple, concernant les calottes glaciaires, nous n'identifions pas encore avec suffisamment de précision l'instabilité des falaises de glace marine. Des chercheurs craignent un détachement de l'extrémité flottante de certains glaciers dont la conséquence serait une augmentation brutale du niveau des mers. Mais cela est un risque encore difficile à quantifier. Autre exemple : nous savons que l'assèchement du sol par la hausse de températures provoque des incendies libérant du CO_2 dans l'atmosphère, qui augmente la température. Mais nous avons besoin de mieux comprendre la complexité des interactions entre ces rétroactions écohydrologiques et les incendies.

Impact du franchissement de *tipping points* sur les sociétés

Que les choses soient bien claires : incertitude ne signifie pas ignorance. Imaginons que l'on met une casserole de lait sur le feu et qu'on quitte la cuisine. Nous aurons peut-être une incertitude quant au moment exact auquel le lait va déborder mais nous saurons, sans l'ombre d'un doute, que cela va se passer.

C'est aussi le cas des conséquences globales irréversibles des forçages anthropiques déclenchant des *tipping points* : « Ces points de basculement constituent une menace d'une ampleur inédite ; jamais l'humanité n'a été confrontée à de telles menaces[46]. »

Un risque de fin du monde

Ce n'est pas de la collapsologie sans fondement. Concrètement, le franchissement de certains *tipping points* comme le dépérissement des forêts du bassin amazonien, l'effondrement des calottes glaciaires, le dégel du permafrost ou l'effondrement de l'AMOC viendrait directement affecter les sociétés humaines : fragilisation de l'accès à l'eau potable, mise en péril de la sécurité alimentaire, crise énergétique sans précédent, fragilisation de la santé (nouvelles maladies et élargissement du périmètre de certaines maladies), effondrement de notre système économique globalisé[47].

Comment de tels drames, dignes d'un film de science-fiction, peuvent-ils être possibles ? Le dépérissement de l'Amazonie ferait disparaître des écosystèmes comportant une biodiversité parmi la plus riche sur Terre, cela augmenterait le réchauffement de toute la région mais aussi le réchauffement planétaire global, cela exposerait les populations locales à des chaleurs extrêmes, et les dommages économiques se chiffreraient au minimum à plusieurs dizaines de milliards de dollars. Les transformations de la calotte glaciaire antarctique entraîneraient à elles seules une augmentation du niveau des mers de 2 mètres d'ici 2100 (et bien davantage au-delà) et ce sont près de 500 millions de personnes qui seraient exposées à des inondations annuelles. Quant au dégel d'une partie du permafrost, l'ampleur de ses incidences sur le réchauffement climatique est en cours d'étude, mais nous savons d'ores et déjà qu'elle serait considérable (possiblement sans commune mesure avec les gaz à effet de serre directement émis par les activités humaines) et qu'il viendrait transformer des territoires aujourd'hui habités et rendre inopérantes nos infrastructures comme nos cultures. En ce qui concerne l'effondrement de l'AMOC, ses conséquences les plus directes porteraient sur la productivité agricole, venant grandement fragiliser la sécurité alimentaire mondiale. En d'autres termes, il s'agirait d'une véritable bombe géopolitique venant fracasser les démocraties et les zones de paix[48].

Il n'y a rien de plus dangereux que de déstabiliser les fragiles équilibres du système Terre. Comme le montrent les savoirs relatifs aux *tipping points* et comme nous allons le voir de façon détaillée, les conséquences sont innombrables : la cohésion sociale serait perturbée, la santé mentale serait compromise, la violence comme un moyen légitime de l'action s'intensifierait. Nous aurions affaire à un monde de conflits, de déplacements massifs de populations et où il n'y aurait plus aucune stabilité financière et économique.

Si nous ne parvenons pas à contenir l'emballement bioclimatique pour que le système Terre demeure dans un état de fragile équilibre, ce sont nos sociétés dans leur ensemble qui pourraient basculer. La plupart des *tipping points* sont « négatifs » car ils fragilisent les écosystèmes dont nous dépendons. Ils peuvent alors déclencher des *tipping points* sociétaux eux aussi « négatifs » : de petits changements écosystémiques ou climatiques peuvent déclencher un grand changement social, économique et politique[49]. Par exemple, le lac Tchad qui couvre une partie du Nigeria, du Niger, du Tchad et du Cameroun a vu sa superficie diminuer de 90 % depuis les années 1950 à la suite de la surexploitation des ressources et du dérèglement climatique. Ce sont 45 millions de personnes qui se sont retrouvées confrontées à d'intenses difficultés : les pêcheurs, les agriculteurs et les bergers ont directement souffert du manque d'eau. Comme toujours, les causes sont multiples, des problématiques économiques[50] et politiques structurelles n'ont pas aidé à faire face aux tensions sur les ressources.

L'ampleur des conséquences du franchissement des *tipping points* sur les sociétés est la raison pour laquelle le concept de risque systémique s'est de plus en plus imposé dans la littérature scientifique. Ainsi cet article dirigé par Luc Kemp en 2022, chercheur associé au centre pour l'étude du risque existentiel de l'université de Cambridge, qui, avec des brillants chercheurs comme Timothy Lenton, Will Steffen ou Johan Rockström, dénonce l'insuffisante prise en compte des risques climatiques dans la gouvernance mondiale. Leur question, simple, directe : « Le changement climatique anthropique pourrait-il entraîner un effondrement sociétal à l'échelle mondiale, voire l'extinction de l'humanité ? » En effet : « Il existe de nombreuses raisons de penser que le changement climatique pourrait entraîner une catastrophe mondiale[51]. »

La démarche de ces chercheurs est proche de celle qui prévaut à la rédaction de ce livre. Comprendre les mécanismes à l'origine des conséquences extrêmes, n'est-ce pas une étape préalable pour éclairer les orientations de nos sociétés ? La principale menace, qualifiée de « catastrophique » par les auteurs du *Global Tipping Points Report 2023*, porte sur « la perte à l'échelle mondiale de la capacité à produire les principales cultures de base[52] », raison pour laquelle le risque global du dérèglement climatique « est bien plus grave que ce que l'on croit actuellement[53] ». Le déclenchement d'un point de basculement du système Terre pourrait en déclencher un autre, qui pourrait à son tour en déclencher un, provoquant ainsi un « effet domino de dommages qui s'accélèrent et deviennent ingérables[54] ».

Si une bonne partie des *tipping points* du système Terre ne sont pas sur le sol européen, la plupart d'entre eux impactent plusieurs régions du monde, dont l'Europe occidentale. C'est ce que je vais m'efforcer d'expliquer le plus clairement possible au fil des pages. Ainsi, le blanchiment en cours des barrières de corail impacte directement l'habitabilité de l'Europe. De même que la fonte des calottes glaciaires, la savanisation des forêts du bassin amazonien, la transformation des eaux de fond en Antarctique. Pour voir *2049* et ce que le climat va faire à l'Europe, il est nécessaire de comprendre le fonctionnement du climat à l'échelle globale. Et le potentiel de destruction de ces *tipping points* du système Terre aux quatre coins du monde est immense : ils peuvent anéantir nos sociétés à la vitesse de l'éclair. Ici l'interconnexion biogéophysique impacte de plein fouet la globalisation socio-économique. Les effets du déclenchement de ces points de bascule pourraient dépasser la capacité des sociétés à y faire face. Devant nous : ce tsunami qui a le potentiel de ravager l'habitabilité européenne.

2
La chaleur mortelle

Le 13 juillet 2022, David Azevedo en est au troisième jour d'un nouveau travail dans la construction sur un chantier français où on lui a d'emblée demandé de faire des heures supplémentaires (*The Guardian*). Mais à 11 h 50, un de ses collègues appelle sa sœur, Anne-Marie, pour qu'elle vienne le chercher car il ne se sent pas bien. Elle retrouve son frère allongé sous un petit arbre en train de baver et de convulser. Elle prodigue alors les premiers secours en attendant l'arrivée de l'ambulance. La température extérieure était de 42 °C et le corps de David ne parvenait plus à réguler sa température corporelle. Il a été emmené à l'hôpital où les médecins ont tout fait pour essayer de le sauver, avant qu'il décède vers minuit. La cause de son décès : « Arrêt cardiaque causé par une hyperthermie sévère. » Il avait 50 ans[1].

En 2023, avec la publication du plan d'adaptation à +4 °C, le gouvernement passe au second plan ce qu'on appelle l'atténuation du dérèglement climatique apporté par les activités humaines.

Cette question de l'adaptation au réchauffement climatique ne date pas d'hier : depuis le premier rapport en 1990 (*First Assessment Report*), les chercheurs du GIEC proposent des stratégies d'atténuation (diminution des gaz à effet de serre pour limiter le réchauffement) et des stratégies d'adaptation (réduire les impacts inévitables du changement climatique). Mais ils le font en accordant toujours un primat à l'atténuation. C'est leur compréhension scientifique du phénomène climatique qui leur enjoint d'alerter les peuples sur la nécessité de réduire les forçages anthropiques des processus écologiques.

En mettant de côté l'atténuation, c'est-à-dire en renonçant à l'ambition de réguler, de décider pour, *in fine*, réduire, la puissance publique choisit délibérément l'impuissance. Ne pouvant plus atténuer, il ne nous reste plus qu'à nous adapter. Mais nous adapter à quoi ?

Peut-on s'adapter à la mort ?

La « mort de chaud », nouvelle condition d'existence

Quand la chaleur tue

50 000 morts de chaud par an en été

Dans un décès par hyperthermie, le corps se déshydrate puis des maux de tête et des nausées apparaissent. Le corps envoie alors du sang vers la peau pour la rafraîchir. La peau rougit, les organes ne répondent plus, la transpiration s'arrête puis c'est le cerveau qui cesse de fonctionner et le cœur qui lâche[2]. C'est ce qui s'est passé au cours de l'été 2003 en Europe pour plus de 70 000 personnes[3]. C'est à peine imaginable, alors que nous étions tout juste à +1 °C de réchauffement global et que chaque dixième de réchauffement supplémentaire augmente la fréquence et l'intensité des vagues de chaleur mortelles.

Si, depuis ce qui fut l'été le plus meurtrier de ces dernières décennies, des mesures ont été adoptées pour diminuer la mortalité estivale en protégeant les populations à risque, les étés européens demeurent meurtriers. En 2010, ce sont plus de 55 000 personnes qui ont perdu la vie lors d'une vague de chaleur de sept semaines en Russie (au cours de laquelle 700 personnes mouraient tous les jours, rien qu'à Moscou)[4]. Entre le 30 mai et le 4 septembre 2022, ce sont plus de 61 000 décès d'Européens qui ont été attribués à la chaleur – dont 18 010 décès en Italie, 11 324 en Espagne et 8 173 en Allemagne[5]. Rebelote en 2023 : 47 000 personnes mortes de chaud au cours de l'été.

Les vagues de chaleur, qui arrivaient une fois tous les dix ans au cours de la période 1850-1900, se produisent désormais presque trois fois en dix ans. Avec +1,5 °C, c'est-à-dire d'ici 2030, elles arriveront plus de quatre fois tous les dix ans, puis cinq, six fois avec +2 °C (en 2050) et elles avoisineront les dix fois plus en 2100. Mais ce n'est pas tout... À +1,5 °C, les journées très chaudes (c'est-à-dire supérieures à 35 °C) vont presque doubler par rapport à aujourd'hui – et c'est au cours de ces journées que les décès surviennent. De plus, les événements de chaleur extrême qui arrivaient une fois tous les cinquante ans se produiront quatorze fois plus souvent à +2 °C[6]. Cela signifie que, dès 2050, un été comme celui de 2003, rarissime, arrivera tous les trois ans.

Quel que soit l'article scientifique que nous lisons sur les vagues de chaleur, ils projettent de *2049* cette nouvelle condition de l'existence humaine : nous devons faire avec la possibilité de mourir soudainement, de façon brutale et imprévue, sous les coups de boutoir climatiques.

55 °C à Strasbourg, Metz et Nancy

Les températures maximales pourraient augmenter de 6 à 13 °C l'été en France d'ici 2100, avec une moyenne globale de +8 °C pour l'Europe occidentale[7]. Cela correspond à des températures maximales journalières qui dépasseront régulièrement les 50 °C – soit des températures qui ont cours dans le désert. Dans l'hypothèse d'une vague caniculaire comparable à celle de 2003, ce sont même des pics de 55 °C qui pourraient advenir dans l'est de la France[8]. Le record du monde ? 54,4 °C le 16 juillet 2023 dans un désert états-unien, la bien nommée « vallée de la Mort ». Une chose est sûre : la limite de réchauffement global située à 1,5 °C, et au maximum 2 °C, permet de contenir des hécatombes de décès[9]. Si le réchauffement global demeure en deçà de 2 °C, le risque est relativement faible de voir des phénomènes d'emballement des émissions de gaz à effet de serre conduisant à une planète inhabitable. Mais cela ne signifie pas que le climat demeurera stable pour autant[10].

Pour dire l'ampleur du drame qui se prépare, des chercheurs travaillent sur la façon de communiquer sur les conséquences du réchauffement climatique sur la mortalité humaine. Ils estiment que tous les citoyens du monde doivent connaître les risques non linéaires auxquels notre trajectoire climatique les expose[11]. Et parfois tous les moyens sont bons pour faire savoir la mortalité du dérèglement climatique, y compris son coût financier. Ainsi d'autres chercheurs ont mis en place un indicateur, le coût de mortalité du carbone (*Mortality cost of carbon*, MCC), estimé à $2{,}26 \times 10^{-4}$ décès supplémentaires par tonne métrique d'émissions de CO_2. Si on transforme ces morts en dollars, cela fait passer le coût social du carbone (*Social cost of carbon*, SCC) de 37 à 258 dollars par tonne métrique[12].

Que penser de ces calculs ? Les risques et les dommages

du dérèglement climatique sont largement sous-estimés. En effet, la moyenne des températures de surface n'est pas liée au stress thermique de façon linéaire. Étant à environ 1,2 °C de réchauffement global, le jour où la planète sera à 2,4 °C, les conséquences de ce réchauffement seront sans commune mesure avec le double des conséquences passées. Et c'est lorsque nous intégrons les conséquences de l'effet de la croissance du taux l'humidité dans l'air – le réchauffement agissant sur l'évaporation de l'eau des sols, contribuant à l'élévation du taux d'humidité dans l'air – que les conséquences non linéaires sont les plus importantes. Une simple augmentation de 0,3 °C de réchauffement global pour atteindre 1,5 °C exposerait plus de 350 millions de personnes supplémentaires à des chaleurs mortelles, particulièrement en Asie[13].

La chaleur humide criminelle

2049 suppose donc de faire avec ce risque premier de la mort par chaleur. Des pans entiers aujourd'hui habités ne le seront plus : il ne sera plus possible d'habiter d'innombrables territoires, sous peine de mort.

La transpiration impossible

Le 28 avril 2024 au Bangladesh, Ahsan Habib, un enseignant âgé de 37 ans, a perdu connaissance devant sa classe sous une température de 42,2 °C à Jashore, avant de décéder à l'hôpital des suites de ce coup de chaud (*The Daily Star*). Il s'agissait de la huitième prolongation d'une alerte canicule promulguée par le département météorologique du Bangladesh. Ce phénomène de perte de connaissance en classe lors de pics caniculaires, qui peut être suivie d'un décès, n'est pas isolé au Bangladesh, tant chez les élèves que chez les enseignants[14].

Il existe en effet au Bangladesh, comme dans de nombreuses autres régions du monde, une chaleur tout particulièrement mortelle : la chaleur humide, conjonction de chaleur et de taux d'humidité qui rend une région proprement inhabitable. Ces deux facteurs sont la conséquence directe du réchauffement climatique qui impose des limites de plus en plus importantes (en particulier dans les latitudes tropicales et moyennes[15]) à l'habitabilité pour les mammifères – dont les humains[16]. Lorsque l'air est sec, nous pouvons survivre à une température supérieure à celle de notre corps car le système de transpiration fonctionne : la chaleur est captée par le corps qui fait faire un travail de transformation de l'eau en vapeur d'eau.

Le corps humain est un organisme thermodynamique qui doit maintenir sa température corporelle à 36-37 °C et, en s'évaporant, la sueur refroidit le corps. Mais nous devons veiller à ne pas être exposés trop longtemps à une température supérieure à 37 °C car nous ne pouvons pas produire une quantité infinie de sueur. Même dans un environnement sec avec un système de transpiration opérationnel, une température extérieure élevée se transmet en partie à notre organisme[17].

Les personnes les plus exposées sont les personnes âgées et celles qui souffrent de maladies chroniques : pour l'heure, 80 à 90 % des victimes des vagues de chaleur ont plus de 65 ans. Mais *2049* va voir cette limite baisser, jusqu'à disparaître complètement sur certains territoires tout simplement impropres à la survie physiologique d'un jeune homme ou d'une jeune femme, sportifs et en bonne santé.

Lorsque nous sommes dans un environnement saturé en vapeur d'eau avec 99-100 % de taux d'humidité dans l'air, nous ne pouvons pas, à pression constante, envoyer davantage de vapeur d'eau. L'excédent énergétique capté par le corps ne peut pas être mobilisé dans la transformation de l'eau en vapeur d'eau et la température du corps augmente. D'un point de vue théorique, le stress thermique maximal, c'est-à-dire l'exposition maximale à une forte température pour un être humain sans décéder, est comprise entre 31 °C et 35 °C de température humide[18], avec un décès par hyperthermie en cas d'exposition au-delà de six heures à 35 °C de température humide.

Au début de l'été 2024 au Japon, une masse d'air d'origine tropicale, chargée en humidité, s'est installée au-dessus de l'archipel, où les températures dépassaient les 30 °C, et ce sont alors des milliers de personnes qui se sont précipitées aux urgences, craignant de décéder. Dans le même temps, dans le bassin du Gange dans le nord de l'Inde, la population était soumise à un intense stress physiologique et de nombreuses personnes étaient dans l'incapacité de dissiper la chaleur de leur corps, conduisant à des déséquilibres hydriques, de sévères déshydratations et des complications cardiovasculaires. Alors qu'on pensait ce type de phénomène très rare sur le globe, les transformations climatiques sont en train d'apporter, d'introduire ces pièges mortels jusque dans les latitudes moyennes de l'Europe occidentale – même si cela sera toujours moins fréquent qu'en Asie du Sud-Est ou dans le golfe Persique.

La mort de chaud dès 28 °C

La corrélation de la chaleur et de l'humidité rend d'ores et déjà mortel le simple fait de sortir dans la rue dans certaines régions du monde comme l'Asie, ce qui ne va cesser de s'intensifier au fur et à mesure du réchauffement climatique. Des travaux scientifiques récents, publiés en 2022, ont réévalué la zone de danger, qui survient finalement plus tôt que prévu pour des jeunes femmes et hommes en bonne santé. Alors que l'estimation théorique de la limite au-delà de laquelle survenait la létalité humaine était de 35 °C de température humide, d'autres chercheurs ont montré que les vagues de chaleur humide qui ont eu lieu en Asie ont vu des décès en nombre avec une létalité pouvant survenir dès 28 °C[19].

D'autres chercheurs ont alors conduit une étude empirique en proposant à des jeunes femmes et hommes en bonne santé d'avoir une petite activité physique dans un espace clos avec un taux d'humidité saturé dans l'air, en observant la réaction de leur température corporelle. Lorsque le corps chauffe, le cœur intensifie son travail et pompe le sang vers la peau pour générer du refroidissement. Le physiologiste W. Larry Kenney et son équipe estiment que la limite supérieure se situe en définitive vers 31 °C de température humide (avec un taux d'humidité de 100 %) et vers 38 °C avec un taux de 60 %. Aujourd'hui, les vagues de chaleur dépassent régulièrement ces limites[20] et la chaleur humide apparaît comme un phénomène « considérablement sous-estimé dans les analyses[21] ».

En 2017, on identifiait 13 % de la superficie terrestre, accueillant une population de 30,6 %, exposée à des chaleurs dangereuses pouvant parfois être mortelles[22]. Un réchauffement de 2 °C doublerait cette surface terrestre et exposerait alors 48 % de la population. Un réchauffement de 4 °C d'ici 2100 exposerait ensuite 47 % de la surface terrestre, correspondant à près de 74 % de la population à ce type de chaleur humide dangereuse. Mais le réel sera malheureusement bien pire car cette étude, produite antérieurement à la réactualisation de la limite physiologique humaine à la chaleur humide, explorait les zones exposées à plus de 31 °C et non 28 °C. La zone dangereuse s'élargit alors considérablement, signifiant que plus de jours et de régions dépasseraient ce seuil. Bien que l'article ne fournisse pas directement de projections pour un seuil fixé à 28 °C, une interpolation raisonnable des résultats suggère une exposition globale d'une dizaine de points de pourcentage. Autrement dit : quelque chose comme 85 %.

Le piège de la fournaise urbaine

Le 25 juillet 2006, en plein épisode caniculaire, les pompiers découvrent le corps sans vie d'une femme de 90 ans, dans son appartement à Orly, au sud de Paris ; sa température corporelle avait alors atteint 41 °C. La nuit, censée rafraîchir les logements, était restée étouffante : l'îlot de chaleur urbain parisien maintenait la ville jusqu'à 5 °C au-dessus des environs ruraux, piégeant la chaleur dans le bitume et les murs. Les appartements étaient alors transformés en fournaises[23].

Une autre façon de décrire le drame de *2049* : d'ici 2080, les vagues de chaleur humide extrême pourraient être 250 fois plus nombreuses et toucher 750 millions de jours-personnes par an. Une autre encore : la capacité de main-d'œuvre durant les mois de fortes chaleurs a déjà été réduite de 90 % en raison du stress thermique des températures humides, et cette altération du travail manuel lors des fortes chaleurs ne va cesser de s'éroder, une baisse de 80 % supplémentaire étant estimée d'ici 2050[24]. Le danger de létalité propre aux températures humides augmente pour les habitants des villes car le phénomène d'îlot de chaleur urbain (*urban heat island*, UHI) exacerbe le stress thermique – le bitume absorbe la chaleur durant la journée et la libère la nuit, pouvant effectivement faire grimper la température de 5 °C. Et l'assèchement est d'autant plus fort lorsque l'air est sec, mais réciproquement, le taux d'humidité est exacerbé lorsque l'air est déjà humide[25]. L'emballement des cartes de *2049* montre une exposition de Madrid, Rome et Athènes.

Les températures humides des prochaines décennies pourraient tout simplement rendre certaines zones de *2049* impropres à la survie physiologique humaine. Ce sont les résultats d'une étude désormais bien connue portant sur la plus grande région productrice de pétrole, le golfe Persique[26]. Dans un scénario de hausse des émissions sans atténuation (ce que le GIEC nomme RCP8.5), plusieurs régions en Asie, comme les vallées du Gange et de l'Indus, pourraient dépasser la limite de 35 °C d'ici 2100, avec des impacts mortels pour les populations locales. Au total, ce serait environ 4 % de la population de l'Asie du Sud qui serait directement exposée à des températures mortelles (et 75 % vivrait dans des conditions où la température humide serait régulièrement supérieure à 31 °C)[27]. Chaque décennie, la population du Bangladesh sera confrontée en moyenne à quatre jours supplémentaires par an de chaleurs possiblement mortelles[28], rendant le territoire inhabitable – ou mortellement dangereux – au cours de ce siècle.

La vie : du chaud, du mouillé et du mouvement

Si nous pouvons vivre aujourd'hui, c'est parce que des conditions climatiques et biosphériques le permettent. Concrètement, le climat est une subtile association de chaud, de mouillé et de mouvement. La chaleur et l'humidité sont transportées par d'immenses circulations atmosphériques et océaniques permettant aux écosystèmes d'être dans des conditions favorables à leur développement – et nous permettant de les exploiter, pour vivre. Mais cette subtile mécanique tend à se gripper.

La trajectoire sur laquelle nous sommes et qui façonne *2049* tend à transformer le chaud en brûlant, le mouillé en sec ou inondé et elle arrête le mouvement. Ce qui caractérise *2049* est cette façon de figer du mortifère.

Les températures à prévoir

Toutes les études prospectives sont faites à l'aide d'un indicateur qui permet de mesurer le réchauffement global : ce fameux « + quelque chose », exprimé en degrés Celsius : +1,5 °C, +2 °C, etc. Il correspond à un écart entre deux moyennes de températures. La première : la moyenne des températures qui ont eu lieu entre 1850 et 1900 (mesurée à 1,5 m au-dessus du sol et au-dessus des océans), ce qu'on appelle les températures préindustrielles, c'est-à-dire avant que la révolution industrielle ne devienne un phénomène planétaire. La seconde : la moyenne des températures des trente dernières années. Aujourd'hui, avec ce mode de calcul, l'augmentation est de +1,2 °C au niveau mondial, ce qui correspond à +1,9 °C en France métropolitaine, qui se réchauffe un peu plus vite.

Pour prendre toute la mesure de l'accélération en cours, il arrive que l'on compare avec la moyenne des températures des dix dernières années. Parfois, il arrive même qu'on réalise des comparaisons avec l'année en cours. Ainsi, selon le programme européen d'observation de la Terre Copernicus, nous avons connu, entre juin 2023 et juin 2024[29], une moyenne des températures mondiales de +1,64 °C au-dessus des températures préindustrielles (ce qui correspond à une hausse de +0,76 °C par rapport à la moyenne des températures entre 1991 et 2020)[30] – et l'été 2023 a été le plus chaud depuis deux mille ans[31]. Cette hausse exceptionnelle s'explique en partie par le phénomène climatique pluriannuel cyclique El Niño ; il est donc probable que cette moyenne baissera un peu dans les années à venir avant d'augmenter à nouveau.

Lorsque nous brûlons des énergies fossiles, nous augmentons les concentrations de CO_2 dans l'atmosphère et produisons des particules en suspension dans l'air. Alors que les aérosols ont un pouvoir refroidissant, les émissions de CO_2 ont un pouvoir réchauffant. Au cours du XXe siècle, il va sans dire que le CO_2 et les autres gaz à effet de serre ont eu un pouvoir réchauffant supérieur au refroidissement des aérosols. Si *2049* se situe clairement dans ce prolongement, identifier la température moyenne des décennies à venir est complexe, et ce d'autant plus que nous n'avons pas de visibilité sur ce que feront les humains. La liberté de l'action politique demeure proprement non prédictible. Si la prospective est nécessaire, toute prédiction est incertaine. Non seulement nous avons affaire à un système complexe encore imparfaitement compris, mais surtout il sera soumis à des forçages anthropiques dont on ne peut connaître à l'avance l'intensité (ils peuvent augmenter comme diminuer)[32].

Quelles températures en 2050, 2100 et 2150 ?

Nous sommes aujourd'hui sur une trajectoire. Pour comprendre son prolongement vers *2049* et visualiser cette hausse sans précédent de la mortalité par la chaleur, je vais positionner trois balises relatives au réchauffement global moyen. Elles auront une fonction pédagogique tout au long du livre, permettant d'établir une correspondance entre le niveau de réchauffement et le moment approximatif où il pourrait avoir lieu. La première est positionnée en 2050, la deuxième en 2100 et la troisième en 2150.

Partant de là, je ne vais pas identifier les incidences sur la planète et nos sociétés des différents choix politiques concernant nos émissions, comme le fait le GIEC avec les différents scénarios de réchauffement. Au contraire, pour voir *2049*, je ne vais mobiliser qu'un scénario de réchauffement, celui qui me semble le plus probable car ralliant la majorité des chercheurs. Ce scénario ne correspond ni à une bascule du monde dans un chaos politique fait de guerres interminables qui entravent toute action environnementale, ni à une intensification massive des émissions, ni à leur réduction de façon drastique. Ce scénario est celui de la poursuite de ce que nous vivons : une pluralité politique et une attention disparate à la réduction de notre empreinte environnementale.

+2 °C en 2050

Pour que la température moyenne mondiale demeure en dessous de +1,5 °C, il nous reste un budget carbone maximal de 200 Gt CO_2e selon la réactualisation réalisée par l'IGCC en 2023 (*Indicators of Global Climate Change*) des calculs du GIEC publiés en 2021 (tablant sur 325 Gt CO_2e)[33]. Cela correspond à quatre années d'émissions avec le rythme actuel – en 2022 nous avons émis 57,4 Gt CO_2e[34].

Le drame de *2049* est que nous avons suffisamment d'énergies fossiles au sein de nos mines et de nos champs pétroliers pour émettre 1 000 Gt CO_2e, ce qui correspond au budget carbone nécessaire pour atteindre un réchauffement de +2 °C[35]. C'est la raison pour laquelle l'objectif de contenir l'emballement climatique en deçà de +1,5 °C est appréhendé comme mort et enterré par les communautés scientifiques dont les chercheurs précisent, à qui veut les entendre : « Limiter l'augmentation de la température moyenne mondiale à 1,5 °C est de plus en plus hors de portée[36] » ; ou encore : « Dans le meilleur des cas, la mise en œuvre complète des décisions déterminées au niveau national, plus des engagements supplémentaires de net zéro, indique une augmentation de 1,8 °C. Toutefois, ce scénario n'est pas crédible à l'heure actuelle[37]. »

+3,5 °C en 2100

Pour demeurer dans un monde à peu près comparable à ce que nous avons vécu jusqu'à présent, la réduction des émissions de gaz à effet de serre doit être drastique et ultrarapide. Le plus probable est que donc nous nous dirigeons vers un réchauffement global moyen de +2 °C d'ici 2050 – comme l'estime le programme environnement de l'ONU ou le ministère de la Transition écologique et de la Cohésion des territoires[38]. Ensuite, le plus probable est que nous serons à +3,5 °C en 2100[39] – sans jamais oublier que certaines études évoquent même la possibilité d'emballement du climat pouvant atteindre +7 °C[40].

+5 °C en 2150

Pour l'environnementaliste Christopher Lyon travaillant à l'université McGill au Canada, la suite est sans ambages : « L'ensemble de nos projections montre que les impacts sur le climat mondial augmentent de manière significative après 2100 sans atténuation rapide[41]. » Dans un article de *The Conversation*, ces mêmes chercheurs écrivent : « Si nous ne parvenons pas à freiner le réchauffement climatique, les 500 prochaines années et celles qui suivent modifieront la Terre d'une manière qui remettra en cause notre capacité à maintenir de nombreux éléments essentiels à notre survie, en particulier dans les cultures ancrées historiquement et géographiquement qui nous apportent sens et identité[42]. »

Il me semble alors possible de positionner d'ici 2150 une balise de réchauffement global de l'ordre de 5 °C, correspondant au prolongement de la courbe du GIEC SSP3-7.0[43]. Fondamentalement, la fonction de cette balise n'est pas de décrire avec le plus d'exactitude possible un niveau de réchauffement moyen pour lequel nous disposons aujourd'hui de plus d'incertitudes que de certitudes. Il est de nous aider à porter notre regard au loin, de nous rappeler que le monde ne s'arrêtera pas en 2100. Or, *Homo sapiens* n'a jamais connu +3,5 ou +5 °C. La vie humaine en société n'a toujours existé qu'au sein des fourchettes de variabilité très restreintes des 11 700 dernières années. Nous n'avons pas l'expérience de ce type de températures sur les sociétés.

Le maître mot pour comprendre *2049* et la façon dont les sociétés seront impactées par une terre en surchauffe est le risque. Une terre au-delà de 1,5 °C nous expose à un risque

que deux climatologues de l'université du Texas aux États-Unis, Yangyang Xu et Veerabhadran Ramanathan, définissent comme « dangereux » ; au-delà de 3 °C à un risque « catastrophique » ; et au-delà de 5 °C à un risque inconnu, « au-delà de la catastrophe ». Alors qu'un risque catastrophique signifie l'extrême fragilité des sociétés, le degré supérieur renvoie à un risque proprement existentiel : il devient impossible pour les sociétés de perdurer.

Une vision inversée de 2049

Ces études prospectives sont intéressantes, mais la meilleure façon d'identifier les températures qui sont devant, c'est encore de regarder derrière. *2049* est affaire de trajectoire. Pour bien l'identifier, c'est un peu comme en voiture, nous disposons d'un rétro. Regarder avec attention ce qui est derrière, ce que la Terre a connu avec ses climats passés, permet de comprendre ce qui nous attend. Les données paléoclimatiques sont comme des lunettes que nous chaussons, permettant de comprendre ce qui est dans le prolongement du réchauffement des dernières décennies.

La paléoclimatologie comme prospective

Lorsque je regarde dans le rétro – c'est-à-dire lorsque je me plonge dans la lecture d'un article paléoclimatique –, cela a un effet plus puissant que n'importe quelle étude prospective. Cela me reconnecte aussi avec le temps long de l'histoire de la Terre où tout est affaire de processus dont la plupart s'échelonnent sur des milliers, dizaines et centaines de milliers d'années – lorsque ce n'est pas davantage encore. Je mesure alors que tout ce que je pourrai dire de *2049* sera toujours moins sombre que ce qui risque d'advenir. Notre rétro nous indique que les paramètres que nous modifions aujourd'hui (le taux de CO_2 dans l'atmosphère ou la fragilisation des calottes glaciaires) sont profondément structurels. Ce n'est que dans le temps qu'ils déploient tout leur potentiel et arrachent la Terre à sa trajectoire climatique pour la cranter dans une autre direction.

Ici la question décisive est de savoir quelle était, dans le passé de la Terre, la moyenne des températures de surface lorsque le taux de CO_2 dans l'atmosphère était équivalent au nôtre. Actuellement, il est d'environ 430 ppm (parties par million) et nous ne cessons de nous rapprocher toujours plus de la barre des 500 ppm, un taux inédit depuis le Miocène moyen il y a 16 millions d'années. À cette époque, la Terre s'est réchauffée à la suite d'un taux de CO_2 qui est passé d'un peu moins de 400 ppm à 500 ppm. Il est donc important de comprendre les transformations climatiques de cette époque pour visualiser ce que pourrait générer une poursuite des émissions de gaz à effet de serre de nature anthropique sur les écosystèmes de la biosphère et notre capacité de survie[44].

Croiser le Miocène – ou un emballement indépendant de la poursuite de nos forçages anthropiques

En effet, alors qu'on estime, à l'aide des études prospectives, qu'un taux de 500 ppm de CO_2 dans l'atmosphère correspondrait à un réchauffement de +2 °C, les températures du Miocène (en particulier de l'optimum climatique du Miocène moyen, MMCO) étaient alors plus chaudes de +5 à +8 °C. Pourquoi un tel écart ? Car la Terre met du temps à réagir à ses différents forçages. Ce sont eux que les modélisations climatiques qui s'arrêtent en 2100 ne permettent pas de voir (fonte des calottes glaciaires, dégel du permafrost, réchauffement des eaux de fond des océans, etc.)[45].

Dès les débuts de la modélisation climatique, les chercheurs ont eu des difficultés à faire correspondre ce que les géologues avaient estimé des climats passés avec les effets du CO_2 sur le réchauffement global moyen à court terme (2100)[46]. Il y a un écart entre ce que nous disent les études prospectives (en gros +3,5 °C) et ce que décrivent les études paléoclimatiques (plutôt entre +5 à +8 °C).

L'analyse du Miocène montre deux lacunes dans les prospectives climatiques que nous traînons depuis près de quarante ans et que le croisement des savoirs de *2049* tente désormais de combler. *Le premier est un décalage* : les modèles climatiques ne sont pas suffisamment testés par rapport aux changements brusques qui adviennent dans le système climatique. Ainsi le géographe de l'université de Bristol Paul Valdes : « C'est un énorme acte de foi que de supposer que les simulations du siècle à venir avec ces modèles fourniront des avertissements fiables d'événements soudains et catastrophiques[47]. » *Le second est l'enfermement dans une vision court-termiste* : en étant fixés sur 2100 nous ne voyons pas l'aboutissement des processus que nous enclenchons. Nous demeurons dans l'illusion que le climat de la fin de ce siècle pourrait être stable, un point d'arrivée auquel nous aurions à nous adapter. La réalité est tout autre. C'est un moment dans un processus infernal.

Un retour de l'Éocène – ou une destruction de toute capacité d'adaptation

Les climats vers lesquels nous nous dirigeons n'ont jamais connu de sociétés humaines établies. Une équipe de chercheurs, emmenée par le paléontologue états-unien Kevin D. Burke, a retracé les climats des 50 derniers millions d'années. Leurs conclusions : le climat du Pliocène moyen (en place il y a 3,3 à 3 millions d'années) pourrait être celui de la Terre dès 2030[48]. Et si nous ne travaillons pas activement à l'atténuation du réchauffement climatique, c'est celui de l'Éocène (il y a 50 millions d'années) qui risque de s'installer dès 2150.

Et ce n'est pas franchement une bonne nouvelle : la température moyenne à la surface de la Terre s'est emballée au-delà de +5 °C. Elle a même atteint +7 à +10 °C. Il s'agit d'un des plus intenses épisodes de réchauffement de notre planète, comparable à celui que nous engageons tout juste.

De cette funeste période, nous savons que l'articulation de pics de températures et de taux d'humidité élevés a produit des décès massifs de mammifères[49]. Avec 5 °C de réchauffement global moyen, c'est assez simple : non seulement des zones entières du littoral mondial deviendraient inhabitables car sous les eaux, mais surtout c'est l'ensemble du globe qui entrerait dans un climat qu'on appelle *hothouse Earth*, de Terre-serre ou planète étuve.

En clair : de telles transformations climatiques remettraient en question les capacités d'adaptation des écosystèmes et des sociétés humaines de *2049*[50].

C'est un climat meurtrier. Ni plus, ni moins.

Ce climat terrestre d'un lointain passé est tout proche, dans le prolongement de notre trajectoire climatique[51]. Compte tenu de l'importance de l'effet de serre dans la trajectoire climatique sur laquelle nous sommes, il s'agit d'un des meilleurs exemples de climats analogues à ceux de notre trajectoire. C'est une augmentation rapide du taux de CO_2 dans l'atmosphère qui a abouti à un tel réchauffement en seulement quelques milliers d'années[52].

L'inversion de 50 millions d'années de refroidissement

Une poursuite des émissions de gaz à effet de serre de l'ordre de +3,5 °C en 2100 conduirait vers des climats « sans précédent géologique[53] ». Cela ne signifie pas que la Terre n'a jamais connu un tel climat, mais qu'elle entamerait un basculement vers des conditions climatiques qui n'ont pas de véritable équivalent dans l'histoire récente (c'est-à-dire au-delà des climats du

Pliocène). Les impacts deviendraient généralisés, avec des événements climatiques extrêmes plus fréquents et intenses ; des zones entières entreraient dans des climats dits « novateurs », où aucune analogie claire avec des climats passés ne peut être établie ; des écosystèmes subiraient des transformations majeures, dépassant ce qu'on est aujourd'hui capable d'appréhender ou d'imaginer. Cinq degrés de plus en 2150 serait un climat analogue à l'Éocène, période où les températures se sont ensuite envolées et où il n'existait pas de calottes glaciaires permanentes.

En clair : *2049* équivaut à inverser 50 millions d'années de refroidissement planétaire en quelques siècles, ce qui est inimaginable. Dans cette direction, c'est simple : il n'y a plus d'Europe. Le « vieux continent » aux conditions climatiques si favorables à la maîtrise des écosystèmes permettant de fonder des institutions qui donnent de la stabilité à nos existences n'existe plus. Tout est inconnu. Tout est instable. Tout est défavorable aux sociétés.

2049 *ou un monde sans infrastructures*

Un monde sans école ?

Lundi 24 juin 2019, depuis la rue de Grenelle, le ministre de l'Éducation nationale, Jean-Michel Blanquer, prend la parole. Les épreuves du brevet des collèges prévues dans la semaine, pour lesquelles les collégiens de troisième se préparent depuis des mois, vont être reportées à la semaine suivante en raison d'une forte canicule. Cette décision, prise de concert avec le Premier ministre Édouard Philippe et la ministre de la Santé Agnès Buzyn, est une première. Jamais une telle décision n'avait été prise ; mais c'est parce qu'il n'avait jamais fait aussi chaud un jour d'examen. Les vacances familiales attendront[54].

Les vagues de chaleur affectent l'ensemble du fonctionnement de nos sociétés. C'est même, dès à présent, les capacités de transmission de savoirs et d'apprentissage qui sont compromises. Ainsi, au Pakistan, les écoles des 26 millions d'enfants sont parfois fermées lorsque les vagues de chaleur deviennent dangereuses. C'est ce qui est arrivé en mai 2024, alors que les températures atteignaient les 51 °C et que ces températures venaient couper le réseau électrique pourtant nécessaire pour faire timidement fonctionner les ventilateurs[55]. Les autorités indiennes aussi ont décidé la fermeture des écoles devant les 47,8 °C à proximité de Delhi et ce sont des centaines de millions d'enfants qui sont partis en vacances de façon anticipée[56]. Au Royaume-Uni, lors d'une canicule en juillet 2022, les écoliers ont eu le choix : ne pas venir à l'école ou laisser à la maison leur traditionnel uniforme pour venir en classe… en short[57]. L'année suivante, en octobre 2023, les écoliers espagnols des îles Canaries ont bénéficié d'une semaine de congé supplémentaire à la suite de la fermeture de toutes les écoles face aux 40 °C[58]. Puis en juin 2024, ce sont les écoles maternelles grecques qui ont fermé deux jours pour éviter que les élèves ne soient frappés de coups de chaleur sous l'effet des pointes à 43 °C[59].

Avec un timide +1,2 °C, le dérèglement climatique et sa météo chaotique impactent nos infrastructures. Les canicules viennent perturber la circulation ferroviaire (la chaleur déforme les rails), les sécheresses fragilisent les bâtiments, qui se fissurent, les cyclones ou tempêtes, les inondations, les feux ou les glissements de terrain ravagent tout ce que nous avons construit : télécommunications, réseaux énergétiques et électriques, transports…

Un monde sans villes ?

Mais indépendamment de ces événements climatiques extrêmes, toutes les évolutions climatiques détériorent d'ores et déjà nos infrastructures. À commencer par le réchauffement des sols, qui fragilise les villes. En effet, des îlots de chaleur souterrains se constituent sous les villes, déformant progressivement les roches et les matériaux de construction. À tel point que « le changement climatique souterrain peut représenter un danger silencieux pour les infrastructures civiles[60] » d'une ville comme Chicago. Les températures de sol plus élevées sur plusieurs dizaines de mètres de profondeur de ces îlots de chaleur souterrains concernent également une vie comme Paris[61].

Et ce sont de véritables « dommages en cascade » dans l'altération des infrastructures qui pourraient survenir. À titre d'exemple, sur le seul territoire français, et en ne considérant que le surcoût des inondations sur le réseau ferroviaire[62], une augmentation des températures de +1,5 °C à +3 °C se chiffre à un milliard d'euros – et c'est sans parler des coûts liés aux sécheresses, canicules, tempêtes et glissements de terrain pour l'entretien des chemins de fer.

Les moments de fortes chaleurs ont de nombreux impacts délétères. Ils surchauffent nos outils de communication, qui fonctionnent moins bien (voire plus du tout) et provoquent parfois des incendies sur les réseaux de communication. Ils viennent d'ores et déjà interrompre le transport d'électricité (certains composants des câbles ne résistent pas à la chaleur) : tous les ans en Europe les capacités des lignes à haute tension sont réduites sous l'effet des canicules, et c'est alors la population qui ne peut bénéficier de la même quantité d'énergie (c'est par exemple ce qui s'est passé au Royaume-Uni et en France en juillet 2022, en Catalogne en août 2023). Mais c'est aussi la production des réacteurs nucléaires qui est réduite durant les épisodes de fortes chaleurs ou les systèmes de climatisation qui se trouvent dégradés.

Et, bien sûr, les chaleurs ralentissent les travaux de maintenance[63]. Mais les dégâts principaux sont proprement humains : les personnes qui travaillent sur les infrastructures routières, ferroviaires, énergétiques et communicationnelles sont exposées à une activité physique durant des fortes chaleurs pouvant leur être fatales. Le 16 juillet 2022, un homme de 60 ans, José Antonio Gonzalez, est décédé sous l'effet de la chaleur alors qu'il balayait les rues de Madrid sous une chaleur de 40 °C[64] (Reuters). Un an après, le 11 juillet 2023, également par 40 °C, c'est en entretenant la signalisation des routes qu'un homme de 44 ans est mort de chaud[65].

2049 : une planète désertique

Comprendre –5 °C pour voir +5 °C

Il y a 20 000 ans, le climat était plus froid de 4 à 6 °C. Les océans étaient plus bas de 125 mètres et l'on pouvait rejoindre l'Angleterre depuis la France à pied. D'immenses glaciers recouvraient le nord et le sud de notre planète. La Suède, la Norvège, la Finlande, l'Écosse et le nord de l'Irlande étaient sous des glaces dont l'épaisseur pouvait être de 3 kilomètres.

Cette rétrospective en pleine époque glaciaire permet de projeter *2049* comme le négatif d'une pellicule permet une photo ou comme le moulage d'un sculpteur lui permet de réaliser un bronze. La France ressemblait peu ou prou à la Sibérie. La végétation à Paris était comparable à la toundra : pas d'arbres à l'horizon, seulement des mousses et des lichens. Plus au sud, vers Marseille ou Rome, s'étendait la taïga, une forêt clairsemée composée de pins et de bouleaux nains. Côté faune : des aurochs (l'ancêtre de nos vaches), des rhinocéros laineux, des mammouths, des bisons, des rennes, des ours bruns, des lions des cavernes, des hyènes des cavernes…

Avant de faire place à l'époque interglaciaire actuelle caractérisée par son exceptionnelle stabilité et prévisibilité, notre environnement européen était incroyablement hostile. Les sous-sols étaient gelés en permanence (permafrost), les précipitations étaient moins nombreuses mais stagnaient en surface, laissant place à des marécages l'été. La végétation étant très peu nombreuse, les vents étaient très forts et embarquaient le sable, les limons (un type de roche granulaire) et l'argile, augmentant encore l'aridité du climat.

En bref, le climat européen était constitué de trois zones distinctes. Une calotte de glace recouvrait le nord de l'Europe jusqu'à un axe passant par Berlin et le nord de Londres. Les paysages d'Amsterdam, Dublin, Varsovie, Copenhague, Minsk, Stockholm, Oslo ou Helsinki ? À peu de chose près : ceux du Groenland aujourd'hui. En dessous de cet axe, l'Europe est un désert périglaciaire avec des glaces en hiver et une éphémère végétation estivale jusqu'à Nantes/Châteauroux. Paris, Lille, Strasbourg, Vienne, Prague sont un semi-désert. Si l'on descend un peu plus au sud, une troisième zone est plus favorable, on y trouve une steppe d'armoise (une plaine aride, sans arbres) et des animaux. Lorsque vous descendez tout au sud, au niveau de la péninsule Ibérique, de l'Italie et des Balkans, vous pouvez croiser des *Homo sapiens* en train de chasser des chamois, des antilopes ou leurs cousins les saïgas[66]. Inversement, on le comprend aisément, une augmentation de 5 °C transformerait le globe et une grande partie de l'Europe en désert.

Vers un désert européen ?

Le dérèglement climatique est une transformation globale. Il est constitué d'une augmentation de la moyenne des températures de surface, bien sûr. Mais aussi d'une transformation des précipitations, ou des cours d'eau qui sillonnent et irriguent nos territoires comme les nappes phréatiques. Le dérèglement climatique anthropique est le principal facteur de la désertification qui, en retour, accentue le réchauffement du climat.

Aujourd'hui, le processus de désertification est responsable de 20 % des émissions de CO_2, notamment sous l'effet de la déforestation et de la dégradation des sols, qui ne stockent plus de CO_2[67].

La moitié des surfaces agricoles de la planète menacée

Ce qui, de *2049*, est relativement clair (hors contexte d'effondrement de l'AMOC que nous explorerons dans un prochain chapitre) : les saisons en France métropolitaine, comme sur une partie de l'Europe occidentale, seront plus contrastées, avec une intensification des sécheresses l'été. Les sécheresses ne seront plus cantonnées au sud de l'Europe, mais c'est l'ensemble du continent – excepté le nord – qui verra ses précipitations diminuer drastiquement. Une baisse du débit des cours d'eau et un assèchement des nappes phréatiques viendront considérablement complexifier la production agricole[68].

Aujourd'hui, l'Europe mobilise près des deux tiers de sa production céréalière pour nourrir son bétail, le reste étant destiné à l'alimentation humaine. Le blé représente la moitié de la production européenne – l'autre moitié étant constituée de maïs et d'orge, et, dans une moindre mesure, de seigle, d'avoine et d'épeautre. C'est en France, en Roumanie et en Allemagne qu'on produit une grande partie de ces céréales de l'Union européenne (près des deux tiers). Et c'est de l'Ukraine, véritable grenier à grain du continent européen, que l'UE importe plus de la moitié des céréales nécessaires à son fonctionnement[69].

Qu'en sera-t-il en *2049* ? Devant la baisse des rendements et la perte des territoires pouvant être destinés à la production agricole, il est plus que probable que les cheptels auront tout simplement disparu. Où pourrons-nous encore produire des céréales ? Certainement plus en France ni en Roumanie. Il sera alors nécessaire de remonter vers le nord de l'Allemagne et de la Pologne puis en Lituanie et Lettonie. Quand nous traverserons les immenses plaines de la Beauce, les paysages seront tout simplement désertiques.

Devant nous, ce drame : les sols qui nous nourrissent ne vont cesser de se dégrader et de faire place à des zones arides. Cette prospective n'a rien de récent : c'est une préoccupation majeure depuis plus de cent ans. Même si elle n'a pas eu le retentissement médiatique du changement climatique ou de l'effondrement des écosystèmes, c'est elle qui fut à l'origine du premier programme environnemental des Nations unies en 1951, le programme « Zones arides » de l'Unesco[70]. C'est le constat que « la Terre a soif[71] » qui a mobilisé chercheurs et responsables politiques pour lutter contre le développement de la sécheresse et tenter de reprendre la main sur les déserts. Depuis, le quinzième des dix-sept objectifs de développement durable de l'ONU adoptés en 2015 porte précisément sur la préservation et la restauration des écosystèmes terrestres en enrayant le processus de dégradation des sols.

L'assèchement des territoires européens et mondiaux est un tel risque pour l'humanité que des chercheurs ont produit un indicateur, l'indice mondial de vulnérabilité à la désertification (*Global Desertification Vulnerability Index*, GDVI). D'ici 2100, 13 % de la superficie des terres mondiales présentent un risque modéré de transformation en désert, 7 % un risque élevé et 9 % très élevé. Dans l'hypothèse d'une poursuite des émissions de gaz à effet de serre sans régulation internationale, les risques d'aridification seraient encore 23 % supérieurs à ces chiffres[72]. Selon l'Institut de recherche pour le développement (IRD), ce sont même 41 % des terres émergées qui pourraient devenir des déserts. Une autre façon de dire la même chose : la désertification menace plus de la moitié des surfaces agricoles de la planète[73].

Une zone aride est un endroit où les précipitations sont insuffisantes pour maintenir des cultures et où l'irrigation est indispensable. En gros : l'évaporation de l'humidité des sols est supérieure aux précipitations. Ces derniers millénaires, le Sahara a été davantage vert et florissant que désertique. Durant neuf mille trois cents ans (il y a entre –14 800 et –5 500 ans), a eu lieu ce qu'on appelle la période humide africaine, notamment induite par des lents changements d'inclinaison de l'axe de rotation de la Terre (le forçage orbital) auxquels se sont ajoutées des rétroactions atmosphère-végétation[74]. La fin du Sahara vert, un phénomène écosystémique intrigant, a fait l'objet de nombreuses études. Elle a été abrupte, avec une réaction non linéaire à des changements dans la mousson africaine[75] combinés à une faible diversité végétale. En effet, lorsque la composition de la végétation est peu diversifiée, un changement climatique a de suite de grandes conséquences (la rétroaction climat-végétation est forte)[76]. Aujourd'hui, le Sahara est un désert qualifié d'hyperaride où l'agriculture sans irrigation est impossible et c'est le Sahel, une zone semi-aride de transition entre le Sahara et la savane africaine considérée comme un potentiel point de rupture du système Terre, qui pourrait basculer. C'est cette désertification qui menace *2049*.

À +3 °C, les deux tiers de la population mondiale connaîtront une augmentation des conditions de sécheresse. Les sécheresses vont être plus fréquentes, plus intenses, plus longues (de 2 mois en moyenne à +1,5 °C, à 4,2 mois à +3 °C dans les zones arides) et toucher une part toujours plus importante de la population mondiale et européenne[77]. Les conséquences à long terme du développement de zones arides sont terribles : le non-remplissage chronique des nappes phréatiques fait obstacle, freine, empêche, nuit à la reconstitution des réserves, ce qui se répercute ensuite directement sur les sociétés avec la diminution, la réduction des capacités de production agricole.

Quand connaîtrons-nous le climat du Maroc en France ?

Nous avons l'habitude d'entendre des phrases comme : « En 2050, l'Espagne aura le climat du Maroc et ça sera le tour de la France en 2080. » Ce type d'affirmation n'a aucun sens car, du point de vue des sociétés, rien ne sera comparable entre la société marocaine actuelle et l'hypothétique société française en 2080. Le jour où la France aura un climat comparable à celui du Maroc actuel, l'état du système Terre sera profondément différent, de même que le contexte international. Lorsque « la France aura le climat du Maroc », certes, nous aurons affaire à une sécheresse chronique, le contexte bioclimatique n'aura plus la stabilité et la prévisibilité actuelles dont bénéficie le climat marocain : événements climatiques extrêmes, impossibilité de prévoir des précipitations régulières pour l'agriculture, montées des eaux associées à des vagues submersives transformant les zones côtières en zones inhabitables, etc. Mais ce n'est pas tout, la précarité alimentaire sera globalisée, les migrations sans commune mesure avec ce que nous connaissons aujourd'hui, les tensions géopolitiques exponentielles, etc. *2049* n'est pas une translation des climats du sud vers le nord, c'est une explosion, une déflagration.

Les reconfigurations territoriales du stress hydrique

2049, c'est aussi une aridité galopante liée à la convergence de plusieurs processus physico-chimiques. Tout d'abord, il y a une mise en crise de l'eau disponible sur le territoire. Elle est liée à l'assèchement amené par le réchauffement, par ailleurs souvent accéléré par l'intensification de l'utilisation des terres qui mobilise toute l'eau des sols. De plus, la déforestation accélère encore le processus d'aridification des sols qui, dépourvus d'arbres, ne captent plus l'humidité de l'air, et, dépouillés de racines, ne stockent plus l'humidité dans les sols.

Lorsque, sur un territoire donné, un seuil est franchi dans la disponibilité en eau, cela entraîne des conséquences directes sur la disparition d'écosystèmes (qui ne réapparaissent pas ensuite à la prochaine averse)[78]. Lorsque la couverture végétale diminue en dessous d'un certain seuil (lorsqu'elle a été trop dégradée ou que les forçages anthropiques ont été trop importants), on observe une dégénérescence durable de l'écosystème qui s'accompagne d'une érosion du sol et d'une baisse de sa fertilité. C'est ce qui s'est passé dans le sud de l'Espagne et au Portugal où les forêts de chênes-lièges et de chênes verts ainsi que les maquis ont été très fragilisés par les épisodes de sécheresse comme par les pressions anthropiques (le surpâturage, la déforestation et le changement d'usage des terres). Un franchissement de seuil de disponibilité en eau engage alors une série de rétroactions négatives. La baisse des précipitations induit un stress hydrique chez les arbres. Progressivement la couverture végétale diminue, les sols ne sont plus protégés, ils s'érodent, perdent leur fertilité, puis ils ne parviennent plus à retenir l'humidité. Le stress hydrique s'intensifie et c'est ensuite tout le couvert forestier qui s'effondre.

Aujourd'hui, la vitalité de nos écosystèmes est due aux interactions entre les plantes favorisant le « recrutement » et la croissance des autres plantes. Lorsque des plantes commencent à disparaître, c'est toute une dynamique qui est altérée et ce sont d'autres plantes qui tendent à disparaître à leur tour[79] – d'autant plus que ce sont les plantes qui améliorent les conditions de fertilité des sols en retenant l'eau et les nutriments.

Quand on se promène dans les zones de maquis du sud de l'Espagne, ce phénomène est patent. Certaines espèces, comme le chêne des garrigues, un arbuste adapté à la sécheresse qui constitue des fourrés particulièrement denses et inaccessibles, est une véritable *nurse plant* ou « plante-nounou ». Ces petits chênes qui n'excèdent pas 3 mètres de haut améliorent la rétention d'eau, apportent de l'ombre et la fertilité des sols. Ils permettent une forme de microclimat qui favorise le développement d'autres espèces. Mais quand ils disparaissent sous l'effet d'une sécheresse trop importante ou d'un stress hydrique insurmontable, la dynamique d'interaction qui facilitait le recrutement et la croissance d'autres plantes disparaît pour faire place à des cascades de dégradations. Le paysage passe alors d'un maquis dynamique à une désertification locale.

Progressivement la présence des micro-organismes nécessaires aux végétaux, comme les bactéries et les champignons, tend à disparaître. Ces transformations entravent ensuite le rétablissement de l'écosystème – et on estime le seuil de dégradation à environ 20 % de la couverture végétale[80]. L'assèchement augmente alors les départs d'incendies, après lesquels la végétation met du temps à repousser.

Peu à peu, un climat plus aride s'installe. On voit ici trois niveaux d'aridification imbriqués les uns dans les autres : (1) une aridification à petite échelle, biologique, marquée par la rétroaction biogéochimique des sols ; (2) une aridification à moyenne échelle, écohydrologique, embarquée par les rétroactions entre les plantes et les sols ; et (3) une aridification à grande échelle, territoriale, avec cette rétroaction entre l'assèchement de la végétation et les feux.

Les sécheresses : un enfermement mortifère

2049 est alors l'histoire d'un verrouillage. Le changement climatique, les autres perturbations anthropiques comme les changements d'utilisation des terres ainsi que l'apparition d'événements extrêmes comme les incendies verrouillent les sols d'un territoire dans une dynamique d'aridité[81]. Lorsqu'elle apparaît, l'aridité peut provoquer des déclins abrupts de la végétation résultant de la perte de fertilité des sols[82]. Plus elle s'installe, moins les écosystèmes sont résilients à la suite des transformations climatiques[83].

2049 est l'histoire de la mort. Et singulièrement celle des sols qui ont pourtant permis nos existences en nous nourrissant et nous hydratant. La mort des sols, c'est la mort des écosystèmes. La mort des écosystèmes, c'est notre mort à nous, humains. C'est la raison pour laquelle les processus de désertification sont particulièrement observés et génèrent une véritable inquiétude dans les communautés scientifiques. D'autant plus que lorsqu'un processus d'aridification s'engage, les sols se mettent à émettre davantage de carbone, principalement en raison d'une augmentation du taux de respiration.

Pour lutter contre la dégradation des terres et la perte de la biodiversité permettant de sécuriser la possibilité pour les populations d'accéder à une production alimentaire, mais aussi pour lutter contre la pauvreté et les migrations climatiques, les différentes nations ont adopté la Convention des Nations unies sur la lutte contre la désertification (UNCCD) en 1994 (et entrée en vigueur en 1996)[84]. Elle fait suite aux crises humanitaires des années 1970 et 1980, notamment dans le Sahel, où des sécheresses intenses ont provoqué des famines, des pertes massives de bétail, et des migrations forcées. Ces événements ont mis en lumière les impacts dévastateurs de la désertification sur les populations et les écosystèmes, tout en révélant le besoin urgent d'une réponse coordonnée à l'échelle internationale. Lors du Sommet de la Terre à Rio en 1992, la désertification a été identifiée comme un problème mondial majeur. Une résolution a été adoptée alors pour établir un cadre juridique contraignant visant à coordonner les efforts internationaux, notamment en Afrique, la région la plus touchée.

Face à l'avancée des déserts, voilà quelques décennies que nous expérimentons la construction de murailles vertes. Le gouvernement chinois a entrepris de planter la plus grande forêt artificielle au monde. L'objectif est de faire pousser une forêt de 4 800 kilomètres de long et 1 500 de large d'ici 2050.

Soixante mille soldats ont déjà été réquisitionnés pour replanter plusieurs milliards d'arbres et tenter ainsi de freiner l'avancée du désert de Gobi (entre le nord de la Chine et le sud de la Mongolie). Plus récemment, en 2007, l'Union africaine a lancé un autre chantier pharaonique de plantation d'une bande de 15 kilomètres d'arbres traversant l'Afrique d'est en ouest (de Dakar à Djibouti). S'il est indéniable qu'il faut tout faire pour entraver l'avancée des déserts, ces expérimentations s'avèrent moins réussies que prévu. Les arbres à croissance rapide qui sont plantés (pins, peupliers, saules) s'avèrent vulnérables aux espèces invasives et accueillent une biodiversité restreinte – alors que la biodiversité est le véritable mur contrant l'avancée des déserts. Et ils ne sont pas en mesure de fondamentalement inverser la tendance en permettant aux sols de retenir durablement l'humidité.

En Europe, on ne parle pas de la construction d'une immense muraille verte continue comme au Sahel ou en Chine, mais de plusieurs corridors de reboisement destinés à freiner l'aridification des territoires méditerranéens. En Espagne, c'est un projet de plantation d'une « ceinture verte » de 300 kilomètres qui a été lancé depuis 2016 en Andalousie[85] quand, en 2024, l'Italie a adopté un projet de plantation de 22 millions d'arbres reliant quinze métropoles, une « ligne verte » reliant Milan, Naples, Rome et Reggio de Calabre pour ralentir la désertification qui gagne par le sud[86].

Partout à travers le monde : des sols qui retiennent moins l'humidité

Car c'est bien ça l'enjeu vital qui permet littéralement d'arroser nos sociétés : la capacité des sols à recevoir et à capter l'humidité, étape essentielle pour que les végétaux poussent. C'est ce qu'on appelle le « cycle de l'eau verte », que l'hydrologue du Stockholm Resilience Center Lan Wang-Erlandsson, qui travaille dans le cadre de la modélisation des limites planétaires, a intégré comme un des processus écologiques fondamentaux permettant notre existence. Celui-ci renvoie aux interactions entre les précipitations terrestres, l'évaporation et l'humidité des sols.

Or actuellement, les pressions humaines sur le cycle de l'eau sont trop fortes et nous franchissons la limite nous permettant d'être assurés que les forêts, les végétaux et les céréales essentielles à nos civilisations pourront continuer de pousser « comme avant » sur les différents continents. Cette limite planétaire de l'eau verte est représentée par « le pourcentage de la surface de la Terre qui est libre de glace sur laquelle l'humidité du sol de la zone racinaire s'écarte de la variabilité de l'Holocène pour n'importe quel mois de l'année[87] ».

Pourquoi est-ce essentiel ? Parce que l'humidité dans le sol a une fonction vitale dans la résilience du système Terre : elle interagit en permanence avec les écosystèmes, avec le climat et avec les sociétés. Les réactions des sols à la modification des précipitations peuvent franchir des seuils non linéaires avec la transformation en zones d'aridité, compte tenu de la complexité des interactions tant écologiques, biogéochimiques qu'atmosphériques[88]. Encore et toujours cette même image de *2049* comme un désert dont l'expansion n'a d'autre limite que le globe lui-même.

La désertification du bassin méditerranéen

Dans le Vallespir, un territoire des Pyrénées orientales, des puissants chênes verts, des chênes kermès ou des pins maritimes ont littéralement grillé, comme s'ils avaient été « pulvérisés avec du désherbant[89] ». Si les sécheresses européennes actuelles transforment d'ores et déjà des paysages entiers, *2049* donne à voir des sécheresses sur le sol européen autrement catastrophiques.

Leur durée moyenne sera de six mois en 2050 en Europe du Sud, quatre mois en Europe de l'Est et deux mois en Europe de l'Ouest – et l'Europe du Nord sera épargnée. En 2100, les choses se complexifient avec onze mois en Europe de l'Est, six en Europe de l'Est… et… douze mois en Europe du Sud. Le bassin méditerranéen ? Un désert[90].

L'état des sols de *2049* rend réellement difficile de visualiser ce à quoi pourrait ressembler la vie quotidienne au sein de nos sociétés globalisées. Et la question qui continue de s'installer est la suivante : une vie en société pourrait-elle seulement être possible ? Ou faudra-t-il envisager que les humains se fédèrent dans le cadre de petites sociétés autonomes ?

Un désert en Europe au cours du XXIe siècle

Car le bassin méditerranéen est bien une des régions du monde qui se réchauffent le plus rapidement avec ses sécheresses à répétition fragilisant les écosystèmes. Les températures supérieures à la moyenne s'installent durablement, des vagues de chaleur combinées avec une baisse des précipitations ont produit une sécheresse durable dans le sud de l'Italie, le sud de l'Espagne, à Malte et dans le nord de l'Afrique (Maroc, Algérie, Tunisie). L'eau vient déjà à manquer sur l'ensemble du pourtour méditerranéen[91]. En Catalogne, la chute des réserves d'eau, tombées à 16 % de leur volume habituel, a été telle que le 1er février 2024 l'état d'urgence sanitaire a été décrété avec des restrictions d'eau. Dans le même temps en Tunisie, des habitants de la ville de Sousse ont connu des coupures d'eau durant trois jours. Les répercussions sont immédiates sur l'agriculture, la capacité de production d'énergie et sur la survie des écosystèmes[92].

Nous sommes en ce moment face à un risque majeur de transformation du bassin méditerranéen en désert au cours de ce siècle. Innombrables sont les articles qui font consensus autour de ce triste constat[93] en raison des effets conjugués de la diminution des précipitations et de l'évapotranspiration des sols, ainsi que des pratiques agricoles intensives et d'un tourisme de masse qui surexploitent les aquifères, ces sols poreux contenant des nappes d'eau souterraines[94]. Aujourd'hui, des semi-déserts sont d'ores et déjà présents dans le sud de l'Europe et d'ici 2100, ce sont 11 % de véritables déserts qui couvriront le territoire européen : des grandes parties de l'Espagne, du sud de l'Italie, du sud-est de l'Europe et du delta du Danube[95]. Comme évoqué précédemment, lorsque les sols commencent à s'assécher, ils peuvent, en un temps record, littéralement faire place à des déserts. Et les météorologues français Anne-Laure Gibelin et Michel Déqué projettent un tel scénario pour le pourtour méditerranéen dès 2070, les sols devenant tellement secs que la poursuite de l'augmentation des températures ne s'accompagnera plus d'une augmentation de l'évaporation tant ils se seront asséchés[96]. Très concrètement : avec +1,5 °C, nos modes de production agricole autour du bassin méditerranéen et la végétation alentour demeurent cahin-caha. Mais cela cesse avec +2 °C et les déficits chroniques de précipitations qui vont avec[97].

La transformation du bassin méditerranéen est un point chaud de la géopolitique planétaire. La destruction des écosystèmes qui accompagne cette désertification viendra retirer le point d'ancrage des populations, permettant jusqu'alors d'accéder à de l'eau et de protéger le territoire des inondations, mais aussi de capturer du carbone… comme des touristes[98] !

3

La pénurie

Un matin d'hiver 2001-2002, à Enschede, le jeune professeur néerlandais Arjen Hoekstra rentre d'un footing glacial et file sous la douche ; l'eau chaude qui ruisselle lui rappelle soudain combien la vie des consommateurs d'un pays a une « empreinte eau » considérablement plus importante que ce que nous avons l'habitude de calculer. Nous « importons » des litres invisibles d'eau tous les jours, cachés dans le café, le coton, la viande…[1]

Cette illumination – littéralement « sous la douche » – le pousse, dès la semaine suivante, à baptiser cette eau cachée « *water footprint* » (empreinte hydrique) et à lancer un calcul de classe : combien d'eau virtuelle se cache derrière un hamburger ? La réponse, environ 2 400 litres, sidère ses étudiants.

Les deux décennies qui suivirent, le professeur Hoekstra s'amusera à compter les gouttes : nous pouvons lui donner n'importe quel produit entre les mains, il en énumérera aussitôt la dépense d'eau. Quarante litres pour une tranche de pain, 135 litres pour un œuf, 10 000 litres pour un jeans. Un jeu pédagogique qui fit rapidement le tour du monde[2].

Car, si l'eau est partout, c'est son manque qui prédomine – et il devient de plus en plus vital d'apprendre à l'économiser. L'eau est l'élément physique fondamental de notre vie quotidienne, tant d'un point de vue proprement physiologique (notre corps est constitué à 60 % d'eau) que du point de vue de la vie en société. L'accès à de l'eau potable est une des conditions de réussite des dix-sept objectifs de développement durable onusiens.

Comme 71 % des territoires de la planète sont recouverts d'eau, nous pourrions nous dire que nous n'en manquerons jamais. Mais ce n'est pas si simple, car seul 0,3 % de l'eau douce, qui représente 2,5 % du volume d'eau total, est accessible (la plupart du reste de l'eau douce est contenue dans les glaciers). Cela signifie que seul 0,007 % de l'eau est disponible pour l'humanité[3].

Alors que cette quantité était disponible pour une population de 1,6 milliard d'habitants en 1900, nous devons désormais nous la partager entre plus de 8 milliards de personnes. Or les besoins en eau par habitant ont littéralement explosé, compte tenu de nos modes de vie modernes et de la croissance économique du xxe siècle, extrêmement consommatrice d'eau douce.

Comme l'eau ne manque pas de s'évaporer pour venir charger les nuages, on pourrait se dire que, quoi qu'il advienne, cette eau continuera toujours d'alimenter nos réserves (que ce soient les nappes phréatiques ou les fleuves et rivières). Mais, là aussi, ce n'est malheureusement pas si simple. L'eau n'est plus la même : polluée, elle n'a plus la même solidité dans son support à nos civilisations. De plus, parce que nous avons transformé le cycle de l'eau, nos réserves ne cessent de diminuer.

2049 nous fait vivre ce risque vital : ne plus avoir de stock d'eau. L'abondance fait place à la pénurie.

2049 ou la vie sans eau claire

2049 : *80 % de la population mondiale menacée de pénurie d'eau*

Jeudi 1er février 2024 : le gouvernement catalan annonce officiellement l'état d'urgence. Cela fait maintenant 1 000 jours consécutifs que la région est confrontée à une sécheresse sans précédent. Le président catalan, Pere Aragonès, annonce que des restrictions d'eau ont désormais lieu à Barcelone et dans toute la région, dont une nécessaire réduction de l'eau pour l'irrigation agricole. Les céréales devront apprendre à pousser avec moins d'eau. Et ce, pour au moins les quinze prochains mois. Les piscines vont fermer, les parcs ne seront plus arrosés, il ne sera plus possible de se doucher sur les plages[4].

Aujourd'hui, 70 à 80 % de l'eau potable est destinée à l'agriculture et à la production de nourriture, 10 à 20 % à l'industrie et à peine 10 % aux usages domestiques (en Europe, les proportions sont un peu différentes avec 33 % destinée à l'usage domestique, 30 % à l'industrie et 35 % à l'agriculture)[5].

Nous vivons déjà dans un monde où l'accès à l'eau est en crise. Environ 4 milliards de personnes vivent dans « des conditions de grave pénurie d'eau douce pendant au moins un mois de l'année[6] » (la moitié vivant en Inde et en Chine) et un demi-milliard de personnes vivent cette grave pénurie d'eau tout au long de l'année[7]. Trente pour cent de la population mondiale n'a pas accès à de l'eau potable dans sa vie domestique et 60 % n'a pas de sanitaires corrects[8]. Quatre mille enfants meurent tous les jours des maladies qui circulent dans l'eau polluée et 1,8 million de personnes meurent tous les ans de diarrhée (principalement des enfants).

Chaque jour, ce sont 2 milliards de tonnes de déchets qui sont déversés dans les cours d'eau – pollution qui devient organique[9]. Si cette crise est gravissime, elle n'a rien d'inévitable. La faible part d'eau disponible pour l'humanité a été transformée en ressource rare par la négligence politique, des défaillances d'infrastructures, des laisser-faire octroyés aux entreprises polluantes[10]. Au total, c'est 80 % de la population mondiale qui est menacée de manque d'eau au cours de ce siècle. Et ce risque systémique mondial ne va cesser de s'intensifier sous l'effet du dérèglement climatique.

Le temps présent nous donne déjà un avant-goût de *2049* : en 2022, en France métropolitaine, 1 200 cours d'eau ont été totalement asséchés, 93 départements ont déclenché des restrictions en eau. Parce que les sources alimentant la commune se sont taries à la suite d'une sécheresse exceptionnelle, le village de Coucouron en Ardèche a été approvisionné tous les jours par camion-citerne durant plus de huit mois à compter de l'été 2022. Et il en est de même pour les villages de Seillans et Bargemon dans le Var, Miribel-les-Échelles en Isère, les quatre communes du plateau des Bornes en Haute-Savoie ainsi que plus de 500 villages de France[11] alimentées en eau par camions-citernes ou par distribution de bouteilles d'eau. Au cours de cette période, la production agricole a connu une baisse de 10 à 30 %[12].

Les Britanniques aussi commencent tout juste à expérimenter *2049*. Londres vit d'ores et déjà dans la crainte d'une pénurie structurelle d'accès à l'eau potable et commence dès à présent à imaginer des aménagements pour limiter la consommation par habitant[13]. La ville de Londres est particulièrement vulnérable aux pénuries en raison de sa dépendance à l'eau souterraine et aux précipitations hivernales pour recharger ses ressources – d'autant plus qu'elle a connu différents incidents d'infrastructures avec des ruptures de canalisations causées par des fluctuations extrêmes de température, auxquelles s'ajoutent de graves difficultés financières de la compagnie des eaux britanniques, Thames Water, endettée à hauteur de 20 milliards de livres sterling[14].

Le changement climatique, combiné à une demande croissante due à l'urbanisation, est en train d'aggraver cette situation[15] et fait courir le risque qu'elle devienne hors de contrôle. D'ici quinze ans, c'est 1 milliard de litres qui risquent de manquer tous les jours et 2,6 milliards d'ici 2060[16]. Cela fait craindre des coûts sociaux exorbitants ainsi que d'immenses pertes économiques.

2049 *et la mère de toutes les menaces : l'évaporation des stocks d'eau*

Notre développement économique exerce une pression sur le cycle de l'eau et nos ressources mondiales. Un simple exemple permet de le visualiser : si nous n'avions pas retenu de l'eau dans nos réservoirs artificiels grâce à des barrages géants de parfois plusieurs centaines de mètres de hauteur aux quatre coins du monde, le niveau de la mer serait plus haut de 3 centimètres[17]. La crise est déjà là et ne va cesser de s'intensifier dans les décennies à venir, désorganisant l'ordre mondial. D'ici 2050, l'augmentation des demandes sera vertigineuse : +50 % pour la production alimentaire, +50 à 70 % pour les villes et les industries, +85 % pour l'énergie[18]. Le manque d'accès à l'eau est, à lui seul, un élément suffisant pour faire s'effondrer les PIB et transformer des États sécurisés en théâtres de guerre.

Une alternance d'inondations et de sécheresses

L'Europe du Nord devrait avoir 20 % de précipitations supplémentaires dans les décennies à venir, mais cela n'a rien d'une bonne nouvelle car cela sera principalement sous la forme d'épisodes de pluies intenses causant des inondations[19] – comme celles que nous avons connues récemment en Allemagne ou en Belgique. Elles seront même plus importantes de 50 % au Royaume-Uni. Ces alternances d'inondations et de sécheresses sont vraiment problématiques pour l'irrigation de nos cultures, mais aussi pour le transport fluvial. Ainsi le Rhin pourrait voir son débit augmenter de 30 % en hiver, inondant sur son passage l'Allemagne et les Pays-Bas, et diminuer de 50 % l'été[20]. Dans les Alpes, les prévisions indiquent une diminution de l'épaisseur de la neige pour toutes les altitudes, toutes les périodes et ce quels que soient les scénarios d'émissions de gaz à effet de serre. En dessous de 1 200 mètres d'altitude, les chutes de neige auront presque disparu d'ici la fin du siècle. Dans un scénario de +4 °C, c'est 70 % de neige en moins sur les Alpes et certainement plus de neige à +5 °C[21]. Tout au long de ce processus, le débit des cours d'eau ne cessera de se réduire, l'érosion augmentera, les flux des sédiments et nutriments des rivières et des lacs seront transformés, ce qui affectera la qualité de l'eau[22].

Les sécheresses éclair

Les réserves vitales pour l'irrigation de nos cultures et pour l'alimentation de nos villes en eau potable (étangs, lacs, réservoirs) sont directement sensibles aux variations de la météo[23]. Une sécheresse peut rapidement nous faire toucher le fond de nos réservoirs. Ces dernières années, un phénomène particulièrement problématique se développe : les « sécheresses éclair[24] » (*flash droughts*).

En Europe, ce type d'épisode de sécheresse fulgurant a déjà commencé à s'installer. En 2018, c'est l'Europe (Scandinavie et pays baltes) qui a expérimenté cette sécheresse éclair ravageant les cultures et contribuant à des mégafeux. Fin juillet, déjà plus de 18 000 ares étaient partis en fumée, contre 450 ares en moyenne entre 2008 et 2017 sur la même période annuelle[25]. Au cours de l'été 2022, une sécheresse intense s'est abattue en Europe centrale (Allemagne, Pologne, République tchèque), entraînant une baisse rapide du taux d'humidité des sols, impactant négativement les rendements agricoles et augmentant les incendies de forêt[26].

En plus de l'Europe où il arrive tout juste, ce phénomène touche de plein fouet le Brésil, le Sahel, la vallée du Grand Rift en Afrique de l'Est, l'Inde, le centre des États-Unis, le nord-est de la Chine et le sud-ouest de la Russie. En une seule saison, la sécheresse peut s'intensifier et créer des dégâts considérables sur l'agriculture, les ressources en eau, les écosystèmes et la vie socio-économique. Des événements en cascade prennent ensuite le relais : feux de forêt, épuisement des ressources en eau, baisse de la qualité de l'air et, enfin, baisse subite de la production agricole et de la production animale mettant en péril la sécurité alimentaire.

2049, ce sont des sécheresses qui surviennent sans crier gare et qui transforment durablement les parcelles agricoles encore en activité.

2049, *une vie carencée*

Un cycle de l'eau sous stéroïdes

C'est la mobilité qui caractérise l'eau, qui circule de l'atmosphère (où elle se stocke sous forme de nuages) aux différents endroits de la biosphère (où elle constitue la majorité des molécules des végétaux et des animaux), en passant bien sûr par les cours d'eau et océans de l'hydrosphère et par les glaces de la cryosphère. *2049* avec ses glaces fondues, ses sols asséchés et son évaporation intensifiée touche le cycle de l'eau de plein fouet. Et chacun de ces phénomènes agit sur le climat en retour. La perte des glaces déstabilise le climat ; les sols asséchés, sans vie, captent plus la chaleur et ne stockent plus le carbone excédentaire de l'atmosphère qui continue de réchauffer le climat ; la vapeur d'eau est un puissant gaz à effet de serre.

Tout converge vers une aggravation de la crise de l'eau dans les décennies à venir, avec une multitude d'impacts sur nos sociétés : risques de pénuries liées à la perte de notre stock d'eau douce avec la fonte des glaciers ; assèchement des sols et désertification des territoires ; diminution de la qualité de l'eau et risques sanitaires ; transformation du cycle de l'eau avec des sécheresses à répétition et des pluies diluviennes qui, en plus de détruire les infrastructures, s'écoulent sur des sols secs qui deviennent imperméables et ne permettent plus le stockage dans les nappes phréatiques, etc.

S'il est complexe de planifier le long terme, la possibilité de franchissement de *tipping points* aggrave la situation. En effet, les différents points de bascule ont tous un impact sur le cycle de l'eau : l'effondrement de la calotte glaciaire agit sur la salinisation des eaux souterraines dans les régions côtières ; les pertes de glace dans la mer arctique risquent d'altérer le climat régional (mais des incertitudes demeurent) ; le dégel du permafrost libère des contaminants et diminue la qualité de l'eau ; le dépérissement de l'Amazonie réduit le débit des rivières ; et l'élévation du niveau de la mer peut s'accompagner d'une salinisation croissante des eaux souterraines, ayant un impact dramatique sur tous les écosystèmes côtiers et les communautés humaines[27].

D'autres phénomènes intensifient la transformation du cycle de l'eau. L'anthropisation des sols, avec l'agriculture intensive, l'urbanisation, la déforestation ou encore l'extraction de minéraux, favorise l'érosion et limite l'infiltration de l'eau. C'est ainsi que nos nappes phréatiques sont de plus en plus asséchées.

Le fait que l'eau a des difficultés à s'infiltrer dans les sols intensifie les inondations. Un cycle d'événements extrêmes s'instaure : pas assez d'eau, ou trop d'eau sans pouvoir la stocker[28].

Au printemps 2023, dans la région italienne d'Émilie-Romagne, une sécheresse sévère a fait souffrir l'agriculture locale, avant que des précipitations intenses ne provoquent des inondations catastrophiques – les pires que la région ait connues[29]. Idem en 2024 dans la région de Valence : une sécheresse prolongée a été suivie de pluies torrentielles qui ont causé des inondations dévastatrices entraînant la mort de plus de 200 personnes.

2049 : *quand l'eau douce fait place à l'eau de mer*

Entendons-nous bien : de l'eau, nous en aurons toujours en grande quantité dans les océans. Mais cette eau salée ne constitue pas ce socle vital de nos civilisations. Plus encore : elle gagne du terrain sur l'eau claire que son sel vient contaminer. Deux facteurs intensifient la pénurie d'eau douce : les infiltrations d'eau salée et les vagues submersives.

Des infiltrations d'eau salée

L'eau du canal d'irrigation près de l'étang de Vaccarès en Camargue pique comme de l'eau de mer. L'augmentation du taux de salinité des terres de Sébastien Bantzé, responsable d'une des 160 exploitations françaises qui produisent du riz, est une épée de Damoclès (TF1). Fort heureusement, pour l'instant il peut régulièrement détourner l'eau du Rhône pour rincer ses 20 hectares de rizières et chasser le sel que la Méditerranée injecte à chaque marée haute. Mais jusqu'à quand cela sera-t-il possible avec une augmentation du taux de salinité de ses terres, une baisse du débit du Rhône et un coût énergétique de l'irrigation qui monte en flèche[30] ? C'est désormais le lot de tous les producteurs, qui doivent irriguer de façon considérable pour éviter l'accumulation de sel.

Sur l'île de Naxos, dans les Cyclades grecques, les agriculteurs sont confrontés à une sécheresse persistante depuis trois ans, doublée d'une salinisation des nappes phréatiques. Stamatis Sergis, producteur de pommes de terre, a vu sa production chuter de plus de 80 tonnes à 20 tonnes (*Le Monde*)[31].

Au fur et à mesure de l'augmentation du niveau de la mer, l'eau salée s'infiltre sur les terres et remonte dans certains deltas, repoussant la limite d'extension des « eaux saumâtres » (lorsque la salinité est supérieure à 4 g par litre). C'est un phénomène gravissime dont nous avons encore peu pris la mesure. Ce sont les eaux souterraines côtières qui se salinisent de plus en plus, le bassin méditerranéen en tête[32].

Au total : plus de 10 % des terres de la planète sont en proie à une augmentation de leur salinité. Les conséquences pour l'agriculture et l'alimentation sont considérables, alarme l'Organisation pour l'alimentation et l'agriculture (FAO) dans un rapport publié en 2024[33].

Mais ce phénomène n'est pas propre aux régions côtières. L'intensification des sécheresses (en fréquence et en intensité) rendra progressivement stériles les terres à l'intérieur des continents car la concentration de sel dans l'eau de leurs écosystèmes va augmenter, participant à leur effondrement (aujourd'hui les traces de sel présentes n'empêchent pas les cultures)[34]. Les pays européens du pourtour méditerranéen font partie des zones vulnérables à cette salinisation des sols à laquelle les cultures ne résisteront pas. La baisse attendue de 25 à 30 % des précipitations au cours du XXIe siècle ainsi que l'augmentation de l'évaporation produiront une salinisation des lacs et des sols proprement stérilisante, ayant un impact sur toute la chaîne alimentaire[35].

Selon l'université Yale aux États-Unis, les dégâts de la salinisation seront tels qu'ils pourraient être une des causes majeures des migrations environnementales du XXIe siècle. Même les écosystèmes qui se sont progressivement adaptés aux environnements salins sont à un moment critique, compte tenu de l'augmentation de leur aridité et de leur taux de salinité.

Celui-ci provoque des pertes massives de zooplancton dans les lacs, générant un effet en cascade avec une prolifération d'algues désorganisant les écosystèmes. Et lorsque le sel pénètre les écosystèmes, on ne peut plus le retirer.

Des vagues submersives

Le second facteur d'inhabitabilité des régions côtières avant qu'elles ne soient sous le niveau de la mer sont les vagues submersives. Lorsque l'eau monte sous l'effet du dérèglement climatique, il s'accompagne d'une augmentation des tempêtes en fréquence et en intensité et d'un déferlement de vagues sur les côtes. Résultat : une croissance considérable du débordement des côtes (+50 % ces vingt dernières années), ce qu'on appelle les « heures de surverses annuelles agrégées ».

Ces dernières années, les côtes européennes ont ainsi été le théâtre d'événements de submersion au cours desquels les vagues ont inondé les régions littorales d'eau salée.

Dans la nuit du 28 février 2010 à La Faute-sur-Mer en Vendée, c'est le bruit de l'eau qui a réveillé Jean et Anne Birault au beau milieu de la nuit (Euro News). Lorsque Anne a regardé par la fenêtre, c'est un mur d'eau de 1,5 m qui poussait contre sa maison. Ils ont réussi à partir en toute hâte mais 29 de leurs voisins sont décédés dans ce qui était devenu une « cuvette de la mort[36] ». La grande marée de la tempête Xynthia avait provoqué des ruptures de digues et inondé des zones habitées et agricoles de Vendée et de Charente-Maritime[37].

C'est également ce qui s'est passé les 28 et 29 octobre 2023 en Loire-Atlantique et dans le Morbihan, où des vagues submersives, accentuées par de forts coefficients de marée, ont frappé les côtes lors de la tempête Céline[38]. En Bretagne du Nord, la ville historique de Saint-Malo, où 25 000 personnes vivent d'ores et déjà sous le niveau de la mer, est en permanence sous la menace de ces vagues submersives[39].

Ainsi les inondations des régions côtières ne vont cesser de se multiplier de façon plus importante que l'augmentation du niveau de la mer. D'ici 2100, ces heures de surverses annuelles agrégées pourraient passer de 15 000 à 750 000 heures. Une multiplication par 50 des heures de déluge rendant difficilement habitables ces régions du monde[40]. Dans le premier volume du sixième rapport du GIEC, les chercheurs écrivent : « Les épisodes de niveaux marins extrêmes qui survenaient une fois tous les cent ans dans le passé pourraient se produire tous les ans d'ici à la fin du siècle[41]. »

Et, systématiquement, cela viendra fragiliser nos réserves d'eau claire, intensifier les pénuries.

La vie sans citerne

De plus, les glaces fondent sans être rechargées par des précipitations neigeuses et des températures durablement négatives. Parce que la fonte des neiges et des glaces permet à la moitié de la population humaine d'être approvisionnée en eau potable[42], nous faisons face à un danger sans précédent.

Les glaciers, que les processus géologiques ont mis quelques millions d'années à créer, sont nos réserves. Or elles se vident. Le problème, c'est que cela peut aller « assez vite », un ensemble de processus se renforçant mutuellement.

Parce que cela est à peine imaginable, répétons-le. *2049* : c'est la moitié de l'humanité qui ne pourra plus consommer l'eau douce dont elle bénéficie aujourd'hui.

Nos vies reliées aux glaces

« Tous les habitants de la Terre dépendent directement ou indirectement de l'océan et de la cryosphère[43] », rappellent les chercheurs du GIEC dans un rapport spécial sur les océans et la cryosphère. Les glaces sont interconnectées avec les autres dimensions du système climatique par l'intermédiaire des échanges d'eau, d'énergie et de carbone. C'est la raison pour laquelle elles sont tant scrutées par les scientifiques.

Les glaces étant fragiles à l'augmentation de la température, la cryosphère, instance essentielle dans la stabilisation climatique, est aussi son talon d'Achille. C'est la partie la plus vulnérable du climat. L'effondrement des calottes glaciaires du Groenland et de l'Antarctique occidental fait partie des principales transformations du système Terre ayant des conséquences dramatiques pour les communautés humaines tout autour du globe[44]. Les franchissements de points de basculement dans la cryosphère peuvent entraîner des effets en cascade au sein du système Terre[45].

Quand la pénurie s'emballe

Lorsque les glaciers commencent à réduire en superficie, leur albédo, le pouvoir réfléchissant de leur surface, diminue. Les terres et mers émergentes captent alors davantage de chaleur, intensifiant encore leur vitesse de fonte. De plus, étant moins alimentés en neige, ils se couvrent progressivement d'un dépôt de poussière sombre, de débris fins ou d'algues des glaces (qui colorent la neige en rouge, jaune ou vert), réduisant encore l'effet albédo[46].

Lorsqu'un glacier se retire, cela s'accompagne de glissements de terrain et d'avalanche de pierres. Dans le massif du Mont-Blanc, les éboulements de pierres spectaculaires sont monnaie courante les étés. Rien qu'en août 2024, on a déploré ces véritables avalanches rocheuses à cinq reprises (les 7, 22, 27, 30 et 31 août). Puis le 10 septembre, dans le massif des Aiguilles rouges, ce sont plus de 30 000 mètres cubes de roches qui sont tombés dans une zone habituellement exempte de ce type de drame[47].

Le 3 juillet 2022, Filippo Bari, un alpiniste passionné de montagne de 27 ans, envoie un selfie à son frère après avoir réalisé l'ascension de la Marmolada, le plus haut sommet des Dolomites en Italie, avec des amis (*The Guardian*). Après ce moment de préparation, ils s'apprêtaient à réaliser l'ascension du mont Rose, deuxième sommet des Alpes après le mont Blanc[48]. C'est alors qu'un pan entier du glacier de la Marmolada, de la taille de deux terrains de football, se détache et dévale la pente à la vitesse de 300 km/h, tuant onze personnes, dont le jeune alpiniste[49].

Christian Chêne, un Français, miraculeusement rescapé, partagera ce drame à la presse italienne (*La Voce del Trentino*) : « L'énorme calotte glaciaire explose déjà à 100 mètres au-dessus de nous, à l'endroit où nous avons chaussé les crampons 5 minutes plus tôt. Un énorme faisceau de glace envahit le ciel. Des rochers de la taille de notre camping-car tombent et volent au-dessus de nous à une vitesse vertigineuse. Des blocs s'écrasent autour de nous : une atmosphère d'apocalypse. (…) À 10 mètres de moi je vois le couple d'Italiens toujours là malgré les nombreux impacts. Mais soudain, un énorme ruisseau d'eau gelée et de boue descend comme un geyser dans la gorge où ils se trouvent. Je les vois jetés dans le vide, puis je les entends crier. Soudain, un calme de fin du monde[50]. » Si les experts avaient identifié une fragilisation du glacier, rien ne permettait d'identifier l'imminence de cette catastrophe.

Lorsque les montagnes alpines menacent de s'effondrer, c'est toute la population environnante qui vit dans la peur : parfois l'eau de fonte des glaciers improvise des lacs qui peuvent littéralement « exploser » et détruire une vallée. Ces déversements soudains d'immenses quantités d'eau constituent un risque qui ne cesse de croître[51].

La réduction des glaciers alpins en Europe, qui fondent sans être reconstitués, fragilise l'approvisionnement en eau douce des rivières, des lacs et des aquifères. Cela a une incidence directe sur des pénuries d'eau à venir dans les régions dépendantes de l'eau des glaciers avec des manques d'approvisionnement en eau pour l'agriculture, la production d'énergie hydraulique, les industries et les habitants, mais aussi pour les écosystèmes environnants. Aujourd'hui, 60 % de la masse des glaciers européens est d'ores et déjà condamnée[52].

Cette pénurie est en train de changer en profondeur plusieurs éléments de nos existences. Concrètement, le niveau des fleuves baisse, et cela impacte les écosystèmes, qui manquent d'eau, et diminue nos capacités d'irrigation des cultures, faisant sombrer les récoltes. L'élevage n'est alors plus possible. La désertification progresse et c'est toute une région qui est déstabilisée, contraignant des populations à migrer. Ces dernières années, le débit du Rhône a diminué de 7 % et les projections voient cette perte s'intensifier de façon exponentielle avec encore un tiers de son débit en moins d'ici le milieu du siècle[53].

2049 ou la vie sans sentinelle

La dramatique pénurie d'eau potable qui se structure aujourd'hui avec l'altération du cycle de l'eau et la fonte des glaciers s'accompagne d'un autre drame, celui de l'effondrement des calottes glaciaires. Bien qu'elles soient apparemment éloignées de nos quotidiens, nous pouvons nous retrouver aspirés par leur disparition : ici, ce n'est pas tant la pénurie d'eau potable qui est problématique que la perte d'une barrière protectrice permettant l'existence des sociétés. Car l'eau, lorsqu'elle prend la forme de la glace, mute en gardienne de l'humanité.

La fonte des calottes glaciaires : perte de nos troupes et expositions aux forces ennemies

Les calottes glaciaires fonctionnent comme de véritables tampons climatiques : tout d'abord, leur effet albédo élevé réfléchit une partie du rayonnement solaire. Ensuite, elles stockent d'immenses quantités d'eau douce sous forme de glace et modulent les circulations atmosphériques et océaniques (garantissant un climat relativement modéré à de nombreux endroits du globe). Enfin, elles stabilisent le climat sur le long terme, tempérant ainsi les extrêmes climatiques sur le temps long.

2049 est une vie exposée aux foudres du système Terre, sans la modération apportée par les glaces, sans garde du corps. Mais, pire encore, lorsque les deux inlandsis planétaires (une surface de terre recouverte d'une couche de glace pouvant atteindre plusieurs kilomètres d'épaisseur) ne sont plus nos protecteurs, les immensités d'eau douce qui s'écoulent dans les océans deviennent nos pires ennemies. Non seulement nous perdons nos sentinelles, mais nous nous retrouvons, vulnérables, face à des forces armées jusqu'aux dents (de la mer).

Le glacier de l'apocalypse

La fonte de l'inlandsis du Groenland en Arctique est actuellement sept fois plus rapide que ce qui avait été envisagé[54] et il serait possible qu'il atteigne prochainement un point de bascule au-delà duquel la glace ne sera plus maintenue (plus il fond, plus il perd de l'altitude, moins la température est élevée, plus il fond…)[55]. La fonte de ces inlandsis a un impact direct sur le climat mondial et sur le niveau des mers. La quantité d'eau douce supplémentaire qui arrive dans les océans, considérable, vient modifier la densité de l'eau de mer et impacte les courants marins profonds qui distribuent la chaleur (ce qu'on appelle la circulation thermohaline, les courants produits par la différence de salinité ou de température des eaux). Cela peut d'agir de façon non négligeable sur le climat terrestre : assèchement du climat en Europe, augmentation de la fréquence des tempêtes en Europe du Nord, accentuation des écarts entre les saisons en Europe ou diminution des précipitations dans la région du Sahel.

À titre d'exemple, le glacier Thwaites, une des plus grosses masses de glace instable de la planète, autrement appelé « glacier de l'Apocalypse », connaît des voies d'eau importantes, ses points d'épinglage sont fragilisés et il pourrait se déchausser de l'inlandsis de l'Antarctique, entraînant, à lui seul, une hausse de 65 centimètres du niveau des mers – ce qui signifie la disparition de plusieurs grandes villes côtières dans le monde[56]. Le glacier Thwaites est un des contributeurs majeurs à l'élévation du niveau de la mer. Récemment, des chercheurs ont découvert de considérables intrusions d'eau de mer chaude provenant de l'océan Austral sous la glace, qui accélèrent sa vitesse de fonte et le déstabilisent. C'est comme si nous avions affaire à une digue qui fuyait de partout et dont la fragilisation de la base ne cessait de s'accélérer. Comme les modèles actuels ne prennent pas ces intrusions d'eau de mer en compte, il est possible que sa vitesse de fonte soit en définitive deux fois plus rapide que ce qu'on estime, impactant considérablement la vitesse d'élévation du niveau de la mer[57].

Une fragilité plus forte que prévu

Le 13 mai 2021, les chercheurs du British Antarctic Survey n'en croyaient pas leurs yeux, lorsque, alertés par un radar du programme européen Copernicus, ils ont vu sur leurs écrans un bloc de glace grand comme la moitié de la Corse en train de se détacher de la plateforme de glace de l'Antarctique. Dès le 19 mai, c'est un glaçon de 170 kilomètres de long sur 25 kilomètres de large[58] qui faisait route vers le nord, devenant un véritable danger public. Depuis, sa trajectoire est suivie comme le lait sur le feu par les chercheurs et les médias car il représente un risque pour la navigation comme pour les écosystèmes marins.

Lorsque la base du glacier devient trop instable, un point de rupture est atteint. Ce point critique peut être déclenché par une accumulation excessive d'eau sous le glacier ou par un amincissement de la glace à sa périphérie, souvent en contact direct avec l'océan. La masse de glace ne peut plus se maintenir et l'effondrement est rapide. En quelques jours, ce sont d'énormissimes blocs de glace qui se détachent et tombent dans l'océan, ce qui provoque une élévation du niveau de la mer. Et souvent un processus s'emballe : en perdant de ses parties, le glacier expose de nouvelles glaces à un réchauffement accéléré.

Au-delà d'un certain seuil de température océanique, il peut se produire une intrusion considérable de l'eau « chaude », qui entraîne une fonte très rapide. Et l'immense problème est que ce franchissement de point de bascule peut arriver sans qu'il soit possible de détecter des signes avant-coureurs[59]. Pine Island Glacier, ou glacier de l'île-du-Pin en Antarctique – le nom ne fait pas référence à la présence de pins mais à une attribution basée sur la configuration géographique de la baie, qui aurait rappelé aux premiers explorateurs l'image d'un pin –, est en train d'entrer dans un moment d'effondrement sans précédent[60]. *2049* ? À lui seul, le glacier de l'île-du-Pin peut augmenter le niveau des mers de 51 centimètres, rayant de la carte nombre de mégalopoles[61].

Il est possible que le seuil de réchauffement entraînant un point de bascule dans la calotte glaciaire du Groenland puisse être atteint dans les décennies à venir. Cela n'aboutira cependant à une réponse complète de transformation de la calotte glaciaire que sur un temps plus long, de l'ordre du ou des millénaires – mais cela pourra être plus rapide si le réchauffement climatique poursuit son emballement[62].

2049 : *une glace de mer estivale disparue depuis longtemps*

J'ai parlé de la glace présente sur les terres, ce qu'on appelle les inlandsis. Mais la glace est aussi présente sur les mers, sans être accrochée à un continent, c'est ce qu'on appelle… la glace de mer. Cette eau de mer gelée qui se forme en dessous de –1,8 °C et qui flotte dispose d'une surface qui varie en hiver et en été.

Il existe deux principales glaces de mer, aux deux régions polaires. Elles s'étendent de l'automne au printemps et reculent en été. Au pôle Nord, la glace de mer est entourée de masses continentales et elle fond l'été principalement sous l'effet de l'augmentation de la chaleur de l'atmosphère. Alors que la glace fond par le dessus dans la région arctique, elle fond par le dessous dans la région antarctique. L'été, les vents du nord déplacent la glace de mer antarctique vers des zones où l'eau est plus chaude, faisant fondre la glace[63].

Les premiers étés sans glace pourraient survenir dès la décennie en cours (c'est-à-dire avant 2030) et des conditions sans glace constantes pourraient arriver entre 2030 et 2050 en fonction des scénarios d'émissions anthropiques de gaz à effet de serre[64]. Cela aurait de profondes répercussions sur les écosystèmes terrestres et marins (avec un effet sur la chaîne alimentaire et les migrations des espèces).

Si les glaces de mer et autres calottes glaciaires semblent bien loin de nos contrées européennes, de par leur fonction de stabilisatrices climatiques, elles sont responsables de la stabilité des climats européens à partir desquels nous avons construit nos sociétés.

2049 ou de quoi faire exploser l'atmosphère

Le sort de *2049* apparaît comme suspendu à un fil, celui qui relie nos existences à celles des glaces. Mais, plus globalement, il est aussi relié à celui des sols gelés. En effet, le permafrost de l'hémisphère Nord contient deux fois plus de carbone qu'il n'y en a dans l'atmosphère. Son dégel libère ce carbone.

En clair : le réchauffement climatique, qui provoque une pénurie d'eau potable et une disparition de la barrière de protection de nos sociétés (calottes glaciaires), allume en même temps la mèche d'une barre de dynamite (dégel des sols).

Le risque d'une partie de Jenga grandeur nature

Jenga est un jeu sympathique, bien que stressant. La partie commence par la construction d'une tour de dix-huit étages, composée de couches de trois blocs en bois, chacune étant placée perpendiculairement à la précédente. Les joueurs, à tour de rôle, retirent un bloc de la tour en utilisant une seule main et le placent au sommet, tout en veillant à ne pas compromettre l'équilibre de la structure. Chaque mouvement rend la tour plus instable et augmente la tension du jeu. Les premiers coups, c'est facile. Mais… à un moment donné la partie se termine. Quand la tour s'effondre.

La cryosphère, toutes ces grandes étendues gelées qui recouvrent la Terre (et constituent 10 % de sa surface), contient nombre de *tipping points* déterminants dans le système climatique. Ils fonctionnent comme une tour de Jenga. Aujourd'hui, la partie devient de plus en plus serrée – et *2049* court le risque d'être un amas de ruines.

Quelques degrés supplémentaires pour faire exploser la « bombe permafrost »

Le permafrost correspond aux sols gelés en permanence en Alaska, au Groenland, en Sibérie, sur le plateau tibétain ou dans les hauteurs alpines, qui fondent sous l'effet du réchauffement climatique, ce qui libère des gaz à effet de serre. Le permafrost est composé d'un mélange de terre, de roches et de gros morceaux de glace. Les sols contiennent de la matière organique qui s'est accumulée au fil du temps (restes de plantes, cadavres d'animaux, micro-organismes) sans être complètement décomposée.

Des émissions de méthane et de CO_2

Quand les sols dégèlent, la matière organique redevient disponible, elle est consommée par les bactéries et les champignons. Lorsque le permafrost dégèle en surface avec un écoulement de l'eau, la décomposition est aérobie, elle se réalise grâce à l'O_2. Le carbone de la matière organique est alors relâché sous forme de dioxyde de carbone (CO_2). Lorsque le sol est saturé en eau comme dans les tourbières, il y a peu de dioxygène (O_2) et la décomposition est anaérobie, sans oxygène, par fermentation. Les bactéries mobilisent le carbone de la matière organique et produisent alors du méthane (CH_4) et du CO_2. Ces émissions renforcent encore le dérèglement climatique[65], d'autant plus que le CH_4 a un potentiel de réchauffement global 25 fois supérieur à celui du CO_2 – et c'est sans prendre en compte la production de CO_2 qui se produit par oxydation progressive du CH_4[66].

Dans l'hémisphère Nord, ce sont 24 % de la surface terrestre qui sont constitués de permafrost. Non seulement la fonte du permafrost participe aux émissions de gaz à effet de serre, donc au réchauffement de la planète, mais elle s'accompagne de risques pour les écosystèmes, elle impacte les « services » offerts par les écosystèmes aux sociétés, elle détruit les infrastructures, reconfigure le trafic maritime[67]. Lorsque des sols dégèlent, cela transforme la géomorphologie, l'hydrologie des écosystèmes, les biomes (dont les communautés végétales qui captaient du carbone), les flux biogéochimiques, les écosystèmes marins côtiers, fluviaux et lacustres[68].

Les transformations du canton du Valais en Suisse

J'ai préparé ma thèse de géosciences et environnement à l'université de Lausanne, dans le canton de Vaud, au cœur des sublimes Alpes suisses. Juste à côté, dans le canton du Valais, la dégradation du permafrost de ces régions de haute montagne est bien documentée. Les relevés thermiques montrent que la température du sol augmente, ce qui entraîne une réduction de la couche gelée en profondeur. Alors que la limite de permafrost s'est élevée de 150 à 200 mètres depuis cent ans, elle pourra remonter encore jusqu'à 700 mètres supplémentaires au cours de la suite du XXIe siècle. Des glaciers sont en voie de disparition, comme ceux de Gries ou Trient. Et le plus grand glacier des Alpes, le grand glacier d'Aletsch, aura perdu 90 % de son volume en 2100.

Cela vient affaiblir la cohésion des roches et des sols. Les phénomènes de mouvement de masse avec des rochers instables et des éboulements modifient la morphologie des pentes et le cours des rivières. Les éboulements ne vont cesser d'augmenter. La sécheresse, qui prend la place des précipitations neigeuses qui se stockaient sous forme de glace alimentant les cours d'eau, affaiblit les forêts, qui deviennent de plus en plus sensibles aux parasites et aux incendies.

Alors que les forêts de la région jouaient le rôle de protecteur contre les éboulements, leur disparition en basse altitude rendra les populations et les infrastructures de plus en plus vulnérables. Et le canton du Valais, par l'intermédiaire d'une étude commanditée par Jacques Melly, conseiller d'État et chef du Département de la mobilité, du territoire et de l'environnement, alerte ses concitoyens : ce sont de véritables « laves torrentielles » destructrices charriant de l'eau, des glaces et des roches qui peuvent atteindre des « proportions extrêmes et se propager à des zones qui n'étaient pas touchées jusque-là[69] ».

Dans cette région, les infrastructures montagnardes (routes, téléphériques, bâtiments d'altitude) sont régulièrement détruites et de plus en plus vulnérables. La diminution du permafrost affaiblit les supports naturels des routes et des ouvrages, ce qui augmente le risque d'effondrement ou de glissements de terrain. Ces risques locaux affectent la sécurité de la population comme la suite de la viabilité économique du tourisme. Mais ils sont aussi globaux : le dégel du permafrost du canton du Valais contribue aux émissions de méthane et de CO_2. Ce qui se passe dans les hauteurs du canton du Valais va diminuer considérablement le débit du Rhône et affaiblir toute la production électrique aujourd'hui indispensable aux habitants de la région.

Trois fois plus de carbone dans le permafrost que les humains n'en ont jamais envoyé dans l'atmosphère

Vladimir E. Romanovsky n'a jamais craint le froid. Il faut dire qu'il est natif de Barnaul, en Sibérie, une petite ville enneigée plus de cent jours par an qui enregistre régulièrement des pics de température à –40 °C. Lorsqu'il n'est pas dans une patinoire à jouer au hockey – un sport qu'il pratique continûment depuis cinq décennies –, le professeur Romanovsky est en Alaska, où il fait des trous dans les sols gelés. Des trous pouvant aller jusqu'à plus de 400 mètres de profondeur, pour étudier l'évolution de leur vulnérabilité au réchauffement planétaire.

Il a consacré sa carrière à ces forages, depuis les années 1980. Alors que personne ne connaissait son objet d'étude il y a quelques décennies, désormais chacun a déjà entendu parler du permafrost – son obsession et sa passion. C'est lui, avec ses collègues, qui a transformé le permafrost en un indicateur essentiel de mesure du dérèglement climatique. Les mesures du professeur Romanovsky sont désormais devenues une référence mondiale. Elles ont mis en évidence le réchauffement rapide du Nord : même le permafrost profond du versant nord de l'Alaska, longtemps considéré comme stable, montre désormais des signes de dégel.

Les sols alaskiens, sibériens ou groenlandais sont constitués de trois parties : une couche de surface de quelques dizaines de centimètres à plusieurs mètres qui dégèle l'été et gèle l'hiver ; une couche transitoire en dessous qui est plus riche en glace (qui est en place depuis des décennies à des siècles) ; et le pergélisol à proprement parler, plus profond, gelé en permanence (sur des échelles allant de siècles à des millénaires) qui peut être constitué d'alternance de blocs de glace et de sols gelés[70]. Il faut deux années consécutives marquées par des températures inférieures à 0 °C pour que l'eau du sol soit réellement transformée en glace et que le sol soit durablement gelé, constituant une couche de permafrost. Un territoire avec du pergélisol ne signifie pas qu'il n'y a pas d'écosystèmes – d'autant plus lorsque la couche supérieure dégèle l'été[71].

À ce jour, l'estimation du carbone organique total dans le pergélisol circumpolaire septentrional, les seules régions situées autour de l'Arctique, varie de 1 460 à 1 700 pétagrammes de carbone selon les estimations (Pg = pétagramme = milliard de tonnes = 10^{15} g)[72], le double du carbone contenu dans l'atmosphère. Et il s'agit d'une estimation qui pourrait être vraisemblablement revue à la hausse[73]. D'ici 2100, l'Arctique pourrait relâcher autant de milliards de tonnes de CO_2 que ce que l'humanité a émis depuis 1800 et l'avènement de l'industrialisation.

Nous vivons sur une bombe que le réchauffement de *2049* revient à dégoupiller. Dans l'évaluation de la fonte du permafrost à la participation au réchauffement climatique, nous avons un problème de taille : les régions les plus instables, avec les incertitudes les plus élevées sont celles qui sont les plus riches en carbone. Exemple : des épais dépôts de permafrost de la dernière glaciation (qu'on appelle des poches de Yedoma) sont contenus dans des régions de la Sibérie, du Canada et de l'Alaska. Non seulement ils sont constitués à 90 % de glace et sont très vulnérables au réchauffement, mais ils contiennent 130 milliards de tonnes de carbone organique (ce qui équivaut à plus de dix ans d'émissions mondiales de gaz à effet de serre)[74]. Ensuite, les tourbières du nord de l'Europe et de la Sibérie occidentale contenant du pergélisol stockent environ 185 Gt de carbone organique, soit 45 % du stock total des tourbières de l'hémisphère Nord, et elles approchent d'un point de basculement entraînant des pertes massives de carbone. Ces systèmes jouent un rôle clé dans les cycles de carbone, émettant du CO_2 lorsqu'ils dégèlent, et dans certains cas, du CH_4 lorsqu'ils sont saturés d'eau. Le réchauffement des années à venir devrait entraîner des pertes de nombreux espaces de tourbières pergélisolées. Le scénario d'émissions élevées (SSP5-8.5) montre des pertes de tourbières s'élevant à 39,5 Gt de carbone libérées[75] – l'équivalent de près d'une année d'émissions anthropiques.

2049 est comme suspendu à ce fil du dégel des sols du Grand Nord qui impactent en retour le climat européen.

Des forêts englouties en quelques jours

Dans la taïga de l'Est sibérien en Russie, au cœur de la république de Sakha, des forêts entières ont été englouties ces dernières années par la « Porte des Enfers », à la surface exponentielle. Un million de mètres cubes de terres dégelées disparaissent tous les ans depuis 2014 au fond de cette fosse thermokarstique[76], le thermokarst étant ce dégel brutal du permafrost qui se produit lorsque le réchauffement du sol fait fondre la glace et provoque un effondrement de la surface du sol, stoppant ainsi d'importants puits de carbone.

Un peu plus loin, dans la région de Tiksi, des pans entiers de toundra sibérienne disparaissent plusieurs fois par an, en l'espace de quelques jours, au fond d'un lac, à la suite de la fonte d'un important bloc de glace de son sous-sol issu du permafrost entraînant un affaissement brutal du sol. Ces dépressions, alimentées par les eaux des pluies et la fonte des sols environnants, se remplissent en quelques jours, augmentant le paysage d'un nouveau lac thermokarstique qui en compte déjà des dizaines.

Des forêts qui partent en fumée

La fonte du permafrost s'accompagne de grandes quantités de forêts qui s'embrasent et viennent émettre des gaz à effet de serre. Ces incendies, qui détruisent la végétation et les sols, participent aussi à leur dégel. Le seul impact annuel des feux de forêt sur le dégel du permafrost réduit le budget carbone restant pour respecter l'accord de Paris de 20 % pour tenir la cible 1,5 °C et de 22 % pour tenir celle de 2 °C[77]. En Sibérie, les feux de forêt sont tellement immenses que les agriculteurs se mobilisent pour les combattre et sauver leurs récoltes. Dans la république de Sakha, un territoire russe dont la superficie représente quatre fois celle de la France, la saison des feux commence désormais fin avril et s'éternise jusqu'en octobre. En juin 2021, les feux particulièrement intenses à la suite d'une vague de chaleur exceptionnelle ont consumé six millions d'hectares – un tiers de la France –, principalement des pins, des épicéas et des mélèzes. En un an, ces incendies sibériens ont émis autant de CO_2 que l'Allemagne[78]. L'intensité du dégel des sols va s'accompagner d'un embrasement de la Sibérie, alertent le climatologue coréen In-Won Kim et ses collègues dans un article de *Nature Communications*[79].

Aujourd'hui, les régions arctiques dépourvues d'arbres et recouvertes de mousses, de lichens et de petits arbustes, c'est-à-dire constituées de toundra (signifiant « terre stérile » en lapon), sont une source nette d'émission de gaz à effet de serre compte tenu de leur dégel progressif. Le réchauffement des régions aux sols gelés transforme les végétations, qui se développent. Les arbres et arbustes deviennent plus grands, augmentant ainsi la couverture végétale qui isole le permafrost et le réchauffe plus rapidement, favorisant alors encore davantage la croissance des arbres. Cela crée une boucle de rétroaction positive, dont le risque est qu'elle franchisse un point de bascule[80].

Des villages qui s'effondrent

Tuktoyaktuk est un hameau de 900 habitants tout au nord du Canada, au-delà du cercle arctique, situé sur une petite île. Cela fait maintenant des décennies que les habitants constatent, impuissants, le dégel des sols et l'érosion qui l'accompagne. À la journaliste Jocie Bentley qui l'interroge sur ce qu'il y a derrière lui, William Dillon Jr., un aîné, respecté par sa communauté Inuvialuit, lui répond qu'il y avait son ancien garage, avant que celui-ci soit emporté par l'effondrement du sol (*Scientific American*). Car à Tuktoyaktuk le sol se dérobe littéralement sous les pieds de ses habitants. Après la disparition de son garage, viendra le tour de l'école et de la maison de retraite. Un nouveau cimetière a déjà été créé, mais les défunts ne sont pas encore déplacés et peuvent se retrouver emportés dans l'océan lors de la prochaine phase de dégel du permafrost[81].

La fonction des sols gelés n'est pas uniquement de retenir le carbone dans les sols et d'éviter qu'une fois dans l'atmosphère, il n'intensifie encore davantage le réchauffement. Les sols gelés maintiennent les villages, les infrastructures ou les paysages.

Merritt R. Turetsky est une écologue états-unienne, spécialisée dans l'étude des écosystèmes et du permafrost. Jusqu'à présent, elle a consacré la majeure partie de sa carrière à analyser les tourbières arctiques et les sols gelés de l'Alaska et du Canada. Lors de ses nombreuses expéditions, elle a eu l'occasion de témoigner de la vitesse fulgurante des transformations des paysages. En l'espace d'un mois parfois, des forêts entières se retrouvent transformées… en lacs[82].

En début de carrière, alors qu'elle revenait sur un terrain en Alaska où elle avait placé des instruments de mesure sur des tourbières, elle a découvert qu'ils avaient été ravagés par un incendie souterrain. Un feu à cet endroit de l'Alaska était tout simplement inconcevable. Cela a agi sur elle comme un électrochoc qui a durablement orienté ses recherches ultérieures sur les interactions entre le feu, la tourbe et le permafrost[83].

À l'occasion d'une autre mission scientifique en Alaska, certains de ses collègues, alors qu'ils se rendaient sur un site accessible uniquement en motoneige pour effectuer des prélèvements, se sont retrouvés sur un véritable champ de mines thermiques et chimiques : des poches de méthane s'étaient constituées sous la surface et engloutissaient les motoneiges[84].

Concrètement, ces changements brutaux dans les paysages ont des conséquences dramatiques pour les communautés humaines qui vivent dans ces régions : les routes se déforment et ne sont plus praticables, les maisons se fissurent et peuvent s'effondrer, il devient dangereux de se déplacer sur le territoire pour chasser, les familles Inuits et les Yupik ne peuvent plus accéder à leurs pièges à gibier[85] capturant des renards arctiques ou des lemmings – et parfois des loutres de mer. Les sentiers empruntés par ces animaux pour migrer ou se déplacer vers des ressources en eau où ils ont positionné ces lignes à gibier se retrouvent parfois bloqués.

Un dégel qui fait place à des terres non arables

Vladimir Arkhipov a élevé des chevaux indigènes de Yakoutie toute sa vie près de la petite ville de Zyryanka dans la république de Sakha, en Russie, qu'il nourrissait grâce au foin qui pousse les étés sur ses 28 hectares de prairies gelées (*The Washington Post*). Il produisait du lait de jument fermenté et de la viande de poulain consommée en fines tranches crues, mets typiques de la culture sakha. Mais, alors que la terre s'enfonce inexorablement, il a de moins en moins d'espace utilisable pour faire pousser la nourriture de ses chevaux, désormais remplacé par des lacs et des marécages. Alors que les communautés humaines maîtrisaient et géraient les écosystèmes locaux, c'est maintenant la nature qui est passée aux commandes et qui rejette les agriculteurs et les éleveurs comme Vladimir Arkhipov[86].

Loin d'être une aubaine pour l'agriculture, certaines régions ont vu un abandon des champs par leurs exploitants. C'est ce qui se passe dans la région de Yakoutsk en Russie où il y a une perte significative des terres arables, mais aussi dans la vallée du fleuve Kolyma en Sibérie orientale où des terres anciennement destinées à l'élevage sont désormais livrées à l'abandon, ou encore dans le delta du Mackenzie en Alaska où les terres qui étaient utilisées pour des cultures maraîchères ou du pâturage ont été abandonnées sous l'effet du dégel des sols.

Une question qui revient régulièrement est de savoir si les transformations du climat pourraient affecter la répartition mondiale de la production alimentaire avec un déplacement des cultures, notamment céréalières, vers le nord au fur et à mesure du dégel des sols.

Les incertitudes sont réelles quant à la possibilité de développer l'agriculture sur les sols en cours de dégel[87].

Tout d'abord, la fonte du permafrost libère des contaminants, notamment du mercure, qui polluent la qualité de l'eau des rivières et des lacs, intègrent la chaîne alimentaire et fragilisent la santé humaine – dans des proportions qui dépasseront nos normes sanitaires au fil du dégel[88]. De plus, on l'a vu, l'irrégularité topographique qui apparaît est impropre à l'installation de cultures. Comme la teneur en glace est différente en fonction des régions, les incidences sur la possibilité de les exploiter ensuite sont variables. En Sibérie et en Alaska où la teneur en glace est importante, le dégel entraîne un affaissement de la surface des sols, ce qui détruit les équipements des agriculteurs présents, venant alors au contraire diminuer la superficie arable des terres comme la fertilité des sols. Le permafrost du nord de l'Europe est moins dense en glace et son dégel pourrait être moins grave pour l'agriculture locale – et pourrait même, peut-être, à certains endroits, participer à une augmentation des rendements[89].

Ce qui est certain en revanche est que le dégel des sols fragilise les communautés autochtones qui mobilisent les pratiques traditionnelles dont leur survie alimentaire dépend (liée à la disponibilité des ressources naturelles et à la capacité de stocker les poissons dans des caves gelées en permanence)[90].

Bien évidemment, la fonte des sols endommage également les bâtiments, les routes, les canalisations, les installations d'eau et tous les systèmes de communication[91]. Le problème est immédiat : 70 % des infrastructures courent le risque d'être endommagées d'ici 2050.

Le 29 mai 2020, à Norilsk, la plus grande ville située au nord du cercle polaire, qui compte plus de 180 000 habitants, un lieu de stockage du carburant s'est ouvert sous l'effet d'un réchauffement du sol et a déversé 21 000 tonnes de diesel dans la région. La rivière Ambarnaïa est devenue rouge sang. L'entreprise propriétaire du réservoir de diesel, Norilsk Nickel, a payé 2 milliards de dollars d'amende pour ne pas avoir suffisamment surveillé l'évolution de la température du sol, mais cela ne fera pas revenir les écosystèmes dévastés et la disparition d'une partie des stocks de poisson. Comme le précise le professeur de géophysique à l'université d'Alaska Fairbanks, Vladimir Romanovsky : « C'est loin d'être le seul cas. Beaucoup d'autres accidents se produisent à plus petite échelle et continueront d'advenir[92]. »

4

Le dépeuplement

Notre Terre, âgée de 4,54 milliards d'années[1], connaît depuis des milliards d'années des formes de vie qui l'ont complètement transformée. Les premières sont apparues il y a environ 3,5 milliards d'années. Ce furent de petites algues bleues, premier organisme vivant qui a su se développer en captant l'énergie du Soleil. Lentement, patiemment, elles ont fixé le carbone du CO_2 de l'atmosphère et libéré de l'O_2, permettant l'émergence d'une atmosphère constituée de dioxygène. Puis des plantes sont apparues, et ont participé à la diminution de l'albédo terrestre, augmentant ainsi la température[2]. Et c'est il y a 541 millions d'années que le miracle est apparu : « l'explosion cambrienne », caractérisée par une complexification et une diversification du vivant où apparaissent tous les grands embranchements des animaux. Cela a transformé la biosphère.

Depuis, le vivant et la Terre n'ont cessé d'interagir pour produire tant et tant de formes de vie : des profondeurs océaniques aux cimes de la canopée en passant par toutes les surfaces terrestres comme nos sous-sols. Et tant de formats aussi : des 170 tonnes de la baleine bleue aux 7 mm de cette minuscule grenouille *Paedophryne amauensis* de Papouasie-Nouvelle-Guinée ou des 2 centimètres du colibri d'Elena. D'innombrables populations d'un nombre d'espèces tout simplement incalculable ont colonisé la planète bleue.

C'est la suite de cette interaction entre le vivant et la Terre qui a permis notre avènement, grâce à une biosphère favorable. Il y a 2,6 millions d'années environ le genre *Homo habilis*, premier représentant du genre *Homo* et sachant créer des outils de pierre taillée, apparaît en Afrique. 1,6 million d'années plus tard, le genre *Homo erectus* apparaît, qui représente une nouveauté dans les espèces avec la manipulation du feu. À ce jour, l'apparition des êtres humains anatomiquement modernes en Afrique, *Homo sapiens*, est datée d'il y a environ 350 000 ans[3]. C'est par l'impact sur l'environnement que les déplacements d'*Homo sapiens* sur le globe sont tracés par les paléontologues.

Le fait d'exercer une action transformatrice sur son environnement n'est pas négatif. Au contraire : c'est la marque de la vie. Comme tous les êtres vivants, nous avons besoin d'interagir avec notre milieu et de le transformer pour qu'il nous soit avantageux. Mais aujourd'hui, ce qui se passe est une tout autre chose. En se déployant, les activités humaines dépeuplent les territoires : quand elles ne les éradiquent pas, elles diminuent systématiquement les populations animales et végétales. C'est une planète dépeuplée qui se dévoile progressivement.

La disparition des animaux terrestres

Disparitions d'espèces comme de populations

La biosphère est comme la peau de la Terre, une fragile interface avec le rayonnement solaire qu'elle parvient à capter et dont elle est tributaire. Elle est constituée de nombreux écosystèmes au sein desquels les vivants aménagent leur milieu pour qu'il leur soit le plus favorable possible. Entre les espèces comme entre leurs individus, des rapports de concurrence organisent l'accès à l'eau, à la nourriture ; et tous ne peuvent pas toujours survivre.

Mais il existe aussi des relations symbiotiques entre espèces : la vie de l'une permet celle de l'autre. Ainsi les végétaux, grâce à la photosynthèse, absorbent le dioxyde de carbone (CO_2), captent le carbone (C) et rejettent du dioxygène (O_2) et de la vapeur d'eau (H_2O)[4]. Inversement, les animaux absorbent de l'O_2 et rejettent du CO_2.

Plus de 99 % des espèces que la Terre a connues ont disparu au fil des centaines de millions d'années de leur existence pour céder la place à d'autres. La disparition d'une espèce n'est pas un drame en soi. Mais ce qui se passe aujourd'hui est d'une tout autre nature : le rythme de leur disparition s'emballe.

Des oiseaux qui tombent du ciel en plein vol, raides morts

Sous le dôme de chaleur du 18 juillet 2022, Londres suffoque. À Oxford Street, l'asphalte renvoie plus de 40 °C. Soudain, un léger « ploc » résonne sur le pare-brise d'un taxi. Un martinet noir, ailes repliées, vient de tomber. Un deuxième suit un peu plus loin, puis un troisième. Quelques passants relèvent la tête : quelques silhouettes titubantes dans un ciel vide de nuages. La température corporelle des oiseaux vient de franchir un seuil mortel (*The Guardian*)[5]. Un mois plus tôt, à Madrid, cette même scène s'était jouée au cours de laquelle les martinets avaient heurté leur plafond thermique[6].

Quelles que soient les espèces sur lesquelles nous portons notre regard, ce même constat : la destruction, la disparition, l'annihilation. Le 12 février 2024, nous apprenons que 50 % des espèces migratrices sont en déclin et que 20 % sont menacées d'extinction, selon le Programme des Nations unies pour l'environnement[7] ; le 3 mars 2024, ce sont 3 000 espèces qui sont menacées en France selon une publication du comité français de l'UICN (Union internationale pour la conservation de la nature, une importante organisation intergouvernementale)[8] ; un mois plus tard, le 3 avril, ce même comité publie un rapport sur les champignons qui entrent dans la liste rouge des espèces menacées en France (et notamment les bolets)[9] ; le 22 mai, une nouvelle étude du WWF France (World Wildlife Fund) alerte sur le déclin de la biodiversité dans les rivières lié à une dégradation généralisée de la qualité de l'eau (malgré plus de 500 milliards d'euros investis ces vingt dernières années)[10] ; le 21 mai 2024, ce sont près de la moitié des pâturages de la planète qui apparaissent comme dégradés, selon la Convention des Nations unies sur la lutte contre la désertification[11].

L'emballement climatique et l'effondrement des écosystèmes de la biosphère sont les deux faces d'une même pièce[12]. Le réchauffement, qui transforme les conditions d'existence des espèces, fragilise les populations, qui disparaissent. Et ces disparitions diminuent les possibilités de captation de CO_2 atmosphérique excédentaire. Lorsque le climat se réchauffe, les espèces disparaissent ; et lorsque les espèces disparaissent, le climat se réchauffe.

Le tiercé destructeur : prélèvements directs, exploitation des milieux naturels, changement climatique

La disparition de pans entiers de la biosphère, cette fine couche de vie qui anime la surface de notre planète et a permis l'émergence d'*homo sapiens*, est due à trois facteurs principaux[13]. Bien sûr, les prélèvements directs dans des proportions trop importantes, et tout particulièrement au sein des espèces océaniques, empêchent la reconstitution des populations. Le thon rouge a été pêché de façon intensive tout au long du XXe siècle. Alors que la mer du Nord et la mer de Norvège en étaient remplies dans les années 1920, les populations de thon se sont effondrées jusqu'à disparaître de ces mers dès les années 1940.

Aujourd'hui, il ne reste que deux populations, dans l'océan Atlantique et en mer Méditerranée, constituées de spécimens plus petits.

Ensuite, l'exploitation des milieux naturels et le changement d'affectation des sols sont la plus grande cause de destruction du vivant : ils détruisent ou fragmentent les habitats naturels des espèces tant terrestres qu'océaniques ou d'eau douce, à la fois animales et végétales. Les orangs-outangs de Bornéo, ces grands singes roux avec de longs bras, sont poussés en dehors de leur forêt par la production intensive d'huile de palme sur la grande île de Bornéo qui se partage entre la Malaisie, l'Indonésie et le micro-État Brunei. C'est la transformation de leurs forêts en monoculture de Nutella qui réduit leur habitat en miettes. Aujourd'hui, leur population est au bord de la disparition.

Mais si le réchauffement climatique se poursuit, il supplantera alors le changement d'affectation des sols comme principal facteur de destruction de la vie[14]. Le dérèglement climatique agit à plusieurs niveaux sur le vivant : il vient transformer le cycle annuel de développement végétal et animal et modifier les zones de répartition des espèces ; certaines régions deviennent inhabitables pour des espèces, qui entament une migration (mais toutes les espèces ne peuvent se déplacer à la même vitesse – imaginez un chêne…). Plus l'accélération du réchauffement s'intensifie, moins les espèces peuvent s'adapter ou se déplacer.

Le vivant, dont on entend souvent dire qu'il en a connu d'autres, n'a, en revanche, jamais connu une telle intensité d'éradication. Pour le dire vite : le changement climatique est tellement rapide que les animaux n'ont pas le temps de s'adapter[15]. Et la Terre se dépeuple.

Des taux d'extinction des espèces qui s'emballent

Le Peñalara est le plus haut sommet (2 428 mètres d'altitude) d'un massif montagneux situé au milieu de l'Espagne, la sierra de Guadarrama. Les mares et vasques irriguées par les torrents sont des lieux idéaux pour le crapaud accoucheur (*Alytes obstetricans*). Mais à la fin des années 1990, un champignon a décimé les larves du crapaud dans les torrents d'altitude. C'est alors que l'équilibre écologique de ces systèmes d'eau douce a été perturbé. Cela a entraîné une augmentation des algues et d'autres types de débris organiques fins, car les amphibiens s'en nourrissent (en particulier à l'état de têtard). Cette modification a perturbé le cycle de l'azote : il a été moins absorbé, ce qui a diminué la respiration globale des cours d'eau. La qualité de l'eau s'est dégradée, ce qui a modifié le fonctionnement des écosystèmes.

Pour saisir le phénomène de disparition des espèces, les chercheurs tentent d'évaluer le taux d'extinction en le comparant à un taux de base, qui existe indépendamment des effets des activités humaines. Ici, le débat scientifique est important et son consensus minimal, formalisé par l'IPBES, est que « le taux mondial d'extinction des espèces est déjà au moins dix à cent fois supérieur au taux moyen des dix derniers millions d'années et s'accélère[16] ». L'UICN tient à jour une liste rouge des espèces menacées d'extinction, particulièrement scrutée par les biologistes et écologues du monde entier. Créée en France en 1948, elle emploie 1 000 salariés et regroupe de nombreux États et agences gouvernementales auxquels sont associés plus de 1 100 ONG et 10 000 experts. Dans la dernière actualisation de cette liste, en 2024, sur les 166 061 espèces qu'elle suit avec attention[17], 46 337 sont catégorisées comme en voie de disparition, ce qui représente 28 %[18]. Ce sont 41 % des amphibiens, 34 % des arbres, 26 % des mammifères, 12 % des oiseaux qui sont menacés d'extinction au niveau mondial.

La France est impactée de plein fouet : elle figure parmi les dix pays qui hébergent le plus grand nombre d'espèces menacées : 2 434 espèces sur le sol français pourraient disparaître dans les années à venir. Mais ce n'est pas tout : les disparitions en entraînent toujours d'autres dans leur sillage. Ce chiffre mortifère pourrait ne cesser d'être réévalué à la hausse. Les mécanismes de symbiose étant très présents dans les écosystèmes, lorsque plusieurs espèces viennent à disparaître, elles en entraînent d'autres dans leur chute. Ce à quoi nous avons affaire est une véritable « défaunation », sur tous les continents, parmi tous les écosystèmes.

Plus d'insectes = plus de steak de bœuf ?

Quand j'étais enfant, lorsque nous réalisions en famille les neuf heures de route qui nous séparaient de ma grand-mère allemande, mes parents s'arrêtaient de temps à autre pour nettoyer les insectes du pare-brise. C'est devenu désormais inutile : il n'y a presque plus d'insectes sur nos voitures. Les pollutions chimiques, et tout particulièrement l'épandage de pesticides, s'occupent pour nous de dépeupler les insectes sans distinction – et les quelques-uns qui survivent sont mal en point (vol transformé et capacité de reproduction altérée)[19]. Problème : ils sont à la base de la chaîne alimentaire de nombreux vertébrés et permettent la pollinisation des végétaux. Plus d'insectes, plus de steak de bœuf, en somme. La vie humaine en société ne sait pas faire sans le travail des insectes qui permet de nourrir les 8 milliards d'habitants que compte notre planète.

Nous savons, grâce à une étude minutieuse réalisée sur 63 zones protégées en Allemagne, que plus de 75 % de la biomasse totale des insectes volants a disparu en vingt-sept ans. Deux ans plus tard, une autre étude conduite en Allemagne confirme cet ordre de grandeur : la biomasse des espèces d'arthropodes (les invertébrés qui ont un corps constitué de parties articulées entre elles, comme les araignées, les insectes ou les crustacés) a diminué de 67 % dans les prairies. Ils ont pour cela inventorié plus de 2 700 espèces sur près de 300 sites entre 2008 et 2017[20]. L'agriculture intensive et son arsenal chimique est directement identifiée comme responsable de cette destruction. Soixante-quinze pour cent des espèces que nous cultivons ont besoin d'une pollinisation animale pour pouvoir produire leurs fruits ou leurs graines avec un bon rendement. Toute perte de population emporte avec elle d'autres pertes de populations. Le vivant se tient ensemble de manière dynamique. La face émergée et immédiatement perceptible de cet ensemble est que nous pouvons manger à notre faim. Nous retirons une pièce de cet ensemble et c'est la pyramide qui menace de s'effondrer.

La diminution des populations d'insectes pollinisateurs a des conséquences directes sur la reproduction des plantes en Europe du Nord. Ces trente dernières années, la réduction de la diversité et de l'abondance des pollinisateurs a diminué la reproduction des espèces végétales qui dépendent de ces interactions. La diminution du nombre de pollinisateurs entraîne une limitation en pollen, cela réduit la fécondation, la production de graines et la régénération des végétaux[21].

En fonction des cultures, les rendements sont améliorés de 18 à 71 % par les insectes. Lorsque la pollinisation est de qualité, le colza a une teneur en huile plus élevée, le sarrasin a moins de graines vides et les fraises sont meilleures[22]. Lorsqu'on préserve et développe la richesse et l'abondance des pollinisateurs sauvages (au-delà des seules abeilles domestiques), les rendements agricoles augmentent[23].

Le sort de l'humanité dépend de l'état de la biosphère

L'écologue mexicain directeur de recherche à l'Université nationale autonome du Mexique Gerardo Ceballos, le biologiste états-unien de Stanford Paul R. Ehrlich et Rodolfo Dirzo, professeur en sciences du système Terre à Stanford, se sont véritablement trouvés. Ils ont coécrit quelques articles qui sont devenus des références dans les milieux scientifiques et des points de repère pour la société civile. Ils ont montré comme personne d'autre que, s'il est important d'identifier les espèces qui disparaissent pour dresser un état des lieux du vivant, un autre indicateur, fondamental, montre que la situation est beaucoup plus préoccupante encore. Ils pointent du doigt en 2017 l'ampleur de la disparition des populations animales : leur zone géographique (qu'on appelle leur « aire de répartition » dans un langage scientifique) ne cesse de se réduire. Nous avons affaire, selon leurs propres termes, à une « annihilation biologique » sans précédent dans l'histoire du vivant[24].

Dans un article qui a fait date, ils montrent que nombre d'espèces qui ne sont pas catégorisées comme « en voie de disparition » sont aujourd'hui attaquées de plein fouet par les activités humaines, et plusieurs de leurs populations disparaissent. Ces trois chercheurs anticipent les extinctions d'espèces dans les dizaines d'années à venir et alertent sur le fait qu'elles dépassent les courbes imaginées jusque-là ; c'est à une véritable « décimation de la population animale » que nous avons affaire. En 2022, ils approfondissent leur analyse. Compte tenu de la surpopulation, de la surconsommation des plus riches, et des mauvais choix technologiques de l'humanité : c'est la première fois qu'un effondrement global de la biosphère est réellement probable[25]. Leur analyse est sans ambages : « La civilisation, et peut-être le sort même de notre espèce, dépend intégralement du bon fonctionnement de l'écosystème mondial, que la société ne cesse de dégrader. »

Existe-t-il un tipping point *de la biosphère au niveau mondial ?*

Gerardo Ceballos, Paul R. Ehrlich et Rodolfo Dirzo, dans leur article de 2017, évoquent en conclusion que « la sixième extinction de masse est déjà là et la fenêtre d'action efficace est très courte, probablement deux ou trois décennies au plus[26] ». Il y a un peu plus de dix ans, en 2012, un article d'un des plus célèbres biologistes contemporains, le professeur Anthony D. Barnosky de l'université de Berkeley, « Vers un changement d'état de la biosphère terrestre[27] », avait généré une onde de choc. Il y étudiait la possibilité que l'ensemble de la biosphère puisse franchir un seuil irréversible si nous continuions notre surexploitation des sols. Il situait ce seuil vers 2045.

Après cet article de 2012, des chercheurs ont estimé en 2013 qu'il était évident que les activités humaines peuvent provoquer des changements de régime dans la biosphère à l'échelle locale ou régionale : des populations peuvent disparaître et entraîner dans leur chute des transformations des écosystèmes ou des modifications climatiques locales comme la désertification d'un territoire, par exemple. En revanche, la possibilité d'existence d'un point de basculement de la biosphère à l'échelle planétaire reste à confirmer[28] : selon les détracteurs de Barnosky, il n'est pas dit que l'ensemble de la biosphère puisse se reconfigurer à la suite du franchissement d'un *tipping point.*

Mais la pondération de 2013 n'a pas épuisé le débat, loin de là. En 2021, la chercheuse états-unienne en sciences du système Terre Katharyn A. Duffy et son équipe rappellent, dans un papier de l'excellente revue *Science Advances*, que la photosynthèse et la respiration globale sont dépendantes de la température moyenne… et qu'elles déterminent la force du puits de carbone terrestre. Lorsque la température augmente, la respiration des végétaux continue d'augmenter mais la photosynthèse diminue. La question est la suivante : à partir de quel niveau de température le « service écosystémique » de stockage du carbone par la végétation devient-il significativement fragilisé ?

Le résultat de leurs observations et calculs est impensable : dans le cadre de la poursuite des émissions de gaz à effet de serre, la divergence des courbes de captation et d'émission de carbone par les plantes « entraînera une réduction de près de la moitié de la force du puits terrestre dès 2040[29] ». Aucun doute possible pour ces chercheurs : il existe bien un point de basculement de la biosphère dans son ensemble. À partir d'un tout autre indicateur que le taux d'anthropisation des sols, ils le situent à peu près au même moment que Barnosky et ses collègues dans leur article de 2012. Pour moi, la juxtaposition de ces deux articles de haut vol, celui de Barnosky paru dans *Nature* en 2012 et celui de Duffy paru dans l'une des revues *Science* en 2021, a eu un effet très puissant. Oui, nous approchons dangereusement de la fragilisation du socle qui supporte et permet les sociétés humaines.

Compenser les écosystèmes par la technologie : un fantasme d'économistes ?

Une question vient alors immédiatement à l'esprit concernant *2049* : pouvons-nous vivre sans le vivant ? Ou pourrons-nous progressivement repeupler la biosphère de sa densité animale et végétale au fur et à mesure de sa destruction ?

Entre 1987 et 1991 une entreprise, Space Biosphere Ventures, a créé un site expérimental dans un désert de l'Arizona aux États-Unis pour reproduire un système écologique artificiel clos intitulé Biosphère II. L'objectif était de recréer un écosystème complètement déconnecté de la biosphère terrestre, sous un immense dôme en verre, pour la modique somme de 200 millions de dollars attribuée par un pétrolier texan. Il s'agissait de reproduire ce qui pourrait advenir dans l'hypothèse d'une colonisation spatiale (notamment dans le projet de vivre un jour sur Mars).

Tout a été pensé : reconstruction d'une forêt tropicale humide, d'un océan doté d'une barrière de corail, de terrains agricoles, circulations d'eaux chaudes et froides (une centrale fournissant l'énergie nécessaire). L'espace était organisé pour faire cohabiter différents biomes et plusieurs milliers d'espèces. Les transformations de l'écosystème étaient minutieusement observées pour tenter de le rendre durablement viable en agissant sur chacun des paramètres identifiés dans le bon fonctionnement de notre biosphère. Ce projet pharaonique s'est soldé par l'échec de la maîtrise d'un écosystème, et notamment par l'incapacité à entretenir une atmosphère suffisamment riche en dioxygène (les membres humains de la mission tombant rapidement malades)[30]. En dépit de cet échec historique, la tentative d'affranchir l'existence humaine des populations de la biosphère bat son plein à l'heure actuelle. Face à l'ampleur de la menace que le dépeuplement de la biosphère fait peser sur nos sociétés, aux quatre coins du monde s'engage une course en avant tentant de sécuriser, par la technique, les conditions qui permettent la vie humaine. Plutôt que de réduire l'empreinte des activités humaines sur le système Terre, c'est l'inverse qui est privilégié (parce que plus rentable à très court terme) : construction de parasols géants dans la stratosphère pour limiter l'ensoleillement, envoi de particules de soufre dans l'atmosphère (en dépit des millions de morts par intoxication que cela générera), construction d'aspirateurs inefficaces et incroyablement énergivores du CO_2 excédentaire dans l'atmosphère en lieu et place de la régulation de la consommation d'énergies fossiles.

Le désastre des espèces invasives

L'écrevisse omnivore opportuniste

L'écrevisse de Louisiane (*Procambarus clarkii*) est originaire du sud des États-Unis et du nord du Mexique. Elle ressemble à un mini-homard d'une dizaine de centimètres, avec une carapace rouge souvent mouchetée de taches noires. Avec ses deux pinces puissantes, longues, hérissées d'aspérités, c'est la reine des écosystèmes où elle est implantée. Hyperadaptable, elle supporte les variations de température (elle peut survivre à des sécheresses prolongées), les environnements pollués, les eaux stagnantes ou pauvres en oxygène, les eaux salées ou non. Elle peut se cacher à tout moment en creusant des terriers de 1 mètre de profondeur – qui ne manquent pas de ravager les berges et les systèmes d'irrigation des rivières où elle s'installe. Sa plasticité écologique et sa résilience lui permettent de se maintenir et de proliférer dans des milieux perturbés.

Les mâles peuvent se déplacer sur plus de 17 kilomètres, ce qui facilite leur dispersion rapide. Véritable omnivore opportuniste, elle mange tout ce qui se présente à elle – avec une préférence pour les proies lentes comme les têtards, les escargots ou les larves d'insectes aquatiques. Elle peut faire disparaître jusqu'à 99 % de la végétation aquatique, 70 % des insectes et mollusques, et plus de 80 % des amphibiens en une décennie. Et ce n'est pas tout : sur le sol européen, où elle a été volontairement introduite dans les années 1970-1980 pour terminer dans nos assiettes, elle véhicule des pathogènes qui déciment ses cousines, les écrevisses indigènes européennes (*Astacus astacus*), qui sont par exemple en train de disparaître des marais du Poitou[31].

Les conséquences écologiques de son implantation ont été dévastatrices : cette délicieuse écrevisse est désormais inscrite sur la liste des espèces exotiques envahissantes préoccupantes de l'Union européenne. Elle est aujourd'hui interdite de séjour dans l'UE, où elle ne peut plus être importée, transportée, ni élevée. C'est comme une petite armée de bulldozers rouges qui s'installent dans une rivière. Ils creusent, détruisent les plantes, font fuir ou tuent les animaux locaux, et en prime, propagent des maladies. Elles sont insaisissables, résistantes, hyperfertiles et dévastatrices pour les écosystèmes qu'elles envahissent.

En effet, toute la planète ne se dépeuple pas… Certaines espèces, au contraire, prolifèrent, mais de façon extrêmement problématique, à l'instar de notre écrevisse de Louisiane. En 2024, l'IPBES – la plateforme intergouvernementale scientifique et politique sur la biodiversité et les services écosystémiques, qu'on appelle parfois le « GIEC de la biodiversité » – produit un rapport exhaustif de plus de 900 pages sur les espèces exotiques envahissantes[32]. Écrit par 86 experts de plusieurs champs disciplinaires, ce rapport synthétise l'état du savoir présent dans plus de 13 000 publications scientifiques. Cet immense chantier souligne l'ampleur du problème que représentent les espèces invasives à la suite de la transformation des conditions climatiques et de leurs écosystèmes. Elles constituent en effet un des principaux facteurs de disparition de la biodiversité et de transformation du vivant (avec l'anthropisation des sols et le changement climatique).

Le frelon mangeur d'abeilles

Il y a plus de vingt ans, un horticulteur du Lot-et-Garonne attendait impatiemment une de ses commandes de poteries chinoises pour orner ses jardins. Ce qu'il ne pouvait imaginer est que des passagers d'un genre tout particulier avaient trouvé place dans ses colis : quelques membres d'une espèce de guêpe géante (*Vespa velutina*) étaient parvenus sur le sol européen sains et saufs de leur long périple. Dès l'automne 2005, des entomologistes amateurs identifient des spécimens qu'ils décrivent dans un numéro du *Bulletin de la société entomologique de France* publié en 2006[33]. Quelques mois après, l'heure du premier bilan a sonné : renommé « frelon asiatique », cette espèce s'acclimate à merveille en France. Désormais présent sur au moins six départements, il envahit le territoire à vitesse « grand V » et toute tentative d'éradication semble désormais impossible[34].

Un peu plus petit que notre frelon européen, le frelon asiatique mesure 2 à 3 centimètres, de couleur noir et jaune, il est reconnaissable à son thorax plus foncé (noir et brun) et à sa tête noire avec une face jaune orangé. Le frelon asiatique peut survivre à des températures négatives comme à des pics de 35 °C. Doté d'une gourmandise sans limite, il se nourrit de tout type d'insecte (il est devenu le prédateur de 1 400 espèces d'insectes) et une colonie peut tuer jusqu'à 90 000 insectes en une saison : bourdons, papillons… avec un appétit tout particulier pour nos abeilles, si importantes dans la pollinisation.

L'invasion est dramatique. Le front de colonisation progresse de près de 80 kilomètres tous les ans et ce sont désormais presque tous les pays européens qui sont touchés. Il est une menace pour l'apiculture européenne, la production agricole dépendante de la pollinisation, les cultures fruitières (il s'attaque aux fruits mûrs).

Le développement des espèces invasives, qu'il s'agisse d'animaux, de plantes ou de micro-organismes, est une menace directe pour de nombreuses espèces vivantes, mais elle vient aussi fragiliser nos sociétés[35]. Elles affectent en profondeur l'économie, la sécurité alimentaire, l'accès à l'eau et la santé humaine. Plus de 37 000 espèces exotiques ont ainsi été introduites par les activités humaines dans toutes les régions de la Terre et on enregistre 200 nouvelles invasions par an. Parmi cet ensemble, 3 500 espèces sont identifiées comme envahissantes. Ce sont les activités humaines intensives, dans toutes les régions du monde, et avec d'incessants déplacements, qui perturbent en profondeur les équilibres des écosystèmes et favorisent ces envahissements destructeurs parfois irréversibles.

Et le changement climatique accentue encore le phénomène. (1) Tout d'abord, il modifie les mécanismes de déplacement et d'invasion en élargissant certaines aires de répartition (le climat devient favorable à des espèces à certains endroits). Un exemple : le changement climatique augmente les températures de l'eau, réduit les moments de couverture de glace, reconfigure les débits des cours d'eau, augmente la salinisation des terres et de certains cours d'eau, favorise des inondations. Ces changements modifient la façon dont les espèces se déplacent et dont elles peuvent avoir de nouveaux accès à des systèmes aquatiques[36]. De plus, elles trouvent souvent dans les réservoirs de stockage pour nos activités un espace propice à leur installation. (2) Ensuite, il permet à des espèces qui n'étaient pas envahissantes dans leur aire de répartition initiale de le devenir dans d'autres (où leurs prédateurs ne sont pas encore présents par exemple). (3) Mais le changement climatique permet aussi à des espèces déjà identifiées comme envahissantes de développer leurs zones d'envahissement[37].

L'effondrement des forêts et des végétaux

Des espèces mortes-vivantes

Le hêtre commun (*Fagus sylvatica*) est une essence emblématique des forêts tempérées d'Europe centrale et occidentale. C'est un des feuillus les plus répandus en Europe. Majestueux avec son tronc droit, son écorce lisse gris argenté, il culmine régulièrement à 30-40 mètres de hauteur. Ses feuilles ovales vert brillant prennent à l'automne de belles teintes cuivrées. Sa cime arrondie et très dense permet de beaux espaces ombragés au sol durant les printemps et les étés.

Les forêts qu'il forme avec ses congénères sont denses et attirent les sangliers, les rongeurs et les oiseaux intéressés par son fruit, cette petite capsule qui contient deux graines triangulaires. Par ailleurs, les forêts de hêtres permettent un intéressant stockage d'une partie du carbone excédentaire de l'atmosphère.

Après la dernière période glaciaire, il y a 12 000 ans, cette espèce qui s'était réfugiée dans le sud de l'Europe a recolonisé le nord à un rythme de 100 à 200 kilomètres par siècle (principalement grâce à la dispersion de ses graines sur des courtes distances)[38]. On trouve aujourd'hui des hêtres de la péninsule Ibérique à la Scandinavie ; de la Grande-Bretagne aux Balkans.

Compte tenu du rythme actuel de réchauffement, pour survivre le hêtre devrait migrer à une vitesse de 500 à 1 000 kilomètres par siècle pour suivre les conditions climatiques optimales. C'est plus que ce qu'il peut réaliser biologiquement : il est climatiquement piégé. Il est debout, feuillu, vivant, mais voué à disparaître[39]. Parce que la vitesse maximale de déplacement d'un arbre ou d'une plante est de 200 kilomètres par siècle, nombre d'espèces apparaissent aujourd'hui comme d'ores et déjà condamnées si le réchauffement se poursuit.

Le hêtre est ce qu'on appelle une espèce « morte-vivante[40] ». Aujourd'hui vivante et pourtant assurément condamnée.

Mais ce n'est pas tout : la migration des arbres pourrait être grandement handicapée par une inadéquation entre leurs besoins et les réseaux de champignons des sols. En effet, les arbres vivent en symbiose avec de microscopiques organismes dans les sous-sols avec lesquels leurs racines sont connectées. Soixante pour cent des arbres à la surface du globe vivent en symbiose avec les ectomycorhiziens, un type de champignon. Or, le changement climatique en cours affectera 35 % des relations entre les arbres et ces organismes. Comme ils n'ont pas le même type de réaction aux changements climatiques, les arbres risquent d'aller s'établir à des endroits marqués par l'absence de ces organismes filamenteux[41].

Le dépeuplement actuel des forêts françaises entraîne des effets en cascade, dont la réduction de leur pouvoir de captation du carbone. Il est même possible qu'elles ne constituent plus un puits de carbone à l'horizon 2050. Le pire scénario envisagé par une étude de l'Institut national de l'information géographique et forestière (IGN) en date du 13 mai 2024 serait une diminution de la croissance des forêts de 25 % d'ici 2050 et une augmentation de la mortalité des arbres de 77 % sur la même période. S'agit-il d'un scénario catastrophe ? Oui. Mais il ne constitue ni plus ni moins que la poursuite des tendances passées : entre 2013 et 2021, nous avons connu une hausse de 80 % de la mortalité des arbres. Sur cette période, la capacité de captation du carbone a baissé de 33 %[42].

C'est la végétation qui, historiquement, a façonné le climat terrestre en agissant sur les flux d'énergie, les flux de carbone et le cycle de l'eau. Mais actuellement, c'est un autre processus qui agit majoritairement à l'échelle du globe car ce sont les transformations du climat qui impactent la végétation. De nombreuses espèces se déplaceront vers les pôles au fur et à mesure de la poursuite du dérèglement climatique. Mais le problème, largement sous-estimé, est la rapidité de déplacement des espèces.

2049 : *la biologie des plantes transformée*

Une planète plus chaude signifie un dépeuplement des forêts, donc une perte d'une partie de la capacité à absorber le CO_2 pour libérer de l'O_2 nécessaire à notre vie ; le réchauffement s'intensifie, ce qui accélère encore la mortalité des arbres. Mais ce n'est pas tout : le dépeuplement forestier s'accompagne aussi d'une transformation très profonde des plantes en général, proprement biologique.

L'absorption de méthane par les sols forestiers de l'hémisphère Nord (entre 0 et 60° de latitude), directement vitale tant il s'agit d'un gaz réchauffeur de l'atmosphère, a diminué de 77 % au cours des trois dernières décennies. Les bactéries méthanotrophes, des micro-organismes qui utilisent le méthane comme source principale de carbone et d'énergie en absorbant et décomposant le méthane présent dans les sols humides, perdent en efficacité. Un puits de méthane est en train de s'affaiblir alors qu'il ne cesse de s'accumuler toujours plus rapidement dans l'atmosphère. Or nos études continuent de surestimer la puissance d'absorption du méthane par les sols, faussant les prospectives climatiques[43]. De plus, les changements dans la couverture des sols, et tout particulièrement la désertification des forêts tropicales, génèrent des émissions supplémentaires de méthane, d'oxyde nitreux et de dioxyde de carbone. À elle seule, elle pourrait conduire à une hausse de plus de 0,3 °C, et dépasser durablement les +1,5 °C de réchauffement global[44].

2049 : des arbres à feuilles épaisses mais qui captent moins de CO_2

Le dépérissement des forêts et la diminution de leur capacité d'absorption du CO_2 excédentaire de l'atmosphère ont un effet direct sur les arbres comme sur les plantes en général. Lorsque le taux de CO_2 augmente, cela affecte la manière dont les feuilles produisent de l'énergie et leur masse augmente ; les feuilles deviennent plus épaisses. Lorsque l'augmentation est d'un tiers par rapport à la surface, la productivité des plantes diminue fortement, ce qui réduit la capacité des écosystèmes à absorber le CO_2. Cette réduction est loin d'être anodine : elle est comparable aux émissions annuelles actuelles de combustibles fossiles. Ces transformations produisent un réchauffement supplémentaire de l'atmosphère terrestre de l'ordre de 0,3 °C, notamment dû à une baisse de l'évaporation de l'eau par les plantes. En substance : il devient essentiel de prendre davantage en compte les ajustements des plantes au changement climatique et leurs effets rétroactifs sur le climat[45].

Plus de rosé en terrasse à Saint-Tropez

Ce sont les Grecs, il y a plus de 2 000 ans, qui ont importé les vignes dans le sud de la France. Et les pieds de vigne se sont plu dans le Var qui concentre aujourd'hui bon nombre des AOC côtes-de-provence. Ces dernières années, compte tenu d'une augmentation de la chaleur et de l'ensoleillement, la maturation des raisins a été de plus en plus rapide. Les vignes débourrent plus tôt, augmentant la probabilité de geler ensuite ; et les fortes chaleurs font transpirer la plante, qui a besoin de plus en plus d'eau[46]. Cela vient progressivement déséquilibrer le goût des raisins et son rapport sucré/acidulé et modifier la qualité des vins.

Le manque d'eau chronique réduit la taille des grains ; des événements climatiques extrêmes (sécheresses, tempêtes) provoquent l'apparition de parasites. Les viticulteurs se mobilisent avec beaucoup d'énergie pour sauver leurs exploitations. Ils introduisent de nouveaux cépages, plus résistants à la chaleur et aux sécheresses ; ils font tout pour permettre aux sols de garder l'humidité (en paillant, enherbant ou améliorant les systèmes d'irrigation). La production du vin est transformée, à tous les niveaux : rendement des vignes, composition des grains et qualité du vin. Et les rosés sont de moins en moins frais en bouche. Pour l'heure, les vins changent petit à petit : plus alcoolisés, moins acides, avec de nouveaux équilibres. Mais pour combien de temps encore ? Car nous savons qu'il sera quasiment impossible de continuer de cultiver les vignes si le réchauffement global dépasse les 2 °C – d'ici 2050, en somme –, à partir de 35 °C les vignes sont en mode survie, leur croissance est bloquée.

Reconfiguration des forêts

Les forêts tempérées en proie à de brusques basculements

La Forêt-Noire (*Schwarzwald*) en Allemagne est une des plus célèbres forêts européennes : un paysage majestueux qui s'étend sur plus de 150 kilomètres, dont les vallées profondes et brumeuses ont nourri nombre d'imaginaires culturels. La Forêt-Noire, avec ses sorcières, ses loups et ses êtres surnaturels – mais aussi ses lynx récemment réintroduits –, est associée aux contes des frères Grimm comme *Hansel et Gretel*, *Blanche-Neige* ou *Le Petit Chaperon rouge*. Situé au bord de la vallée du Rhin dans le sud-ouest de l'Allemagne, ce massif forestier borde l'Alsace. Ce sont principalement des forêts d'épicéas qui constituent la Forêt-Noire, qui a donné son nom à un célèbre dessert. Après les coupes massives aux XIXe et XXe siècles, cette essence a été choisie pour des raisons économiques : la croissance est rapide et le bois plutôt de qualité.

L'épicéa était déjà en dehors de son aire écologique naturelle, qui est située en Norvège et en Europe du Nord. Les forêts d'épicéas, qui ont peu de diversité, ont aussi peu de résilience, et la Forêt-Noire est un exemple particulièrement préoccupant de fragilisation d'une forêt tempérée européenne. Très vulnérable au changement climatique, elle pourrait même disparaître dans les décennies à venir[47].

Et globalement, les forêts tempérées européennes, parce qu'elles sont largement fragmentées en raison d'une longue histoire d'utilisation des terres et de gestion humaine, sont des systèmes fragiles. La majorité d'entre elles sont des forêts gérées, souvent réduites à des monocultures à faible biodiversité, optimisées pour la production de bois[48]. Si elles peuvent être résistantes dans des conditions climatiques stables, leur résilience se trouve fragilisée dans des conditions climatiques qui se transforment[49]. Nos forêts tempérées, très encadrées par des paysages anthropisés et peu connectées avec d'autres types d'écosystèmes, accueillent peu d'échanges génétiques et biologiques. Elles sont ainsi peu résistantes au « stress », la transformation d'un facteur externe dont elles dépendent – comme les précipitations par exemple. Leur basculement peut alors être d'autant plus brusque.

C'est l'interaction entre les écosystèmes terrestres et l'atmosphère qui rend possible un dépérissement si rapide des forêts.

Dès lors que nous perdons du couvert forestier, le risque est grand d'en perdre davantage encore. Lorsque nous perdons des forêts l'évapotranspiration diminue, l'atmosphère est moins chargée en humidité et les précipitations locales sont réduites. Il y a alors moins de composés organiques volatils produits par les arbres qui servent de noyaux de condensation des nuages. Les précipitations diminuent d'autant. Le vent est plus fort et le séjour de l'humidité au niveau des forêts est réduit. Les températures augmentent et le stress hydrique grimpe en flèche. Le couvert forestier est plus ouvert, plus sec, avec moins de décomposition. Les départs d'incendies augmentent. Les vitesses de vent sont plus élevées, l'humidité du sol diminue, l'érosion augmente. La biomasse diminue : nous perdons des forêts[50].

La savanisation de la forêt amazonienne

Faisons un petit détour par une forêt qui n'est pas sur le sol européen, la forêt amazonienne, mais qui occupe une place de choix au sein du fonctionnement du système Terre et qui connaît actuellement le moment le plus critique de son histoire. Le risque majeur auquel elle fait face est la savanisation. Il ne suffit que de quelques décennies pour que des incendies à répétition aient le pouvoir de transformer les forêts du bassin amazonien en véritables savanes. En effet, lorsque les forêts ne subissent qu'un seul incendie, elles parviennent à récupérer, mais lorsqu'elles sont à nouveau brûlées par un incendie extrême, elles se transforment progressivement en savanes[51]. En quelques décennies, les sols perdent des nutriments et de l'argile et les espèces d'arbres de savane remplacent les espèces forestières natives, phénomène accéléré par l'érosion du sol causée par les incendies[52]. Il s'ensuit des conséquences climatiques en cascade : augmentation du réchauffement global, baisse significative des précipitations dans ces régions et dans les régions environnantes[53]. Pour tout dire : les chercheurs craignent que le déclin de l'Amazonie, qu'ils identifiaient d'ici la fin du XXIe siècle, n'ait déjà commencé[54].

Compte tenu de l'importance des forêts tropicales dans le système Terre, les impacts se font également ressentir à distance, comme un réchauffement du plateau tibétain ou de la calotte glaciaire de l'Antarctique – c'est ce qu'on appelle un phénomène de « téléconnexion climatique[55] », lorsque deux éléments du système Terre sont reliés entre eux.

L'Amazonie ou le bilan carbone d'un paquet de clopes

Les forêts tropicales disposent des écosystèmes les plus riches en biodiversité. Ces dernières décennies, le climat de l'Amazonie a connu d'importantes transformations avec des précipitations plus intenses durant la saison des pluies et une saison sèche plus longue et plus aride[56], dont la conséquence est la disparition du puits de carbone que constituaient les forêts du bassin amazonien. En effet, comme l'a montré Luciana Gatti, chercheuse brésilienne experte du changement climatique et rompue aux bilans carbone des forêts du bassin amazonien, lors de l'année 2010, exceptionnellement sèche, les forêts du bassin amazonien ont perdu 0,48 Gt de carbone (ce qui correspond, grosso modo, aux émissions annuelles de la France), et, lors de l'année 2011, exceptionnellement humide, le bilan carbone a été neutre[57].

Compte tenu de la diminution de la photosynthèse liée aux sécheresses ainsi qu'aux décès d'arbres, aux incendies et aux politiques de déforestation, au cours de la décennie 2010-2019 la forêt amazonienne brésilienne a émis davantage de carbone qu'elle n'en a stocké. L'Amazonie, autrefois puits de carbone, se transforme en source nette de carbone[58].

Conséquences pour les sociétés de *2049* ? En plus de contraindre les populations locales à migrer en raison de l'impossibilité de produire leur nourriture, les conséquences sociétales d'un dépérissement amazonien se feraient également ressentir au niveau global. La fragmentation et la transformation de l'Amazonie en savane entraîneraient des extinctions d'espèces animales et végétales, perturbant d'autant plus les écosystèmes et leur régénération[59]. Les transformations pourraient aller jusqu'à une diminution de 58 % de la richesse des espèces d'arbres d'ici 2050[60]. L'altération de la régulation du climat et de la richesse de la biodiversité générerait des pertes économiques estimées entre 1 000 et 4 000 milliards de dollars sur trente ans[61].

Le dépeuplement forestier détruit les sociétés humaines. Avec l'effondrement de l'Amazonie, c'est une nouvelle zone névralgique du système Terre que nous mettons à terre. C'est une hypothèque supplémentaire de *2049*. Car, une fois encore, le dépeuplement réchauffe une atmosphère elle-même déjà en surchauffe.

Des océans acides et sans vie

Une acidification qui bouleverse tout

2049 doit faire face à un terrible dépeuplement des animaux et végétaux terrestres qui intensifie en retour le réchauffement climatique… Mais c'est exactement ce même processus qui est enclenché concernant la vie marine, dont l'acidification est une des origines.

Les océans sont le premier puits de carbone planétaire, ils absorbent 20 à 30 %[62] de nos émissions de CO_2 qui se dissout, réagit avec l'eau de mer pour former de l'acide carbonique (H_2CO_3) qui se décompose en ions bicarbonate (HCO_3) et hydrogène (H+). L'augmentation des ions H+ entraîne une acidification (baisse du pH) et celle-ci n'est pas neutralisée par les ions bicarbonates, qui ont pourtant une fonction dans le tamponnement du pH des océans[63].

Des océans qui ne captent plus de CO_2

Les océans regorgent d'organismes microscopiques qui vivent en suspension et se laissent entraîner au gré des courants : le plancton. Il se divise en trois grandes catégories : le phytoplancton qui est d'origine végétale et capable de photosynthèse ; le zooplancton, d'origine animale, qui est composé de larves ou de petits crustacés ; mais aussi les mixotrophes qui combinent photosynthèse et consommation d'autres micro-organismes.

L'acidification, par l'intermédiaire de plusieurs mécanismes interconnectés, fragilise le plancton. La baisse du pH entrave la formation et le maintien des coquilles du plancton qui en dispose. Mais le processus atteint également le zooplancton, qui se nourrit d'autres organismes ou particules et dont certaines variétés ont des coquilles, en impactant leur métabolisme (difficulté à absorber les nutriments et fragilisation de la reproduction).

Ensemble, phytoplancton, zooplancton et mixotrophes constituent la base de la chaîne alimentaire océanique. Aujourd'hui, sa quantité diminue ainsi que ses qualités nutritionnelles. Le risque d'effondrement de la chaîne alimentaire océanique n'a jamais été aussi élevé.

Mais le plancton a également une fonction essentielle dans la pompe à carbone biologique qui capte environ 50 Gt de carbone chaque année[64], dont une bonne partie est absorbée par la biomasse marine et transférée ensuite dans les profondeurs (notamment du plancton mort ou les boulettes fécales), permettant ainsi de diminuer le taux de concentration de CO_2 dans l'atmosphère d'environ 200 ppm (nous sommes aujourd'hui à environ 430)[65]. Le réchauffement des océans pousse le plancton à passer d'un état de puits de carbone (grâce à la photosynthèse) à un état de source de carbone par la consommation des autres planctons[66]. Cette pompe biologique océanique est fragilisée et pourrait même connaître une rupture caractéristique de la dynamique non linéaire des *tipping points*[67].

Une bombe à retardement tapie dans les fonds océaniques

Ce sont les océans qui absorbent la majorité de la chaleur émise par le Soleil. Ils sont comme une bouillotte ou un chauffage qui maintient la Terre à une température tempérée, favorable à la vie. Parce qu'ils captent et rejettent la chaleur, ils ont dans le système Terre une fonction de modulation climatique. Ils animent les saisons. Mais l'océan, qui capte 90 % de la chaleur excédentaire liée au réchauffement climatique[68], se réchauffe désormais beaucoup trop. Et cela déstabilise les immenses dépôts d'hydrates de méthane, des structures organiques présentes dans les fonds marins qui piègent le méthane dans certaines conditions de température et de pression et qui peuvent être relâchées. Le réchauffement permet de se dissocier et de libérer du méthane (CH_4) sous forme gazeuse. Il y a 55 millions d'années, un dégazage s'est produit qui a considérablement réchauffé l'atmosphère. Alors qu'on ignorait les temporalités d'un possible dégazage et la transformation de la température de l'atmosphère, il semblerait que cela s'effectue sur des échelles de temps plutôt longues, de l'ordre de siècles ou de millénaires.

2049 : l'impact sur la température mondiale serait considérable, tant le méthane est un puissant gaz à effet de serre – principalement issu de sources biologiques comme les zones humides, les rizières inondées, la combustion de biomasse, et les émissions des ruminants (et une partie provient de la consommation de combustibles fossiles). Son potentiel de réchauffement est plus fort que celui du CO_2 sur des périodes courtes (83 fois le pouvoir réchauffant du CO_2 sur vingt ans), mais son impact diminue à plus long terme (30 fois le pouvoir réchauffant du CO_2 sur cent ans et 10 fois son pouvoir sur cinq cents ans)[69].

Les estimations montrent que le réservoir global de méthane contient environ 3 000 Gt de carbone dans les hydrates de méthane et 2 000 Gt de carbone sous forme gazeuse. Or les hydrates de méthane sont sensibles aux variations de température : un réchauffement de 3 °C dans les eaux profondes libérerait 85 % du méthane stocké[70]. En langage clair : c'est une bombe à retardement qui transforme l'habitabilité de la Terre.

2049 : *une vie océanique sans oxygène*

Rafal Golla, pêcheur polonais qui n'a pas 50 ans mais travaille depuis plus de trente ans, a pris sa décision : dès qu'il en aura l'opportunité, il raccrochera ses filets et bénéficiera du programme de l'Union européenne de reconversion des pêcheurs de la mer Baltique (*Le Monde*). Lorsqu'il a commencé son activité, il ne savait que faire des morues à profusion que ramenaient ses filets. Il avait même dû embaucher plusieurs salariés. Mais désormais, au large des plages du bassin de Gotland, on ne peut rien attraper d'autre que des touristes[71].

Le bassin de Gotland est une zone de la mer Baltique en forme de semi-enclos. L'intensification de l'agriculture et de l'urbanisation alentour tout au long du XXe siècle en Allemagne, en Pologne, dans les pays baltes, en Russie, en Suède et en Finlande a entraîné un rejet massif de nitrates et de phosphates dans les cours d'eau qui se déversent ensuite dans la mer Baltique.

Cela a généré une surproduction d'algues, qui ont consommé de grandes quantités d'oxygène lors de leur décomposition.

La faible circulation des eaux et la faible salinité ont limité le renouvellement en oxygène des eaux profondes, ce qui a créé de nombreuses zones mortes où les poissons et invertébrés ont disparu. Cela impacte toute la chaîne alimentaire de la région, dont ce sévère déclin des populations de morues, espèce autrefois emblématique du bassin.

Ce dépeuplement océanique en cours, le plus intense qu'on puisse imaginer, est principalement dû à une disparition de l'oxygène de l'eau. En effet, les transformations que nous infligeons aux océans peuvent aller jusqu'à créer des zones desquelles l'oxygène est complètement absent (anoxie) ou en dessous des niveaux nécessaires à la vie marine (hypoxie) – ce qui est dramatique car l'oxygène est essentiel à la plupart des organismes marins. Ce phénomène de désoxygénation des océans est particulièrement net à proximité des côtes et au sein des estuaires. En effet, le rejet des nitrates et des phosphates des engrais agricoles dans les océans ainsi que les eaux usées urbaines alimentent la prolifération d'algues microscopiques (phytoplancton) ou de microalgues qui consomment l'oxygène disponible[72]. Mais ce n'est pas tout, lorsqu'elles sont décomposées par des bactéries, cela consomme encore davantage l'oxygène dissous dans l'eau, réduisant alors encore sa concentration et créant de véritables « zones mortes » : les poissons migrent ou meurent. Les événements hypoxiques se sont développés ces dernières décennies. Depuis 1950, les zones mortes doublent chaque décennie[73].

Au cours de son histoire, la Terre a connu des épisodes d'anoxie océanique lorsqu'elle a subi des climats particulièrement chauds (qu'on appelle de type « Terre-serre » et qui peuvent durer de 100 000 à 1 million d'années). Le mécanisme clé qui est derrière ces épisodes est précisément celui que nous sommes en train d'activer : l'augmentation de l'apport en phosphore, ce qui stimule la productivité des algues et augmente la demande en oxygène[74]. Il est même arrivé que les anoxies marines aillent jusqu'à détruire l'ozone de l'atmosphère, ce qui a eu un effet considérable sur la biodiversité terrestre[75].

Le changement climatique amplifie encore ce phénomène à travers plusieurs mécanismes interdépendants. (1) L'augmentation des températures réduit la solubilité de l'oxygène dans l'eau, limitant sa disponibilité pour les organismes marins. Les eaux chaudes exacerbant les taux métaboliques des organismes marins, accroissant ainsi leur demande en oxygène. (2) Le réchauffement de l'air et de l'eau intensifie la stratification de la colonne d'eau, empêchant le mélange des eaux de surface riches en oxygène avec les eaux profondes, favorisant l'hypoxie. (3) L'acidification aggrave les effets de l'hypoxie en réduisant la capacité des organismes marins à transporter et à utiliser l'oxygène. (4) Les changements dans les régimes de précipitations amplifient le ruissellement des nutriments vers les côtes, ce qui exacerbe l'eutrophisation et la prolifération d'algues. (5) L'allongement des périodes de températures estivales prolonge la durée des hypoxies[76].

Du point de vue de la vie marine, les émissions de gaz à effet de serre d'aujourd'hui engagent les prochains millénaires. La vie marine de *2049* se joue maintenant, en somme : si le réchauffement est limité à 1,5 °C (l'accord de Paris), les pertes d'oxygène sont considérablement réduites. Mais si nous poursuivons nos émissions de gaz à effet de serre et que nous parvenons à les stabiliser en 2300, la concentration en oxygène va diminuer jusqu'à 40 %, mille ans après leur stabilisation. Ensuite, la récupération sera extrêmement lente (plusieurs millénaires) et incomplète.

Des écosystèmes transformés

Effondrement de zones de pêche et d'écosystèmes

Par un matin d'août 1989, le chalutier du capitaine ukrainien rentre au port de Varna avec un chargement bien particulier. À la pesée, le pont affiche 22 tonnes de méduses et moins de 200 kg d'anchois. La gélatine des méduses invasives obstrue les hélices et brûle les mains de cet équipage de la mer Noire bordée par la Russie, la Géorgie, la Turquie, la Bulgarie, la Roumanie et l'Ukraine.

Il faut dire que cela fait des décennies que les prédateurs en haut du réseau trophique, les merlans, les thons et autres bonites, ont été largement surpêchés, ce qui a déclenché une surproduction de phytoplancton et de méduses. Il s'est ensuivi une hypoxie et l'effondrement des petits poissons. Aujourd'hui, les écosystèmes de la mer Noire sont profondément appauvris et la chaîne trophique est simplifiée et instable. Le fond marin reste largement désoxygéné et incompatible avec la vie marine. Cela a des impacts sur les communautés locales car les pêcheries sont grandement fragilisées.

La surexploitation des océans s'est accompagnée de l'effondrement de nombreuses zones de pêche, qui étaient par ailleurs d'autant plus menacées qu'elles étaient exposées au changement climatique. Ce qu'on appelle les « stocks de poissons » se sont effondrés sous le double effet de la surpêche et de rétroactions au sein du réseau trophique (en surexploitant une espèce cela agit sur ses prédateurs et ses proies)[77]. En gros, la formule qui prévaut à un *tipping point* dans un stock de poissons est la suivante : inadaptation de l'environnement (réchauffement) + surpêche = difficile ou impossible reconstitution des stocks de poissons.

Même si dans les parcs marins où la pêche est interdite, les populations augmentent assez rapidement[78], aujourd'hui la surpêche a un rôle déterminant dans l'extinction écologique[79].

Elle génère une disparition progressive d'espèces, fragilise les écosystèmes comme la sécurité alimentaire mondiale[80]. De plus, le taux élevé de CO_2 expose les poissons à des menaces à court terme car il altère leur perception des signaux. Le système olfactif des poissons ne cesse d'être davantage altéré, diminuant leurs chances de trouver de la nourriture ou d'identifier des prédateurs[81].

Par ailleurs, les changements climatiques entraînent des déplacements rapides des espèces marines, à un rythme moyen de 70 kilomètres par décennie, ce qui modifie leurs zones de répartition historiques[82].

Ce sont tous les types d'écosystèmes que les transformations océaniques sont en train de perturber gravement. Par exemple les écosystèmes côtiers où sont présentes de grandes algues brunes (ce qu'on appelle les forêts de varech), comme le long de la côte atlantique française, ont connu des effondrements rapides liés au surpâturage des oursins, associé à des vagues de chaleur et à une surconcentration de nutriments. Ce passage de lits de grandes algues à des landes d'oursins s'est produit dans le monde entier et a répondu à une logique non linéaire propre aux *tipping points*[83].

En eau douce aussi les populations disparaissent à vitesse « grand V » (une perte de plus de 80 % ces cinquante dernières années). Le drame : ces poissons sont des « bouées de sauvetage pour des millions de personnes[84] » dont la survie alimentaire dépend directement d'eux, en particulier en Asie, Afrique et Amérique latine.

Mort des récifs coralliens

Quatre-vingt-dix pour cent de la chaleur excédentaire liée au réchauffement climatique a été absorbée par les océans. Corrélé à l'acidification, cela a de nombreuses conséquences sur la vie marine, dont le blanchiment – c'est-à-dire le décès – des coraux.

Leur mort entraîne avec elle tout leur écosystème, qui ne parvient plus à s'alimenter[85]. Le phénomène advient à une vitesse fulgurante : d'ici 2050, ce sont 70 à 99 % des récifs coralliens qui pourraient disparaître (si le réchauffement est de 2 °C, ce sera 99 %)[86]. Le seuil fatal, à la suite duquel les récifs subiront un déclin rapide et irréversible, est situé à 450 ppm, déclenchant alors des effets dominos qui laissent craindre à certains chercheurs qu'une sixième extinction de masse est en passe d'être définitivement déclenchée[87].

Avec les coraux, c'est un quart de la vie marine qui va se trouver détruite et ce sont 500 millions de femmes et d'hommes qui seront en grande difficulté[88] – si ce n'est même 1 milliard si l'on inclut les impacts indirects pour les personnes vivant à moins de 100 kilomètres d'un récif corallien[89]. La plupart d'entre eux sont particulièrement pauvres et vont devoir trouver d'autres moyens de subsistance. Concrètement, les récifs coralliens fournissent des protéines et des micronutriments essentiels à la vie de centaines de millions de personnes dans le monde.

Mais la fonction des récifs coralliens ne s'arrête pas à la fourniture de nourriture pour les humains. Ils sont aussi une très utile protection contre les tempêtes[90]. Sans les récifs coralliens, les dommages annuels causés par les inondations doubleraient. Lors d'événements extrêmes comme les tempêtes centennales, les récifs évitent des dommages estimés à 130 milliards de dollars et protègent des milliers de kilomètres carrés de terres[91].

La perte progressive des barrières de corail signifie la disparition d'un élément clé de voûte du fonctionnement océanique, lui-même essentiel dans la régulation des conditions bioclimatiques favorables à la vie humaine en société.

Fondamentalement, le dépeuplement en cours de notre planète est une destruction de masse. Nous détruisons tous ceux qui nous ont précédés, sans voir que ce sont eux qui tiennent notre existence entre leurs mains. Détruire le vivant non humain est suicidaire. Car nous n'avons pas – et nous n'aurons jamais – les capacités de nous émanciper de la biosphère.

Une planète pour nous tout seuls en *2049* ? Impossible.

Une planète dépeuplée, c'est une planète sans nous.

5
La contamination

Giulia a 32 ans, elle est en bonne santé[1]. Elle a accouché par voie basse à terme au service d'obstétrique et de gynécologie de l'hôpital Fatebenefratelli à Rome en décembre 2019. Comme toutes les autres mères volontaires ce mois-là, elle a autorisé l'équipe d'obstétriciens à prélever une petite portion de son placenta pour une étude pilote sur les contaminants émergents. Ce sont alors quatorze chercheurs italiens qui observent par microspectroscopie Raman, une technique permettant de détecter l'apparition de microplastiques au sein d'échantillons biologiques, douze fragments multicolores (bleu, rouge, orange, violet, rose) qui sont comme enchâssés dans les cellules. Le placenta de Giulia contient des éclats de microplastiques, répartis aussi bien dans la partie maternelle que dans la partie fœtale. La scène est saisissante : un organe censé filtrer et protéger le fœtus témoigne, avant même la première respiration du nouveau-né, de l'omniprésence de particules créées par les humains pour leurs revêtements synthétiques, peintures, adhésifs, enduits ou autres produits cosmétiques[2].

Le soir, les chercheurs font la fête et baptisent aussitôt « plasticenta », contraction de « plastique » et « placenta », leur incroyable découverte. Mais la fête a une saveur douce-amère. Sans l'ombre d'un doute, ils connaissent les conséquences de cette découverte : ce sont désormais des formes de mutants que nous nous apprêtons à mettre au monde, mi-humains, mi-plastiques.

Les forçages anthropiques des différents processus écologiques, au premier rang desquels l'introduction de « nouvelles entités » dans notre environnement (en particulier les pollutions chimiques et plastiques), contaminent tout ce avec quoi nos corps interagissent : eau, air, sols, alimentation, objets que nous manipulons. Ces nouvelles entités que nous avons introduites dans la biosphère englobent une variété de substances : microplastiques, polluants organiques persistants, perturbateurs endocriniens, pesticides, métaux lourds, matériaux radioactifs, organismes génétiquement modifiés et divers composés organiques synthétiques. Absentes du système Terre avant la révolution industrielle, ces particules microscopiques s'infiltrent partout, jusqu'à faire partie intégrante de notre corps.

Des polluants éternels

Un soir de mai 2022, Nicolas a prévu, comme tous ses voisins, de regarder l'enquête de Martin Boudot, Laure Aguirre de Carcer et Benoît Sauvage diffusée dans l'émission *Envoyé Spécial* sur la 2[3]. La nouvelle s'est répandue comme une traînée de poudre dans les communes de Saint-Symphorien-d'Ozon et Saint-Laurent-d'Agny, au sud de Lyon : des niveaux très élevés de produits chimiques toxiques ont été détectés dans l'air et le sol après que l'entreprise Arkema a déversé des grandes quantités de PFAS, ces polluants éternels, dans le Rhône depuis des décennies[4]. Et ce sont même les stations d'épuration, censées filtrer l'eau pour la rendre potable et sans danger pour la santé, qui sont infestées de ces polluants toxiques qui multiplient notamment par dix le risque de cancers testiculaires. Il se trouve que quelques semaines plus tôt, le fils de Nicolas venait de subir une ablation d'un testicule après la découverte d'une tumeur.

L'Agence régionale de santé (ARS) recommande aux habitants d'éviter de consommer du poisson pêché dans le Rhône en aval de l'usine Arkema ou des œufs produits par des particuliers dans le secteur. Car certains habitants avaient ingéré 100 fois la dose maximale de polluant recommandée par l'ARS, mettant gravement leur santé en péril.

De plus en plus de préoccupations émergent quant à la présence de contaminants préoccupants émergents (CPE), comme les PFAS ou les pesticides et produits pharmaceutiques dont nous retrouvons de plus en plus de traces dans l'eau potable[5]. La législation est très en retard sur les avancées scientifiques – les interdictions ou les restrictions de ces substances tardent à arriver[6]. Par ailleurs, nombre de produits chimiques liés aux matériaux en contact avec les aliments migrent depuis les emballages ou ustensiles vers les denrées alimentaires. On les appelle les FCCs, pour *food contact chemicals*. Plus de 14 000 FCCs sont identifiés, dont 3 601 présentent une preuve de présence dans des échantillons biologiques humains. Parmi eux, beaucoup possèdent des propriétés préoccupantes, comme la carcinogénicité (pouvant provoquer ou favoriser un cancer), la toxicité pour la reproduction, ou la perturbation endocrinienne (substance qui perturbe le fonctionnement chimique de notre organisme).

L'impact de ces nouvelles entités sur la stabilité et la résilience du système Terre reste encore largement méconnu. Les interactions entre différentes substances et leurs effets cumulés sur les écosystèmes et la santé humaine sont encore mal compris, ce qui pose des défis scientifiques. Des exemples historiques, tels que les effets inattendus des insecticides comme le DDT (dichloro-diphényl-trichloréthane, un polluant organique persistant) ou des chlorofluorocarbones (CFCs, des gaz notamment utilisés dans l'industrie du froid) sur la couche d'ozone, illustrent les risques associés à l'introduction non contrôlée de ces entités. Pour assurer un espace d'action sécurisé pour le développement des sociétés, l'océanographe états-unienne et danoise Katherine Richardson et ses collègues proposent que toute libération de ces substances dans l'environnement soit accompagnée d'une évaluation complète de leurs effets potentiels, avec un objectif idéal de zéro libération sans certification de leur innocuité[7].

2049 *ou l'impossible bonne santé*

En effet, une des craintes est que nous exercions en ce moment un forçage trop important de ces nouvelles entités, qui pourrait fragiliser l'intégrité de la biosphère et littéralement transformer l'état du système Terre. Car elles ont un effet cumulatif et synergique. À petite dose cela ne pose pas de problème, mais à haute dose il s'agit de véritables poisons.

Pour finir, ce sont nos corps qui sont contaminés – inexorablement. Comme nous n'existons pas en dehors de nos interactions avec notre environnement, un étau se resserre et met notre santé en sursis.

Ce qui se joue aujourd'hui et pourrait voir son accomplissement en *2049* est, ni plus ni moins, l'impossibilité de demeurer humain tant nos corps et nos psychismes seront contaminés et endommagés.

Pollutions plastiques : une accélération sans précédent

La formation de microplastiques

La production mondiale de plastiques a considérablement augmenté au cours des dernières décennies et sans intervention, les déchets plastiques mondiaux pourraient encore tripler d'ici 2060, atteignant plus de 1 000 millions de tonnes par an[8].

Ère du plastique ou du déchet, c'est selon

L'ONU, dans un des rapports de son programme pour l'environnement de 2024, qualifie la période contemporaine d'« ère des déchets[9] », quand l'Union européenne, en 2024, l'identifie comme l'« ère du plastique[10] ». Ère du plastique ou ère des déchets : c'est blanc bonnet et bonnet blanc. Un plastique est presque toujours un déchet en puissance. C'est dans l'environnement qu'il continue sa vie, contribuant à la pollution des écosystèmes terrestres et aquatiques. Les microplastiques (MPs), définis comme des particules de moins de 5 mm, sont omniprésents (air, sols, eaux, océans), et les nanoplastiques (NPs), plus petits avec une taille allant de 1 nm à 1 µm, altèrent la santé des écosystèmes comme la santé humaine.

Les études se multiplient sur la présence de ces plastiques dans les eaux potables. Malgré les inquiétudes croissantes des communautés scientifiques quant aux effets des MPs et NPs sur la santé, les données actuelles restent encore trop limitées et la poursuite des recherches est nécessaire[11]. Mais, comme souvent concernant la production scientifique, si tout n'est pas encore explicité et démontré, les chercheurs ont une forte intuition de l'ampleur des dommages.

En effet, nous ne cessons de saisir l'ampleur des risques de la fragmentation des plastiques dans l'environnement aquatique pour la santé humaine en raison de leur capacité à s'accumuler dans la chaîne alimentaire et à pénétrer dans notre organisme[12]. Transportées par les courants océaniques, ces particules peuvent parcourir de longues distances, et elles se dispersent à vitesse « grand V » aux quatre coins du monde[13]. Ces particules peuvent causer des dommages physiques et biologiques, soit par leur présence directe, soit par la libération d'additifs toxiques qu'elles contiennent, les perturbateurs endocriniens et cancérigènes[14].

Le capitaine Moore ou l'explorateur du XXIe siècle

Dans son livre *Plastic Ocean*[15], l'océanographe et capitaine de bateau Charles Moore partage l'histoire de son incroyable découverte, caractéristique de cette nouvelle ère dans laquelle nous vivons. Lors d'un voyage en mer en 1997, de retour d'Hawaï vers la Californie, il aperçoit avec son équipage des déchets flottants dans le gyre du Pacifique nord (une grande zone de courants circulaires) entre la côte ouest de l'Amérique du Nord et le Japon. En explorant davantage cette région océanique loin de toute côte, ils découvrent qu'il s'agit de la plus grande accumulation de déchets plastiques flottants au monde, que Moore appelle Great Pacific Garbage Patch (GPGP), qui sera ensuite renommé continent de plastique ou sixième continent. Incroyable : il restait un territoire à découvrir sur la Terre en 1997. Au-delà du plastique flottant visible, Moore réalise une étude sur le taux de concentration des microplastiques. Résultats : alors que l'abondance du plancton est cinq fois supérieure à celle du plastique, la masse du plastique est six fois supérieure à celle du plancton[16].

Dans d'autres études, le capitaine Moore mettra en évidence l'ampleur de la présence de ces micro-morceaux de plastique dans toutes les mers du monde, qui représentent un danger pour les animaux marins et les organismes filtreurs, qui ne peuvent pas distinguer ces particules de leur nourriture.

À travers ses recherches, Charles Moore montre plusieurs choses : non seulement du plastique flottant est piégé dans un gyre au beau milieu du Pacifique, mais il est aussi omniprésent dans les régions côtières proches de grandes populations humaines[17]. Il explore ensuite les causes profondes et les implications de la catastrophe environnementale du *Plastic Age* (l'âge du plastique). Dans son livre de 2012, il décrit la nature insidieuse des plastiques dans notre vie, des objets visibles comme les bouteilles et les filets de pêche abandonnés jusqu'aux molécules de polymères invisibles, qui pénètrent la peau et contaminent l'air que nous respirons.

2049 *ou un monde à dix continents*

Le continent de plastique n'est pas le seul endroit où les déchets plastiques s'accumulent. On identifie quatre gyres supplémentaires dans chacun des grands océans, où les débris marins s'accumulent sous l'effet de courants circulaires et de vents dominants[18]. Dans chacun de ces gyres, les courants piègent les débris, où ils se fragmentent en microplastiques sous l'effet du soleil, des vagues et des interactions chimiques.

L'estimation de la masse de plastique entrant dans les océans, et son devenir, est une des grandes questions scientifiques contemporaines. Des estimations sont régulièrement réalisées, à partir de la production globale de déchets plastiques, de l'estimation de la part entrant dans les océans, des prélèvements directs réalisés dans les océans ainsi qu'à partir de modélisations informatiques portant sur les circulations océaniques[19]. Les prélèvements directs montrent systématiquement qu'une part considérable du plastique est manquante par rapport aux attentes basées sur les taux de production et d'entrée des plastiques dans l'océan. Cette perte, essentielle pour comprendre les impacts écologiques de la pollution plastique, se dépose sur les fonds marins, altère les processus biologiques et chimiques ou est ingérée par des organismes marins (zooplancton, poissons, crustacés)[20]. La pollution plastique représente une menace majeure pour les écosystèmes marins, impactant plus de 690 espèces marines et introduisant des microplastiques dans toutes les chaînes alimentaires[21].

2049 signe le retour de ces microparticules, où elles ne font plus qu'un avec l'ensemble du vivant.

2049 ou la santé humaine en sursis

Au-delà des pollutions chimiques et plastiques, l'Organisation mondiale de la santé appréhende l'ensemble du changement climatique en cours comme la plus grande menace sanitaire pour la population humaine. Aujourd'hui, ce sont 13 millions de décès annuels qui ont des causes environnementales évitables[22]. Parce qu'il s'agit d'une des principales menaces auxquelles l'humanité doit faire face, les différentes académies continentales des sciences ont travaillé de concert à une analyse globale du phénomène. Ainsi, le Réseau des académies africaines des sciences, l'Association des académies et sociétés des sciences en Asie, le Réseau interaméricain des académies des sciences et l'Académie européenne des sciences ont récemment publié un rapport de 130 pages sur la santé au temps de l'urgence climatique[23]. Au total, ce sont plus de 140 académies nationales des sciences qui ont été mobilisées pour circonscrire la façon dont le changement climatique détruit d'ores et déjà la santé humaine et menace de rendre la vie humaine en bonne santé tout simplement impossible.

Lorsqu'une vague de chaleur intense n'est pas mortelle, elle a des effets durables et pluriels sur la santé : maladies cardiovasculaires, respiratoires et rénales, blessures, fragilisation de la santé mentale, baisse de la fécondité. En affectant l'abondance des récoltes comme leur qualité nutritive, le changement climatique est source de malnutrition et fragilise encore la santé humaine. Les risques de carences en micronutriments essentiels à la santé sont de plus en plus aigus avec leur lot d'effets à long terme (troubles de croissance et déficiences immunitaires)[24].

Les incendies de forêt ou les brûlis pour les cultures sont un problème mondial de santé car leur pollution atmosphérique contribue aux maladies cardiovasculaires et respiratoires, contamine les cours d'eau, mais aussi les aliments, et participe à des troubles de santé mentale.

L'exposition aux particules fines

Rosamund Kissi-Debrah se souvient encore des trente arrivées précipitées aux urgences de l'hôpital londonien où elle emmenait sa fille Ella durant les trois années précédant sa mort (*The Guardian*). Après son décès, il aura fallu des années de combat à la mère d'Ella pour que la cause du décès de sa fille de 9 ans apparaisse à l'écrit. C'est le médecin légiste Philip Barlow qui a marqué l'histoire du droit britannique en statuant sur la cause en février 2013 : « Ella est décédée d'asthme dû à une exposition excessive à la pollution atmosphérique. »

L'asthme sévère dont souffrait Ella Kissi-Debrah est dû à une incapacité à réduire les niveaux de pollution aux limites légales, son exposition à une pollution au dioxyde d'azote et aux particules fines dépassant largement les directives de l'OMS. La fillette avait vécu toute sa vie à Lewisham, à proximité de routes très polluantes. Une enquête médicale a été conduite, au cours de laquelle le professeur Stephen Holgate, immunopharmacologue à l'université de Southampton, a déclaré qu'Ella était comme un canari dans une mine de charbon[25].

Les effets de l'exposition aux particules fines et ultrafines sur la santé en Europe ont fait l'objet de nombreuses recherches. En 2020, 96 % des habitants des zones urbaines de l'UE étaient exposés à des niveaux de particules fines ($PM_{2,5}$) supérieurs au seuil recommandé par l'OMS (5 $\mu g/m^3$), entraînant 238 000 décès prématurés dus aux $PM_{2,5}$, 49 000 liés au dioxyde d'azote, et 24 000 à l'ozone troposphérique. Une bonne nouvelle dans cet ensemble : les décès dus aux $PM_{2,5}$ ont significativement diminué (-45 %) entre 2005 et 2020 à la suite d'une transformation des politiques publiques européennes[26]. En Europe, on estime que la pollution de l'air entraîne chaque année la perte cumulée d'environ 7 millions d'années de vie[27]. Et plus une population vieillit, plus elle devient vulnérable aux effets des $PM_{2,5}$ – cela pourrait multiplier les décès dus aux microparticules dans le monde jusqu'à huit d'ici 2100[28].

L'économiste Andrew L. Goodkind de l'université de New Mexico (États-Unis) et ses collègues ont essayé d'identifier le nombre de décès liés à la qualité de l'air évités si nous limitons le réchauffement climatique à 1,5 °C au lieu de 2 °C. Leur résultat : 153 millions. Et c'est sans compter ceux qui seraient évités pour cause de famines, de guerres d'accès à l'eau, de développement de maladies, etc.[29]. Réduire rapidement les émissions de CO_2 diminue les risques climatiques à long terme mais offre des bénéfices immédiats pour la santé.

Les dégâts sanitaires des pénuries d'eau et des inondations

Le 8 mai 2024, Koungou, la commune la plus dense de l'île de Mayotte, s'est une nouvelle fois réveillée avec une nouvelle glaçante : un enfant de 3 ans vient de décéder du choléra à l'hôpital de Mamoudzou. Une véritable épidémie de cette maladie diarrhéique causée par une bactérie qui se propage notamment par l'eau contaminée est en cours sur ce territoire français[30]. C'est le changement climatique qui accélère la contamination à Mayotte, dans un contexte où la précarité économique accélère la propagation[31].

Le changement climatique agit également sur la santé humaine par l'intermédiaire des pénuries d'eau, qui exacerbent les risques de maladies hydriques comme la diarrhée, qui reste une cause majeure de mortalité infantile. La rareté de l'eau compromet l'agriculture, réduisant la disponibilité alimentaire et aggravant la malnutrition, en particulier chez les enfants[32]. Les sécheresses attaquent la santé humaine par l'intermédiaire de différents effets comme la fragilisation de la sécurité alimentaire ou la disponibilité et la qualité de l'eau. La diminution d'eau potable accessible a des conséquences sanitaires directes, comme les maladies diarrhéiques mais aussi des maladies parasitaires (comme la schistosomiase), ou encore le développement de maladies à transmission vectorielle en raison de la contamination de l'eau[33].

Mais ce sont aussi les inondations qui se créent sous l'effet du changement climatique qui dégradent la santé humaine par le développement de maladies directement d'origine hydrique, des maladies alimentaires ou à transmission vectorielle. Les inondations créent aussi des blessures et des décès directs, avec les troubles de santé mentale qui s'ensuivent. De plus, les impacts des inondations sur la santé sont durables dans le temps en raison des dommages aux infrastructures (production agricole, hôpitaux, etc.)[34].

2049 *ou l'Europe des maladies vectorielles*

Cela fait maintenant une dizaine d'années que des cours d'eau idylliques se transforment en zones dangereuses. Un parasite qui était jusqu'alors le propre des pays du Sud, transporté par des escargots, se glisse dans les lieux de vacances européens (en Corse, en Espagne, au Portugal). Et c'est une maladie tropicale qui se développe en Europe par l'intermédiaire de ce petit ver : la schistosomiase ou bilharziose, aussi connue sous le nom de fièvre des escargots. Mais les escargots ne sont que des hôtes intermédiaires ou des transporteurs du parasite, dont l'hôte final est un mammifère. Une fois que les larves se sont multipliées dans les escargots, elles sortent et se dispersent dans la rivière ou le bord de mer. Une course contre la montre s'engage alors pour elles : elles ne disposent que de quatre heures pour trouver leur nouvel hôte. Elles percent un petit trou dans la peau puis viennent se loger dans les veines à proximité de l'intestin ou de la vessie. Elles deviennent ensuite, à l'âge adulte, des petits vers de 1 centimètre. La femelle s'encastre dans le mâle, et pond alors plusieurs centaines d'œufs par jour. Ces vers se nourrissent ensuite des cellules sanguines, ce qui provoque des anémies et un retard de croissance chez les enfants. Une inflammation chronique s'installe au niveau du foie, des intestins et de la vessie. Il existe un médicament (mais qui n'empêche pas les réinfections) et il est rare de décéder de bilharziose, bien que cette maladie soit particulièrement invalidante[35].

L'Europe de *2049* pourrait voir littéralement exploser ce type de maladies vectorielles. Il s'agit de pathologies transmises par des vecteurs comme les vers, les moustiques et les phlébotomes (des petits insectes aux ailes velues) qui dépendent des conditions environnementales pour maintenir leur température corporelle, ce qui fait de ces dernières des déterminants clés de leur développement, physiologie, comportement et écologie.

Une étude permet d'identifier le rapport que l'Europe occidentale de *2049* pourrait entretenir avec cette destruction sanitaire. Des chercheurs ont exploré les relations entre le changement climatique et la santé humaine dans la région méditerranéenne orientale et le Moyen-Orient (Eastern Mediterranean and Middle East, EMME) constituée des pays suivants : Bahreïn, Chypre, Égypte, Grèce, Iran, Irak, Israël, Jordanie, Koweït, Liban, Oman, Palestine, Qatar, Arabie saoudite, Syrie, Turquie, Émirats arabes unis et Yémen. Cette étude représente un cas d'école : le changement climatique transforme une région en territoire non habitable avec un impact du climat sur la santé considérable. Cela permet d'identifier les transformations en cours dans le sud et le sud-est de l'Europe, qui ne vont cesser de s'intensifier au fur et à mesure de notre avancée dans le XXIe siècle. Pour petit à petit s'imposer à l'Europe de *2049*.

Les maladies tropicales du moustique tigre en Europe

Par une moite soirée d'août 2007, un petit viticulteur d'Émilie-Romagne en Italie du Nord, âgé de 61 ans, s'écroule avec 40 °C de fièvre, des douleurs articulaires fulgurantes et des éruptions rouges sur la peau. Son médecin pense d'abord à une forme de grippe estivale. Mais deux jours plus tard, c'est sa voisine, une enseignante de 28 ans, qui présente ces symptômes et consulte le même médecin, qui alerte alors immédiatement l'hôpital de Florence[36]. Les analyses révèlent un virus tropical jamais vu dans la région : le chikungunya. Les hivers doux et les pluies d'été ont laissé des flaques chaudes idéales pour permettre au moustique tigre de s'installer en Italie et servir de vecteur à cette maladie tropicale.

En 2024, la ville de Nice a été confrontée à une situation sanitaire inédite : Martine, qui réside sur la commune, a contracté la dengue sans avoir quitté la ville. Ce cas autochtone a été attribué à la prolifération du moustique tigre, vecteur de la maladie, en raison des conditions climatiques exceptionnellement chaudes et humides[37].

Le changement climatique transforme les paysages épidémiologiques des maladies vectorielles en influençant des paramètres comme la température, les précipitations et l'humidité. Par exemple, une hausse des températures peut permettre aux moustiques et à leurs alliés de coloniser des zones ou des saisons auparavant inhospitalières, augmentant ainsi le risque de transmission. Dans certaines conditions, le réchauffement climatique favorise la transmission en réduisant le temps de développement des pathogènes ou en augmentant la densité des vecteurs. Dans d'autres cas, des températures extrêmes dépassant les seuils de tolérance biologique des vecteurs ou pathogènes peuvent limiter leur propagation. Mais des facteurs socioéconomiques comme la densité de population, la qualité du logement et l'accès à l'eau influencent aussi la dynamique des maladies à transmission vectorielle, exacerbant leur impact lorsque les populations sont vulnérables. Parce que les températures élevées favorisent la reproduction et la survie des moustiques, cela entraîne une résurgence dans des zones auparavant non endémiques, y compris les régions tempérées où ils s'établissent progressivement[38].

Fièvre du Nil, paludisme, leishmaniose, virus Usutu…

Petit tour d'horizon des maladies qui se développent aujourd'hui dans ces régions, et dont le périmètre sera celui de l'Europe de *2049*[39].

La fièvre du Nil occidental (*West Nile fever*, WNV), causée par un virus, est principalement transmise entre les oiseaux par des moustiques qui peuvent infecter les humains. Bien que la majorité des infections humaines soient asymptomatiques, des cas graves peuvent entraîner des encéphalites (inflammation du cerveau) ou des paralysies, avec des taux de létalité atteignant 29 % chez les personnes âgées de 70 ans ou plus. Dans la région méditerranéenne, des épidémies de WNV ont été associées à des étés exceptionnellement chauds. Ces conditions climatiques favorisent le développement larvaire des moustiques et réduisent leur cycle de reproduction, augmentant ainsi leur densité.

Le paludisme est également transmis par un type de moustique. Bien que la maladie ait été éradiquée en Europe grâce à des efforts de contrôle rigoureux, elle est restée endémique dans certaines parties de la région EMME. Ces dernières décennies, des transmissions sporadiques ont été signalées en Grèce et à Chypre, soulignant le potentiel de réémergence sous l'effet du changement climatique. Les conditions environnementales, notamment la température, l'humidité et les précipitations, influencent directement la transmission du paludisme en rendant certaines zones plus propices au développement de la maladie. L'Europe pourrait devenir particulièrement favorable à la transmission.

La leishmaniose, provoquée par des parasites et transmise par des phlébotomes, est une maladie grave. Les symptômes sont la fièvre, la perte rapide de poids, une anémie et un gonflement d'organes (la rate et le foie). Sans traitement, 95 % des personnes infectées décèdent. Elle provoque également de grandes lésions de la peau et une destruction des muqueuses. La corrélation entre l'incidence de la maladie et les paramètres climatiques (précipitations et température) est maintenant bien établie. Le pourcentage de régions européennes propices à la transmission a augmenté de dix points ces dernières années, avec de nouveaux pays comme l'Autriche et l'Allemagne[40].

Le virus Usutu, un virus originaire d'Afrique principalement transmis par des moustiques, a émergé en Europe où il est désormais détecté dans plusieurs pays. Sa présence en Europe a été confirmée pour la première fois en Autriche en 2001, et il s'est depuis propagé dans d'autres régions, notamment l'Allemagne, l'Italie, les Pays-Bas et la Hongrie. Ce virus affecte principalement les oiseaux, causant des mortalités massives dans certaines populations, mais il peut également infecter les humains, provoquant des cas isolés d'encéphalite et d'autres affections neurologiques chez des personnes immunodéprimées (avec un système immunitaire affaibli). L'expansion géographique du virus en Europe est facilitée par le changement climatique, qui modifie la distribution et l'activité saisonnière des moustiques[41].

Les cancers des pollutions stratosphériques

Les introductions de nouvelles entités ont également un impact jusque dans les hautes altitudes de l'atmosphère – qu'on appelle la stratosphère – et certains gaz halogénés émis par nos industries (les CFCs) ont profondément dégradé la couche d'ozone en l'amincissant ou la faisant disparaître par endroits. Cette déplétion de l'ozone stratosphérique a des impacts sur la santé humaine. Ce « trou » permet à davantage de rayons ultraviolets (UV-B) de pénétrer jusqu'à la surface de la Terre, augmentant les risques de mélanomes et de cancers de la peau[42], les problèmes de vue (comme des cataractes) ou l'affaiblissement du système immunitaire avec une augmentation de la vulnérabilité aux infections[43]. Les écosystèmes terrestres sont également impactés : une augmentation de l'exposition aux ultraviolets réduit la croissance des plantes, perturbe la photosynthèse et altère la productivité des cultures agricoles[44]. L'effet est similaire sur les écosystèmes marins : les ultraviolets réduisent la productivité du phytoplancton qui est à la base de la chaîne alimentaire, créant ainsi un effet domino. De plus, comme les œufs et larves des poissons sont vulnérables aux ultraviolets, la déplétion de l'ozone stratosphérique agit également directement sur la productivité des autres organismes marins[45].

À partir de 1974, des chercheurs ont alerté les opinions publiques sur les dégâts des CFCs sur l'ozone, donc sur la stabilité génétique des organismes vivants. En 1987, 24 États signent alors la convention de Montréal limitant considérablement la production de ces gaz. Cette avancée a été régulièrement saluée comme un exemple de coopération et d'efficience politique en matière écologique. Mais il ne faut pas oublier que nous ne sommes pas encore revenus aux taux initiaux d'ozone ; nous n'avons pas encore atteint un niveau d'ozone stratosphérique sûr. Le problème n'est pas réglé et l'inquiétude scientifique demeure[46].

De plus, un autre élément est essentiel à la compréhension de la « réussite » du protocole de Montréal : une aventure industrielle a suppléé l'interdiction des CFCs. D'efficaces substituts ont été produits et les vieux réfrigérateurs et climatiseurs ont été remplacés par les consommateurs. Mais les gaz qui ont remplacé les CFCs ont un grand pouvoir réchauffant. On a limité un problème d'un côté pour l'augmenter d'un autre. Il faut dire que la mesure était taillée pour les bilans financiers davantage que pour la préservation environnementale. À la fin des années 1980, ce sont les mêmes groupes qui détenaient les brevets des CFCs (DuPont, Honeywell, Solvay) qui mettent des molécules de remplacement sur le marché, produites dans les mêmes réacteurs et acheminées par le même circuit logistique. Des campagnes publicitaires et les services après-vente conseillent de remplacer les appareils, ce qui relance le marché. Comme l'empreinte carbone et la participation des nouvelles molécules au réchauffement climatique ne sont pas tracées, l'opération apparaît vertueuse[47]. Elle est en vérité un désastre climatique.

2049 *ou le développement des maladies mentales*

Changement climatique et suicide

Chacune des dimensions du changement climatique – pollution atmosphérique, augmentation des températures, sécheresses, catastrophes naturelles – a également un impact sur les taux de suicide[48]. (1) La pollution de l'air, notamment les particules fines ($PM_{2,5}$ *et* PM_{10}), le dioxyde d'azote (NO_2), et le dioxyde de soufre (SO_2), affecte le cerveau par des mécanismes neuro-inflammatoires, augmentant le risque de troubles mentaux et de comportements suicidaires – l'augmentation peut être de 20 % lorsque la qualité de l'air est particulièrement mauvaise. Ici les inégalités sont fortes parce que les quartiers à faibles revenus cumulent un trafic dense, peu de verdure et un accès limité aux soins psychiques. (2) L'augmentation des températures s'accompagne d'une augmentation des taux de suicide dans différents pays, de 2 à 6 % par degré supplémentaire. Cela est notamment dû à une augmentation des troubles du sommeil, à une consommation d'alcool en hausse, à une baisse de la tolérance au stress. (3) Les sécheresses entraînent des difficultés économiques et sociales, en particulier dans les régions agricoles. Ici aussi, cela augmente les taux de suicide, en raison du stress psychologique[49]. Les difficultés d'assurance des récoltes sont un facteur aggravant et, *a contrario*, les expérimentations de réseaux coopératifs assurantiels limitent les passages à l'acte[50].

(4) Les catastrophes, comme les ouragans et les inondations, ont des impacts variables sur la santé mentale. Si certains groupes montrent une augmentation des suicides post-catastrophes, d'autres ne présentent pas de changement significatif. À la suite de l'ouragan Katrina aux États-Unis (2005), nous avons vu une augmentation des suicides et des tentatives de suicide dans les zones les plus touchées, en grande partie en raison de la perte de logements, du déplacement de populations et du sentiment d'abandon par les institutions[51]. En revanche, les inondations fréquentes au Bangladesh, si elles montrent une augmentation de la détresse psychologique, ne s'accompagnent pas systématiquement d'une augmentation des taux de suicide grâce à des liens communautaires solides[52]. (5) L'anxiété écologique, liée à la perte d'habitat ou aux préoccupations environnementales, contribue également au risque suicidaire.

Diabète, maladies cardiovasculaires, cancers et autres maladies respiratoires

Le changement climatique impacte également ce qu'on appelle les maladies non transmissibles (*Non-communicable diseases*, NCD) comme le diabète, les maladies cardiovasculaires, les cancers et les maladies respiratoires chroniques, qui constituent la principale cause de mortalité à l'échelle mondiale (63 %). Lorsque des populations sont déplacées, les décès liés à ces pathologies augmentent en flèche en raison d'un manque d'accès aux soins, aux médicaments et aux infrastructures (d'autres facteurs démultiplient les dégâts de ces maladies : les barrières linguistiques, culturelles et juridiques pour les migrants dans les pays d'accueil)[53].

La promiscuité dans les camps de réfugiés et l'accès limité aux services de santé augmentent les risques sanitaires et les maladies transmissibles[54].

2049 *: le compte à rebours a commencé*

La prestigieuse revue médicale *The Lancet* a initié une collaboration internationale multidisciplinaire, le Lancet *Countdown on health and climate change* (« Le compte à rebours du *Lancet* sur la santé et le changement climatique ») qui vise à suivre l'impact du changement climatique sur la santé humaine pour évaluer les progrès de la lutte contre le changement climatique et ses effets délétères. En promouvant la santé, cette initiative cherche aussi à montrer l'importance de l'action publique pour lutter contre le changement climatique[55].

Le *Lancet* publie aussi des articles portant spécifiquement sur certaines régions. En 2024, les 70 chercheurs qui ont travaillé au rapport *The 2024 Europe report of the* Lancet *Countdown on health and climate change : unprecedented warming demands unprecedented action* explorent l'impact du changement climatique sur la santé en Europe[56]. Voici leurs conclusions.

Notre santé est à la merci des combustibles fossiles

(1) La chaleur a différents types d'impacts sur la santé. En une décennie seulement, le nombre total de personnes-jours exposées aux vagues de chaleur a doublé : nous sommes passés de 650 millions pour la décennie 2000-2009 à 1,3 milliard pour la décennie 2012-2021. Entre la période 1990-2000 et 2012-2022, le nombre moyen d'heures où la pratique d'une activité physique présente un risque pour la santé a augmenté de 107 % en Europe de l'Est, de 382 % en Europe du Nord, de 94 % en Europe du Sud, et de 101 % en Europe de l'Ouest[57].

(2) Les événements climatiques extrêmes impactent la santé. L'hiver 2022 a connu dans le Sud-Ouest un déficit pluviométrique constant. Les niveaux d'alerte sécheresse étaient alors au plus haut. Les 12 et 15 juillet, deux brasiers se déclarent dans les forêts des Landes et de Gascogne. La pinède desséchée brûle facilement durant des semaines et les flammes peuvent atteindre des dizaines de mètres de hauteur, mobilisant jusqu'à 3 000 pompiers. Cinquante mille personnes sont évacuées[58]. Durant toute cette période, la pollution atmosphérique est au plus haut, la fréquence des patients qui appellent le SAMU pour des crises d'asthme double. Les feux de forêt qui s'intensifient exposent les populations à des dangers pour leur santé liés aux inhalations de fumées et de particules fines et ultrafines. Si on compare la décennie de 2010-2019 à celle de 2000-2009, les sécheresses et le manque d'eau qui ont des impacts directs sur la santé ont considérablement augmenté en Europe de l'Ouest : +8 % pour les sécheresses modérées, +60 % pour les sécheresses sévères et +48 % pour les sécheresses extrêmes[59].

Un monde de contagions

(3) Une augmentation des maladies infectieuses. (a) La montée en température des eaux marines de surface permet à des bactéries de se développer, et notamment les bactéries *Vibrio* qui entraînent des infections cutanées, auriculaires et gastro-intestinales qui peuvent dégénérer. Aujourd'hui, ce sont plus de 28 000 kilomètres de côtes qui sont touchées (avec un développement moyen de 136 kilomètres par an depuis quarante ans). En 2022 on estime le nombre d'infections à plus de 63 000[60]. (b) Les conditions climatiques européennes deviennent de plus en plus favorables au virus du Nil, cette zoonose qui se transmet des oiseaux aux humains *via* les moustiques. En 2022, 1 340 cas ont été recensés dont 104 ont conduit à un décès, soit près de 8 %. Le risque d'épidémie ne cesse de s'intensifier. (c) En 2022, 65 cas de dengue ont été enregistrés sur le sol européen (dépassant tous les chiffres annuels). La dengue est une maladie virale transmise par le moustique *Aedes aegypti.* Elle est déjà endémique dans plus de 100 pays et cause environ 390 millions de cas par an[61]. (d) Alors que le paludisme a été éradiqué il y a cinquante ans en Europe, on observe une recrudescence ces dernières années car le changement climatique prédispose à la transmission, et en 2021 ce sont près de 5 000 cas qui ont été recensés[62].

(4) Le développement des allergènes. Sur le quai de la gare d'Austerlitz, Pauline[63], 12 ans, descend du RER pour se rendre au collège. Cinq minutes plus tard elle est à terre, en crise d'asthme. Les pompiers la transportent d'urgence à l'hôpital Necker : l'attaque est déclenchée par un pic de pollen de bouleau au cours d'une journée où le nombre de grains mesurés par mètre cube était bien plus fort que les moyennes habituelles. En effet, le changement climatique modifie les saisons de floraison des plantes, donc le pollen allergène. Et il affecte

la gravité des maladies allergiques (rhinite, rhinoconjonctivite, asthme), qui touchent désormais plus de 40 % de la population européenne. Parallèlement, les polluants atmosphériques comme le dioxyde d'azote (NO_2) et l'ozone (O_3) interagissent avec les grains de pollen, augmentant leur potentiel allergène et exacerbant les symptômes allergiques.

(5) La sécurité alimentaire et nutritionnelle. En Andalousie, l'été 2023 a laissé un goût amer. Celui d'une huile définitivement trop chère : le prix au litre a bondi de 70 % en moins d'un an. L'Espagne, le plus grand pays producteur d'huile d'olive au monde, a vu sa production d'huile baisser en flèche. La coopérative Nuestra Señora del Pilar, la plus grande usine d'huile d'olive jamais construite, n'a pressé que 24 millions de kilos d'olives – la moitié de la production habituelle. Le manque de pluie et les canicules ont brûlé les fleurs avant qu'elles forment leurs fruits[64]. Cette crise de l'huile n'a pas pour seule incidence d'affadir les salades estivales. Les travailleurs saisonniers voient leurs revenus diminuer de plus de moitié et ce sont leurs enfants qui ne peuvent plus prendre leur goûter à l'école – quand ils ne sont pas tout bonnement déscolarisés pour gagner de l'argent pour le foyer familial. Car ce sont plus d'un quart des Espagnols qui sautent des repas par manque d'argent[65].

En 2021, près de 60 millions d'Européens souffraient d'insécurité alimentaire modérée ou grave, et, pour près de 12 millions d'entre eux, c'est en raison d'une augmentation des vagues de chaleur et mois de sécheresse (par rapport à la moyenne 1981-2010). En 2021, déjà plus de 10 % de la population européenne mange moins que ce qu'elle estime nécessaire. Cette insécurité alimentaire est associée à des conséquences négatives sur la santé, et notamment une baisse de la capacité à faire face aux maladies chroniques, qui deviennent alors beaucoup plus dangereuses. De plus, l'insécurité alimentaire s'accompagne d'une détérioration de la santé des enfants[66].

Oui, ce sont systématiquement les populations les plus fragiles qui trinquent en premier : les plus pauvres, les plus âgés, les enfants et les femmes.

2049 : un monde sans enfants ?

Une trajectoire non viable

Le *Lancet Countdown* de l'année suivante, en 2023, dresse un bilan apocalyptique de l'année écoulée et regrette qu'en seulement un an, plus de 10 % d'investissements supplémentaires aient été réalisés dans l'extraction de nouvelles énergies fossiles. Alors que ces chercheurs soulignent la gravité de l'effondrement sanitaire dans un monde à +2 °C, ils constatent avec dépit que les politiques publiques actuelles nous mettent au minimum sur une trajectoire à +3 °C… véritable désastre pour la santé humaine.

En moins de trente ans, les décès liés à la chaleur chez les personnes de plus de 65 ans ont augmenté de 85 % dans le monde, et le nombre total de décès annuels liés à la chaleur devrait augmenter de 370 % d'ici 2050. La seule exposition renforcée à la chaleur a entraîné des pertes économiques estimées à 863 milliards en 2022, auxquelles il faut ajouter des pertes de 264 milliards au cours de cette même année pour les effets des événements météorologiques extrêmes. En 2020, 295 milliards d'heures de travail potentielles ont été perdues en raison de la chaleur par les travailleurs agricoles des pays avec un faible indice de développement – des heures où, s'ils étaient sortis travailler, le risque de décès par hyperthermie aurait été considérable[67].

De plus, ce sont 127 millions de personnes supplémentaires qui ont vécu une situation d'insécurité alimentaire ces dernières années par rapport à la moyenne des chiffres de 1981-2010. D'ici le milieu du siècle, au minimum 500 millions de personnes supplémentaires les rejoindront.

La fragilisation de notre santé est tributaire des émissions de gaz à effet de serre. Et les chercheurs du *Lancet Countdown* d'écrire : « La compréhension scientifique des liens entre la santé et les changements climatiques progresse rapidement [...], plus de 3 000 articles scientifiques ont couvert ce sujet en 2022[68]. »

2049 ou des maladies qui partent conquérir le monde

L'élargissement du périmètre des maladies

Aussi terrible que tout cela puisse paraître, le problème principal semble ailleurs.

Le dérèglement climatique reconfigure et déplace les écosystèmes, ce qui déplace les maladies. Ainsi les moustiques de l'Amazonie se déplacent, et avec eux la fièvre jaune[69]. Mais nous avons également ce type de problème en Europe avec le développement des zones d'habitabilité des moustiques porteurs de la dengue. Voici l'immense paradoxe : l'inhabitabilité de certains territoires pour les humains est amplifiée par l'habitabilité de ceux des virus.

Aujourd'hui, le paludisme cause près de 600 000 morts par an[70] et touche 263 millions d'humains. D'ici quelques années, le nombre de personnes concernées par cette maladie pouvant être grave lorsqu'elle n'est pas traitée rapidement de façon adéquate, principalement transmise par des moustiques dont l'aire de répartition ne cesse de s'étendre, pourrait s'élever à 3,6 milliards selon la Banque mondiale[71].

Le moindre déséquilibre entre le climat et la biosphère peut être fatal

S'il y a bien une chose à retenir, c'est l'importance de l'équilibre entre le climat et les écosystèmes qui s'est constitué depuis des millions d'années et qui a progressivement permis l'émergence d'*Homo sapiens* puis le développement des sociétés à l'aune de la prévisibilité de l'Holocène.

En 2015, les deux tiers de la population mondiale du saïga, une antilope naine originaire d'Asie centrale, sont décédés en deux jours. Des centaines de milliers de cadavres ont été découverts sur le sol asiatique, sans qu'aucun parvienne à survivre. C'est une bactérie présente depuis toujours dans les amygdales des saïgas, *Pasteurella multocida*, qui a soudainement décimé cette population. Jusqu'alors inoffensive, sous l'effet d'une conjonction inédite de chaleur et d'humidité elle a proliféré puis migré vers le système sanguin, le foie, les reins et la rate. De précédentes morts collectives avaient déjà été enregistrées en 1981 et 1988, mais nettement moins massives[72].

Des tiques et des hommes[73] *?*

La Réserve zoologique de la Haute-Touche, dans l'Indre, accueille de nombreux cerfs, daims et chevreuils sur un territoire clos. N'ayant pas de prédateurs naturels, ces populations de grands herbivores n'ont cessé de s'étoffer… et avec elles les populations de tiques qu'ils hébergent naturellement. Mais parce que les hivers sont de plus en plus doux et secs, la saison d'activité des tiques commence désormais quelques semaines plus tôt. Et les effets sanitaires sont immédiats : les centres hospitaliers alentour enregistrent de plus en plus de cas de borréliose de Lyme.

Les cervidés jouent un rôle clé dans la dynamique des populations de tiques. Ces grands mammifères leur servent d'hôtes principaux, leur fournissant le sang nécessaire à leur reproduction. Lorsque les populations de cervidés augmentent en raison d'une réduction des prédateurs naturels comme les loups, les tiques bénéficient de cette disponibilité accrue et se développent. De plus, comme les cervidés se déplacent sur de longues distances et que leur aire de répartition se modifie sous l'effet du changement climatique, les tiques colonisent de nouvelles zones. Les morsures et les infections par des maladies comme la maladie de Lyme sont alors directement proportionnelles[74].

Le développement des tiques et des maladies qu'elles transmettent est tel qu'il existe une revue académique intitulée *Ticks and Tick-borne Diseases* (« Tiques et maladies transmises par les tiques ») ; ou encore une autre intitulée *Parasites & Vectors*. Le changement climatique et ses facteurs écologiques, paysagers et anthropiques augmentent l'aire de répartition d'*Ixodes ricinus*, la tique la plus répandue en Europe.

L'impact du changement climatique sur le développement de la maladie de Lyme peut devenir considérable… de même que son coût économique. Les estimations indiquent une fourchette de 120 000 à plus de 500 000 cas par an d'ici 2050 au Canada, entraînant des coûts économiques annuels pouvant atteindre 2 milliards de dollars canadiens[75].

2049 ou la nécessaire cohabitation avec les tiques et leurs effets : consultations médicales, traitements antibiotiques, hospitalisations pour traiter les complications neurologiques ou cardiaques, pertes de productivité, réduction des capacités de travail…

Des maladies qui mutent

Lorsque les conditions climatiques changent, cela amène une transformation des équilibres entre les écosystèmes, les agents pathogènes et les différents animaux qui y vivent. Si le changement climatique vient reconfigurer les aires de répartition des agents pathogènes, il augmente aussi les possibilités de mutation des virus – et donc la vulnérabilité des populations humaines qui n'ont pas encore forgé leur système immunitaire.

Alors que personne ne s'inquiétait plus du virus Zika, sa découverte d'un nouveau territoire sous l'effet du changement climatique a provoqué une mutation problématique. Ce virus provoque des malformations congénitales avec des effets dévastateurs sur les fœtus[76].

Les risques sanitaires pour nos animaux

La fièvre catarrhale ovine, connue sous le nom de maladie de la langue bleue, qui affecte les moutons, bovins et chèvres (mais aussi les cerfs et les daims), s'est propagée en Europe centrale, auparavant non touchée, à la suite de l'augmentation des températures qui a favorisé la prolifération des moucherons vecteurs (principalement *Culicoides*).

Ces insectes, qui transmettent le virus à travers leurs piqûres, ont élargi leur aire de répartition et prolongé leur période d'activité saisonnière en réponse aux changements climatiques. Le réchauffement global a permis à ces vecteurs de coloniser des zones où les hivers étaient historiquement trop froids pour leur survie, augmentant ainsi la fréquence et l'intensité des épidémies[77].

2049 **ou quand respirer tue**

La faute aux combustibles fossiles

En plus de concentrations importantes de CO_2, de monoxyde de carbone, de dioxyde d'azote et de soufre, l'air que nous respirons est chargé de particules fines et ultrafines. Nos combustions en émettent de grandes quantités qui restent en suspension dans l'air : en premier lieu les combustions d'énergies fossiles (pétrole, charbon, gaz) utilisées dans le transport aérien et maritime, les véhicules, les chaudières, les machineries fonctionnant à haute température ou la production d'électricité. À celles-ci s'ajoutent les émissions provenant de l'incinération des déchets, de la combustion de biomasse et des incendies de forêt. Et ce n'est pas tout, le défrichage massif des forêts équatoriales par brûlis – mettre le feu pour fertiliser la terre – émet des particules fines dans l'atmosphère, en plus du CO_2. À cet ensemble, il convient d'ajouter encore les « particules naturelles » issues des déserts, de l'agriculture ou des éruptions volcaniques…

Ces « particules fines » portées par l'air sont nommées matières particulaires (PM, *particulate matter*) et classées par taille : les $PM_{2,5}$ regroupent les particules dont le diamètre est inférieur à 2,5 microns, les PM_{10}, celles dont le diamètre est inférieur à 10 microns. Les « particules ultrafines » ($PM_{0,1}$) ont un diamètre inférieur au micron et se comportent dans l'atmosphère comme un gaz.

L'Europe a réduit ses niveaux de $PM_{2,5}$ grâce à des normes sur la qualité de l'air[78]. Mais le développement du parc automobile, qui redouble les épisodes de pollution atmosphérique dans les grandes villes, demeure un vrai problème.

Selon l'Organisation mondiale de la santé (OMS), « la santé cardiovasculaire et respiratoire de la population, à court et long termes, est inversement proportionnelle au niveau de la pollution atmosphérique[79] ». Identifiée comme un « risque environnemental majeur pour la santé », la pollution de l'air est responsable d'accidents vasculaires cérébraux, de cardiopathies, de cancers du poumon et d'autres maladies respiratoires. Plus les particules sont fines, plus elles sont capables de pénétrer profondément dans l'appareil respiratoire et d'influencer la pression artérielle[80].

C'est notre développement économique, systématiquement alimenté par la flamme, qui nous a conduits à ces difficultés. L'histoire de la modernité est celle d'une augmentation de la combustion des énergies fossiles. Entre 1900 et 1950, elle a doublé au niveau mondial (de 1 à 2 gigatonnes équivalent pétrole, Gtep). Puis c'est encore une multiplication par six entre 1950 et 2010, passant de 2 à 12 Gtep[81]. En 2022, les seules émissions de CO_2 du secteur électrique ont atteint 12,4 milliards de tonnes, avec 75 % provenant de la production d'électricité à base de charbon, qui a vu sa capacité mondiale augmenter de 1,9 fois depuis 2000 (en 2019, 72 % de l'énergie produite en Chine l'a été à partir du charbon[82]). Les centrales à charbon productrices d'électricité sont les moins coûteuses à construire, mais elles sont très émettrices de particules fines et ultrafines comme de CO_2.

Comment éviter des morts inutiles

Des chercheurs font parfois de la « politique-fiction ». Une équipe a par exemple exploré un scénario hypothétique où toutes les émissions anthropiques de méthane seraient éliminées pour voir ce que cela donnerait… La suppression des émissions anthropiques de méthane entraînerait une diminution rapide de ses concentrations atmosphériques (car il s'agit d'un gaz très réchauffant mais avec une durée de vie dans l'atmosphère plutôt courte), atteignant des niveaux préindustriels en moins de quinze ans. Mais ce qui est plus étonnant est que cette réduction aurait également un impact significatif sur l'ozone troposphérique, un polluant majeur pour la santé humaine. En effet, lorsque le méthane est émis dans l'atmosphère, il subit des réactions chimiques avec des composés comme les oxydes d'azote (NO_x) et les radicaux hydroxyles (OH), formant de l'ozone dans la basse atmosphère. Cet ozone n'est pas le même que celui de la couche d'ozone stratosphérique ; il est nocif pour la santé humaine et la végétation. La baisse de ces concentrations d'ozone dans un scénario « zéro méthane » éviterait environ 690 000 décès prématurés liés à la pollution de l'air d'ici 2050, améliorant ainsi considérablement la santé publique dans le monde entier[83].

Une autre équipe de chercheurs a également étudié les effets d'un autre scénario de « politique fiction » : quels seraient les bénéfices pour la santé humaine d'une réduction de 180 GtC au cours du XXIe siècle, la quantité qui serait nécessaire pour passer à un scénario qui permettrait de stabiliser le réchauffement à 2 °C ? Les résultats sont édifiants : ce sont 153 millions de décès prématurés en moins dans le monde. C'est plus de morts évitées que la Seconde Guerre mondiale (qui a fait entre 50 et 60 millions de morts)[84].

La pollution atmosphérique fragilise toute notre santé

L'exposition à la pollution atmosphérique aux particules fines et ultrafines provoque nombre de décès prématurés. Selon la Fédération française de cardiologie, les Français perdent 9,3 mois lorsqu'ils vivent en zone urbaine[85]. Selon *The Lancet*, ce sont 9 millions de morts prématurées qui sont imputables chaque année à la pollution atmosphérique[86]. La simple exposition de quelques heures à quelques semaines aux particules fines peut déclencher des crises cardiaques ou des AVC[87] et des événements cardiovasculaires graves pouvant conduire à un décès[88]. Des centaines de milliers de décès annuels par cancer du poumon sont attribués à cette exposition (en plus de cancers de la vessie ou du sein) et il semblerait que la durée de l'exposition réduise la survie[89]. La pollution atmosphérique est aussi une cause majeure de maladies respiratoires comme l'asthme[90] et augmente les risques de faible poids à la naissance[91]. L'exposition prolongée à la pollution atmosphérique a également un effet considérable sur le développement de maladies neurodégénératives comme la maladie d'Alzheimer[92] ou une augmentation du risque de trouble du spectre autistique (TSA) chez les nouveau-nés[93].

Mais ce n'est pas tout, la pollution de l'air détériore des fonctions nécessaires à notre vie. Elle altère les capacités de mémoire ou provoque des déficits de l'attention et de vocabulaire ainsi que de la démence[94]. Elle affecte le développement neurologique de l'enfant dès la période prénatale et augmente les risques du trouble du déficit de l'attention avec hyperactivité (TDAH)[95]. Elle impacte les systèmes respiratoire et immunitaire – et tout particulièrement ceux des enfants. Selon l'OMS, 90 % de la population mondiale respire un air trop pollué[96].

De la pollution atmosphérique à la contamination de l'eau et des sols

Cette pollution de l'air a pris une dimension systémique en affectant l'eau puis les sols. La modification de la composition chimique de l'air dans les grandes régions industrialisées a entraîné ces dernières décennies une acidification des précipitations, en raison de la dissolution dans l'atmosphère de certains gaz issus de la combustion du charbon, comme les oxydes de soufre et d'azote, combinés avec le dioxygène et l'eau. Ensuite ce sont les nappes phréatiques et des cours d'eau qui ont été contaminés – contamination accentuée par les eaux usées urbaines et industrielles et l'utilisation massive d'engrais et de pesticides.

Dans les années 1970-1980, plusieurs pays européens ont constaté une augmentation des précipitations acides et leurs impacts multiples, notamment le dépérissement des forêts, la disparition d'espèces aquatiques, l'érosion des bâtiments et des façades métalliques, ainsi que des problèmes respiratoires pour ce qui est de la santé humaine[97]. Reconnu rapidement comme un problème écologique majeur[98], ce phénomène a conduit à des mesures politiques comme la modification de la composition des carburants ou l'installation de filtres sur les cheminées d'usines, permettant une réduction des dépôts acides d'environ 30 % entre 1985 et 1994 en Europe[99].

2049 ou le réveil de virus et de bactéries

Lors de cet été 2016 dans la péninsule de Yamal, au-delà du cercle polaire en Russie, une vague de chaleur fait grimper le thermomètre au-delà de 35 °C dans la toundra. Et le permafrost de surface, qui reste habituellement gelé toute l'année, dégèle brutalement[100]. Durant la Seconde Guerre mondiale, les Nenets, des éleveurs de rennes nomades, avaient enfoui dans la glace les carcasses de rennes morts d'une « peste sibérienne », un anthrax, une bactérie robuste dont on sait qu'elle a la possibilité d'être réactivée par le dégel[101]. Enterrés peu profondément parce que le sol était trop dur pour creuser davantage, ces dépôts en dormance ont été réveillés par le dégel. La dernière semaine de juillet 2016, les cadavres ont refait surface et libéré leurs bactéries des carcasses des rennes.

Plus de 2 300 rennes broutant dans les parages sont morts en quelques jours et les contaminations humaines ont immédiatement suivi : 72 éleveurs nomades, dont 41 enfants, ont été hospitalisés. Un garçon de 12 ans est décédé malgré le combat acharné de médecins pour le sauver.

Dans les glaces des banquises se trouvent piégés des virus qui n'ont pas circulé depuis des millions d'années et auxquels nos systèmes immunitaires ne sont pas adaptés. Le permafrost représente un complexe physico-chimique stable unique qui maintient la vie très longtemps. Son dégel expose alors la vie ancienne aux écosystèmes modernes[102]. Le dégel peut s'accompagner de la réanimation de certains virus (méga-virus ou virus géants dont la taille est supérieure à 0,2 µm) ou bactéries.

Le Jurassic Park des virus

Cette banque de gènes fossiles pourrait interagir avec les micro-organismes modernes lors de leur fonte. Si le matériel génétique des microbes peut survivre dans des glaces très anciennes, globalement, plus les micro-organismes sont âgés, plus leur métabolisme et leur croissance sont altérés. L'ADN se dégrade avec le temps : on passe de 18 500 paires sur un échantillon de glace datant de 100 000 ans à 210 paires sur un échantillon de 8 millions d'années[103].

Pour l'instant, nous avons réalisé des expérimentations en réanimant en laboratoire certains de ces microbes. Ainsi une bactérie extrêmophile (cela signifie que ses conditions de vie normales sont habituellement mortelles pour les autres vivants, par exemple des températures de 100 °C, ou inférieures à 0 °C, ou résistant aux pressions considérables des fonds marins…) de 32 000 ans a été réactivée en 2005 ; un microbe vieux de 8 millions d'années en 2007, ou encore un microbe piégé par le permafrost sibérien il y a 3,5 millions d'années, *Bacillus F*, qui a été réanimé par un géocryologue russe qui a survécu à son injection[104]. Son objectif, outre un buzz de folie, était d'explorer les potentiels mécanismes de longévité et de survie de cette bactérie pour comprendre leurs applications éventuelles pour l'humain.

Mais, et c'est plus problématique, ce sont aussi des maladies plus récentes dont les glaces ont la mémoire et qui pourraient être remises en circulation, comme la grippe de 1918 qui avait tué 50 millions de personnes. Si tous ces micro-organismes ne survivront pas à leur dégel sans passer par un laboratoire, il est d'ores et déjà évident que certains seront réanimés. Si on n'identifie pas encore complètement le risque sanitaire du dégel des virus, celui des bactéries pourrait être plus grave. Par ailleurs, certains champignons pathogènes pour les plantes et des virus affectant les insectes ou les plantes ont été retrouvés et ils pourraient présenter des risques pour les cultures ou les écosystèmes locaux[105].

En 2000, une découverte révolutionnaire a été réalisée. Des chercheurs ont réussi à réanimer des bactéries datant de 250 millions d'années. Ces bactéries, issues de cristaux de sel fossiles découverts au Texas, repoussent les limites de la longévité des organismes vivants, remettant en question les idées traditionnelles sur la durée de survie des microbes (le record était de 20 à 40 millions d'années jusque-là)[106].

Le retour du plomb et autres métaux lourds

En plus de regorger de virus et de bactéries, le permafrost a stocké différentes pollutions. Cela a pris une ampleur telle que les 17 % de la surface de la Terre constitués de permafrost sont devenus un véritable puits de stockage des pollutions anthropiques. Le dégel du permafrost libère des métaux lourds dont la concentration dans les cours d'eau et les eaux souterraines est beaucoup trop élevée, la chimie de l'eau douce est transformée[107], ce qui provoque des dégâts persistants sur la santé humaine en provoquant des perturbations endocriniennes ou des cancers[108].

6

L'imprévisible

14 juillet 2021, 15 heures, Dernau (Allemagne). Meike et Dörte Näkel, cinquième génération de vigneronnes, voient le ciel s'effondrer sur leurs coteaux de pinot noir (*The Guardian*). Sous la pluie battante, elles empilent des sacs de sable autour du chai familial, tout contre la rivière Ahr. Quand les portes sont protégées, elles renvoient leurs employés chez eux et rentrent embrasser leurs enfants, convaincues d'avoir « fait le nécessaire[1] ».

18 heures, Heimersheim. Quelques kilomètres plus bas, Julia Krätz dîne quand un fracas la fait sursauter : au rez-de-chaussée l'eau gicle déjà par les joints du parquet ; la cave se remplit telle une baignoire (*Frankfurter Allgemeine*). La jeune mère monte deux étages en courant ; dehors, des voitures s'empilent « comme des jouets »[2]. Elle entend les voisins qui hurlent « *Hilfe !* » (« Au secours ! »), mais déjà, elle craint de s'exposer à un danger si elle sort de chez elle.

21 heures, Altenahr, Seilbahnstrasse. Teresa et Roger Buchmann ont ouvert une chambre d'hôtes, « *Au dem Land* » (« À la campagne ») au 33 de la rue Seilbahn, où ils proposent pour le petit-déjeuner des œufs de leurs poules et du miel de la ruche de leur jardin (*The Washington Post*). Ce jour-là, Teresa était allée chercher leur fille Clara à la maternelle en début

d'après-midi. À 21 heures, il y a déjà un mètre d'eau dans leur maison, pourtant située un peu plus en hauteur que les autres maisons de la rue. L'eau continuant de monter, Teresa et Roger font signe à leurs voisins de venir se réfugier chez eux, mais ceux-ci préfèrent finalement rester dans leur maison pour contenir les dégâts. Quinze minutes plus tard, toutes les maisons se retrouvent prises au piège, au beau milieu d'une rivière en crue. Et à 21 h 45, les Buchmann voient la maison de leurs voisins s'effondrer devant eux et partir, emportée par le courant. Après avoir tout d'abord cru à leur décès, ils ont ensuite vu le toit du restaurant de leur rue flotter devant eux et leurs voisins s'y accrocher[3].

21 heures, Dernau. La porte de l'entrepôt cède et l'eau défonce les parois de tôle. Meike et Dörte se réfugient sur un escalier du domaine viticole mais doutent que la plateforme métallique qui leur sert de refuge soit suffisamment solide pour faire face à la violence de la montée des eaux. Elles plongent alors, essaient de nager à travers la vigne désormais complètement inondée pour tenter de regagner une colline de leur domaine. Mais le courant est beaucoup trop fort. Manquant de se noyer dans cette eau de 5 mètres de profondeur, elles sont emportées jusqu'à un prunier où elles parviennent à s'accrocher. Elles s'y agrippent durant huit heures. Au loin, le vacarme incessant des maisons qui s'effondrent et des cris au milieu de la nuit[4].

Cette nuit-là, douze personnes handicapées sont mortes, prises au piège dans leur maison de retraite. Au total, ces crues éclair, imprévisibles, ont tué 243 personnes et infligé plus de 54 milliards de dollars de dégâts. Des corps ont été retrouvés 240 kilomètres en aval de la vallée de l'Ahr, à Rotterdam. Lorsque les eaux ont commencé à se retirer, le 15 juillet, Marc Adeneuer, un viticulteur de 60 ans, raconte qu'il était incapable de s'orienter : « C'était comme si j'étais sur la lune. » Les pierres tombales de son père et de son fils avaient disparu, arrachées et emportées par les flots[5].

Dès le 12 juillet 2021, des fortes pluies étaient tombées en Allemagne et dans les pays alentour comme le Royaume-Uni, les Pays-Bas, la Belgique et le Luxembourg. Mais le 14 juillet, c'est un véritable mur d'eau qui s'est abattu sur la vallée de l'Ahr, en Allemagne – effet d'une dépression quasi stationnaire. En moins de quarante-huit heures, il est tombé jusqu'à 20 centimètres de pluie – l'équivalent de deux mois de précipitations. Les sols, saturés par un printemps humide, n'ont pas permis à l'eau de s'infiltrer et c'est un ruissellement direct, massif, qui a eu lieu. La rivière Ahr s'est trouvée submergée, son débit est passé de 7 à 1000 mètres cubes par seconde, avec un niveau d'eau qui a atteint 7-8 mètres – et même jusqu'à 10 mètres par endroits[6]. Ce qui s'est passé en Allemagne en juillet 2021 est la pire inondation européenne depuis plusieurs décennies.

Nous entendons parfois que nous avons toujours connu des catastrophes climatiques, que cela faisait déjà partie de la vie de nos aïeux – dont le quotidien était davantage tributaire de la météo que le nôtre. C'est vrai. Mais ce type d'événements climatiques extrêmes (auxquels s'ajoutent les méga-incendies et les tempêtes) augmentent en fréquence et en intensité ces dernières décennies. Et chacune de leurs courbes dévisse sous l'effet de l'augmentation des températures moyennes.

Entre la première COP en 1995 et la quinzième en 2015, 606 000 personnes ont perdu la vie et 4,1 milliards ont été blessées, se sont retrouvées sans abri ou ont eu besoin d'une aide d'urgence. C'est le triste bilan réalisé par le bureau des Nations unies pour la réduction des risques de catastrophes[7]. Les auteurs du rapport ont pu estimer les pertes économiques, qui se situent entre 250 et 300 milliards par an, soit entre 5 000 et 6 000 milliards sur cette période.

Ce qui est prévisible : nous ne pourrons plus prévoir

C'est une tension entre prévisible et imprévisible qui caractérise ces catastrophes. Ce qui est prévisible : plus la température moyenne augmentera, plus il y en aura en Europe et plus leurs dégâts seront lourds. De plus, presque tous les forçages déchaînent la météo. Lorsque des événements climatiques extrêmes surviennent, ils marquent durablement le territoire et peuvent aller jusqu'à annihiler sa résilience. Une série de mégafeux, tempêtes ou inondations peut ravager les capacités de production agricole d'une région, détruire la possibilité d'assurer les bâtiments d'un territoire, empêcher toute reprise de vie en société.

Ce qui est imprévisible : nous ne savons pas exactement ce qui se passera, ni où, ni quand, ni comment. C'est cela le plus terrible finalement : nous pourrons de moins en moins prévoir. Il nous faut faire face à un imprévisible qui annihile les capacités de prévision.

Chacun des événements climatiques extrêmes fragilise la résilience d'un territoire. Notre capacité à « faire face » est en train d'être détruite à la racine. Il ne s'agit pas de simples parenthèses catastrophiques avec lesquelles nous devrions désormais apprendre à composer. La destruction des capacités de projection, d'anticipation, de préparation de l'avenir, de construction du futur, entrave les sociétés humaines dans leurs fondations mêmes.

En détruisant aujourd'hui les racines civilisationnelles, 2049 n'existe plus.

Les inondations

Une Europe de plus en plus sous les eaux

Jusqu'à 19 heures, il n'y a que du vent. Pas une goutte de pluie. Mais en moins de 30 minutes, la ville d'Alfafar en Espagne, au sud de Valence, se retrouve inondée par une avalanche d'eau boueuse. Jeovany Moreto voit l'eau envahir la rue, emporter les voitures et les projeter contre les commerces (*El País*). Il réussit alors péniblement à s'enfermer avec son fils dans le garage avant de fuir au plus vite pour se mettre en sécurité sur une terrasse. Jeovany se souviendra de cette nuit du 29 au 30 novembre 2024 toute sa vie : il a vu 30 personnes passer près de la mort. Dans sa rue, Juan, qui était parti pour sauver un membre de sa famille, est tombé dans une bouche d'égout dont le couvercle avait été emporté. Ses voisins, qui avaient réussi à se réfugier sur un balcon, envoyaient des cordes pour secourir les habitants hissés sur les toits de leurs voitures.

C'est dans cette même petite ville qu'une jeune femme de 18 ans n'a pas pu quitter son salon de beauté où elle est morte, piégée par les eaux. Le matin, les voitures étaient empilées dans les rues, la bibliothèque municipale effondrée ; on retrouvait des livres éparpillés sur la place centrale de la ville[8].

Ces événements tragiques survenus autour de Valence feront plus de 200 morts, à la suite d'une goutte froide. Il s'agit d'un phénomène météorologique de plus en plus fréquent sous l'effet du dérèglement climatique : une poche d'air très froid, à plus de 5 000 mètres d'altitude, se détache du *jet-stream*, tombe, et dévaste toute une région[9]. Ce type d'inondation est fulgurant et imprévisible[10].

Ces dernières années, l'Europe a été frappée à répétition par des inondations en grande partie à la suite de pluies extrêmes exacerbées par le changement climatique – en plus d'une gestion des eaux fluviales insuffisante – avec des pertes humaines et matérielles importantes. En Espagne, en 2020 et 2021, des crues soudaines causent d'intenses inondations. En octobre 2020, de graves inondations frappent la région Provence-Alpes-Côte d'Azur, en particulier autour de la ville de Nice et de la vallée de la Vésubie, à la suite de pluies torrentielles. Qualifiées de « coup de couteau » en raison de leur rapidité, ces inondations provoquent le décès de dix-huit personnes et la disparition de huit autres ainsi que de lourds dégâts matériels (des routes coupées, des maisons englouties et plus de 1 milliard d'euros d'argent public dépensé)[11]. Puis rebelote quatre ans plus tard à Nice[12]. Et la même année, un peu plus au nord, ce sont des crues qui dévastent un village de l'Isère, La Bérarde, dans les Écrins. Une coulée de « lave torrentielle » détruit tout sur son passage, conjonction de fortes pluies qui ont arrosé l'Isère et d'une fonte des neiges particulièrement intensive. Il est aussi possible que la rupture d'une poche d'un glacier surplombant ait participé à l'intensité du phénomène, également alimenté par la fonte du permafrost[13].

Ces dernières années, l'Angleterre, le pays de Galles et l'Écosse ont été touchés (février 2020, novembre 2020, février 2021, juillet 2021, décembre 2021, janvier 2022, juillet 2022, février 2023, janvier 2024…). Et on ne compte plus les études sur les événements climatiques extrêmes au Royaume-Uni[14]. Pour faire face aux inondations, la ville de Londres a fait construire une structure mobile de défense, la barrière de la Tamise. Cette structure a été imaginée pour tenir compte des effets du changement climatique, de l'augmentation du niveau des mers et de la probabilité plus élevée que surviennent des raz de marée à Londres. Cette structure couvre la largeur du fleuve avec des ouvertures pour permettre la navigation mais qui peuvent se fermer dans l'hypothèse d'un raz de marée, auquel elles sont censées être capables de résister[15].

C'est littéralement toute l'Europe qui est concernée par l'augmentation de la fréquence et de l'intensité des inondations destructrices. En plus de l'Espagne, de la France et de l'Italie, mais aussi de l'Allemagne, de la Belgique et des Pays-Bas, en 2023, des inondations historiques aggravées par des glissements de terrain détruisent des zones agricoles et résidentielles de Slovénie, de Croatie et de Grèce[16].

2049 *ou l'Europe des pluies torrentielles*

Tout cela n'est qu'un maigre aperçu de ce qui attend *2049* – la fréquence des événements constitués de fortes précipitations (taille, durée, gravité) ne devant pas cesser d'augmenter[17]. Ces précipitations extrêmes, de la Méditerranée jusqu'au nord de l'Europe, pourraient être jusqu'à quatorze fois supérieures dans les années à venir, notamment en raison de tempêtes plus intenses et presque stationnaires, ce qui est rare aujourd'hui. Ces pluies torrentielles futures, sans commune mesure avec ce que nous avons connu ces dernières années, résulteront de la réduction de la différence de température entre les pôles et les tropiques, affaiblissant les vents de haute altitude en automne, lorsque les précipitations extrêmes de courte durée sont plus fréquentes.

Des crues imprévisibles

Cette transformation du climat européen s'accompagnera d'effets induits, comme une augmentation de crues soudaines des fleuves[18]. Ces types de crues imprévisibles, causées par des pluies torrentielles intenses et de courte durée, sont un des risques météorologiques mondiaux les plus fréquents, coûteux et destructeurs – et ils sont d'ailleurs la principale cause de déplacements de populations internes au sein d'un pays[19]. Les pertes humaines, matérielles et d'infrastructures sont redoutables. Ces crues surviennent principalement dans les zones urbaines où le ruissellement est rapide avec une inondation immédiate en raison de l'imperméabilité des surfaces causée par la bétonisation. Ces événements ultrarapides et intenses deviennent de plus en plus fréquents sur le sol européen[20]. Cela rend nos infrastructures très vulnérables, comme les transports terrestres (routes, rues, voies ferrées), les réseaux d'électricité et de télécommunication, et crée des risques de catastrophes supplémentaires comme les glissements de terrain.

C'est le réchauffement de l'atmosphère qui charge l'air de cette eau destructrice. L'air chaud accélère d'autant plus l'évaporation qu'il peut contenir plus d'humidité que l'air froid. Les écarts de températures entre les masses d'air froid et d'air chaud se chargent ensuite de produire ces pluies torrentielles. Voici le drame : le réchauffement climatique accélère le cycle d'évaporation/précipitation, ce qui génère une alternance de sécheresses et d'inondations. Il assèche les sols, qui perdent leur fertilité et leur capacité de production agricole, en même temps qu'il accentue les inondations, qui détruisent les cultures.

De plus, les précipitations hivernales, désormais majoritairement constituées d'eau, déferlent directement sur les territoires sans passer par la médiation temporelle autrefois exercée par les glaciers, qui stockaient la neige sous forme de glace qu'ils libéraient ensuite sous la forme d'eau au printemps et en été.

2049 *ou l'Europe des inondations côtières*

L'indicateur dont nous disposons pour mesurer l'augmentation du niveau de la mer est un indicateur moyen, mais l'augmentation n'est pas uniforme. La mer ne fonctionne pas comme une baignoire dans laquelle nous ajouterions un peu d'eau. C'est plutôt comme une de ces piscines en plastique qui fleurissent dans les jardins, dans lesquelles nous mettrions à la fois un robinet ouvert... et des enfants en train de jouer, de monter sur une chaise et de sauter dans l'eau. Ces mouvements ne nous donnent pas un trait régulier du niveau d'eau. L'eau bouge de manière inégale.

Les inondations par beau temps

Il est un peu plus de 14 heures lorsque, le 8 décembre 2020, sous un ciel presque sans nuages, l'eau a envahi la place Saint-Marc à Venise. Alors que les prévisions tablaient sur une marée de 1,20 m, l'eau est finalement montée jusqu'à 1,50 m, prenant de court le système de barrière anti-inondation. Toute la ville s'active alors en voyant les eaux monter. Les serveurs empilent les chaises. Le procureur en chef de la basilique Saint-Marc contacte les médias pour informer que la nef avant est sous l'eau et partage son inquiétude quant aux chapelles intérieures (*The Guardian*). Les libraires empilent les ouvrages dans des bacs qu'ils montent à l'étage tandis que des voisins viennent les aider à sauver le plus de livres possible[21].

Sans qu'aucune goutte d'eau tombe du ciel, une très grande marée poussée par des vents favorables suffit, compte tenu de l'augmentation du niveau de la mer Adriatique, pour que l'eau franchisse le seuil des sols urbains. C'est ce qu'on appelle une inondation par beau temps. Sous un soleil radieux, tout d'un coup la mer monte plus haut qu'à l'habitude, inondant tout d'eau salée. Ces « marées hautes sous stéroïdes » résultent de la transformation du climat par les activités humaines[22]. Cela arrive régulièrement à Hambourg, en Allemagne, particulièrement au niveau du quartier du Fischmarkt où les commerçants ont pris l'habitude de placer les marchandises sur des palettes pour que leurs étals ne soient pas détruits par les inondations d'eau salée.

Certaines régions du monde connaissent une augmentation du niveau de la mer supérieure à d'autres. Et ces inondations par beau temps sont un phénomène en augmentation sur la côte Est des États-Unis, où New York et Boston pourraient connaître une augmentation du niveau des mers deux fois supérieure à la moyenne mondiale[23].

Mais ce n'est pas tout. Plus l'irrégularité climatique est importante, plus des inondations catastrophiques, non proportionnelles à l'augmentation moyenne du niveau de la mer, peuvent survenir[24]. C'est précisément ce qui se passe en ce moment à New York avec une augmentation exponentielle des risques d'inondation liés à la combinaison des tempêtes et de l'augmentation du niveau des mers. Seuls vingt-cinq petits centimètres pourraient suffire à entraver le maintien des communautés humaines sur ces territoires[25]. Cela fait de la côte Est des États-Unis une région très vulnérable à l'accélération de la montée du niveau des mers, mais aussi une région sentinelle de l'Europe de *2049*, donnant à voir le type d'inondations fulgurantes auxquelles nous devons nous attendre – et en particulier au niveau des côtes atlantiques.

2049 *et les inondations souterraines*

Un autre phénomène d'inondation existe, largement sous-estimé selon un article récemment paru dans *Science* : les inondations souterraines[26]. Elles se produisent lorsque les eaux souterraines remontent à la surface des rivières ou s'infiltrent dans les sous-sols. Elles ne sont pas la résultante de l'eau qui tombe, mais de celle qui remonte (même si, bien sûr, la seconde est produite par la première). Ces inondations peuvent durer des mois, si ce n'est des années (en Angleterre leur coût financier a été 2,5 fois supérieur à celui des inondations « classiques »). La forte urbanisation de la période industrielle s'est parfois réalisée sur des zones sujettes aux inondations souterraines, dont le risque était alors historiquement bas.

Il est désormais au plus haut.

Les méga-incendies

Une Europe de plus en plus sous les flammes

Le 23 juillet 2018, un incendie se déclare à l'est d'Athènes. La température de l'air dépasse les 37 °C, la végétation est exceptionnellement sèche après plusieurs jours de canicule. En fin d'après-midi, des rafales dépassent les 100 km/h et boostent les flammes. Le feu dévale alors les collines boisées du Pentélique vers la station balnéaire de Máti. En l'espace de 90 minutes, le front dévore plus de 1 400 hectares de pinèdes et brûle 1 650 habitations, bloque les routes d'évacuation. Un piège mortel se referme à une vitesse inouïe sur les habitants et les touristes de cette région sublime. Lorsqu'un accès à la mer borde la pinède, les habitants plongent pour fuir les flammes qui les poursuivent jusqu'à la dernière seconde, venant brûler leurs dos[27]. Cent quarante personnes meurent dans ces incendies de Máti, la plupart asphyxiées. Lorsque les sauveteurs trouvent les cadavres, ils sont parfois enlacés[28].

La Grèce a été frappée par une série d'incendies de forêt parmi les plus dévastateurs de son histoire. Favorisés par des températures élevées et une sécheresse intense : rebelote en 2021, puis 2022, 2023, 2024. Des milliers d'hectares de forêt ont été détruits, des milliers de personnes ont dû être évacuées, et plusieurs villages ont été endommagés[29]. Il y a eu de nombreux morts – on peine à faire un diagnostic très précis. Au-delà de la Grèce, c'est l'ensemble du pourtour méditerranéen qui est en proie aux flammes : des incendies géants ont frappé la Turquie, Chypre, le Portugal et l'Italie en 2021.

Et plus globalement, c'est tout le territoire européen, du bassin méditerranéen aux forêts des hautes latitudes, qui connaît désormais une saison des feux. En France, en 2022, l'odeur des fumées des incendies de Gironde pouvait être sentie des centaines de kilomètres à la ronde. Dans certaines régions du sud de l'Europe, la surface totale brûlée pourrait augmenter de 15 à 25 % par décennie… jusqu'à ce que, dans les zones les plus arides, cela se stabilise faute de combustible disponible (*sic* !)[30].

Mais ces feux spectaculaires ne sont plus l'apanage des régions « chaudes » et les forêts du nord de l'Europe partent aussi en fumée. En Suède, en 2018, la disparition des forêts du cercle polaire n'a pu être évitée que par une alliance internationale historique où le Danemark, la Finlande, la France, la Norvège, l'Allemagne et la Pologne sont venus au secours des Suédois.

Les chaleurs spectaculaires du Grand Nord, avec un record de chaleur de 38 °C en Arctique (dans la ville de Verkhoïansk en Sibérie, le 20 juin 2020[31]) amènent des réactions en cascade[32]. Les forêts russes sont elles aussi confrontées à d'immenses incendies. Et c'est même le Groenland qui est désormais une terre de feux : sa superficie détruite par les incendies a été dix fois plus importante en 2017 qu'en 2014[33]. Ces incendies du Nord, qui se propagent plus rapidement encore que ceux du Sud, noircissent la glace de la suie et de la cendre qu'ils libèrent. Cette surface, plus sombre, capte davantage le rayonnement solaire et accélère la vitesse de fonte[34].

Nous vivons dans une nouvelle ère, inédite et plus destructrice que jamais : celle des mégafeux[35] qui ravagent des superficies toujours plus importantes. On classe dans cette catégorie les feux qui détruisent de 1 000 hectares en Europe à plus de 10 000 aux États-Unis. Ils sont caractérisés par leur intensité, leur rapidité de déplacement, leur incontrôlabilité, et leurs impacts sur le climat (relâchement de grandes quantités de CO_2, cendres dont les retombées sur les calottes glaciaires diminuent l'effet albédo). Leur intensité forme des orages chargés d'éclairs avec peu de pluies (qu'on appelle *pyrocumulonimbus*) qui créent de nouveaux incendies.

Le grand brasier des forêts mondiales

La durée moyenne des saisons des feux a augmenté de plus de 18 % à l'échelle mondiale entre 1979 et 2013. Environ 25 % des zones végétalisées de la planète ont connu un allongement significatif de la saison des feux, tandis qu'à peine 11 % ont vu une diminution. La fréquence et l'étendue des zones affectées par des saisons de feux exceptionnellement longues (au-dessus de la moyenne historique) ont doublé (+108 %) – et depuis 2017 l'accélération est considérable. Ces zones couvrent désormais 53 % des terres végétalisées[36]. L'intensité moyenne des 20 incendies les plus extrêmes chaque année a augmenté de 2,3 fois – les feux sont de plus en plus graves[37] et les régions propices aux incendies pourraient augmenter de 29 % à l'échelle mondiale d'ici 2099. Cette expansion est forte dans les zones boréales (+111 %) et tempérées (+25 %), alors que les régions tropicales montrent une légère diminution (–6,3 %). La durée des saisons des feux pourrait continuer de s'allonger dans la plupart des régions. À titre d'exemple, les zones méditerranéennes pourraient connaître une extension de deux mois[38].

Le désastre des incendies

La quantité de CO_2 émise par les incendies de forêt représente au moins 6 % des émissions mondiales des combustibles fossiles[39]. Les méga-incendies peuvent entraîner des transitions irréversibles dans les biomes forestiers, transformant, par exemple, des forêts en savanes ou en prairies. Les incendies modifient aussi les cycles hydriques. Dans un premier temps, un incendie détruit la capacité de la végétation à absorber l'eau par les racines et à la libérer dans l'atmosphère par transpiration.

De plus, les feuilles et les branches des arbres n'interceptent plus une partie des précipitations, donc une grande quantité d'eau atteint directement le sol. Il y a alors une augmentation du ruissellement de surface avec une hausse du débit des rivières et des ruisseaux dans les mois qui suivent l'incendie. Puis les plantes repoussent rapidement grâce aux nutriments libérés par la combustion et à une plus grande disponibilité de l'eau. Mais les jeunes pousses et les forêts en régénération consomment plus d'eau que les forêts matures et l'augmentation de cette consommation réduit ensuite la quantité d'eau disponible dans le sol, ce qui diminue les flux vers les rivières et les nappes phréatiques. Jusqu'à ce que la forêt atteigne un nouveau stade de maturité, la baisse de la ressource en eau peut durer plusieurs décennies[40].

Les incendies font partie de ces phénomènes causés par le dérèglement climatique et qui y contribuent en retour. L'augmentation des sécheresses associées à la hausse des températures catalyse les départs d'incendies. La transformation du cycle de l'eau sur certains territoires assèche des forêts dont certains arbres meurent et sont alors prêts à brûler à la moindre étincelle.

Lorsque certaines forêts partent en fumée, cela réduit le manteau neigeux, accélérant la fonte des neiges au printemps : la végétation s'assèche et le risque de départ d'incendies augmente[41]. Dans la durée, les arbres peuvent repousser après un incendie, mais le carbone stocké par les forêts qui repoussent à la suite d'un incendie important montre une tendance nettement à la baisse[42].

2049 *ou la santé hypothéquée par les flammes*

Marie-Louise se réveille la gorge en feu et va vite fermer sa fenêtre. Bien qu'elle habite à plus de 100 kilomètres des incendies qui sévissent depuis ce 12 juillet 2022 dans le massif des

Landes de Gascogne, les vents du nord ont poussé les fumées au loin[43]. L'ARS a annoncé que l'air était dégradé sur toute la région et qu'il était nécessaire pour les personnes souffrant d'asthme de réduire au maximum le temps passé à l'extérieur. Il est également conseillé de fermer ses fenêtres. Effectivement, les particules voyagent parfois plus de 200 kilomètres avant d'altérer la respiration des Girondins, dont les services d'hospitalisation ont connu une hausse durant toute la période des incendies.

En tant que telle, la fumée a des effets délétères sur la santé des populations. Il suffit de quelques jours d'exposition d'un territoire aux fumées pour faire exploser les taux d'hospitalisation pour troubles cardiovasculaires ou respiratoires, asthme et pneumonie – tout particulièrement chez les plus jeunes et les plus âgés[44].

Les fumées, qui se déplacent sur des centaines de kilomètres, affectent aussi des populations éloignées des incendies[45]. Les émissions de particules fines des feux de végétation (incendies de forêt, feux de tourbières et brûlis agricoles) ont même un impact sur la mortalité mondiale. Ils libèrent environ 2 Gt de carbone dans l'atmosphère chaque année. Entre 1997 et 2006, ces feux ont été responsables d'environ 339 000 décès annuels dans le monde. Les années marquées par El Niño (avec des conditions plus sèches donc des incendies plus fréquents) enregistrent une mortalité supérieure pouvant excéder les 500 000 décès[46].

Les incendies de forêt – ou la déforestation qui représente 12 % des émissions de CO_2, deuxième source d'émission anthropique après la combustion des combustibles fossiles[47] – affaiblissent l'indice de développement humain et favorisent les conditions environnementales qui permettent la prolifération des vecteurs du paludisme. Un kilomètre carré de déforestation produit 27 cas de paludisme supplémentaires[48].

Les feux polluent aussi les réseaux fluviaux. Ils entraînent un afflux de cendres, de sédiments, de nutriments et de métaux dans les cours d'eau, qui dépassent souvent les normes de potabilité définies par l'OMS[49]. Ils sont même un des facteurs les plus importants de dégradation de la qualité de l'eau[50].

2049 *ou les sols qui se consument*

On l'a compris, nous sommes en train de transformer les forêts, qui perdent leur statut de puits de carbone pour devenir source nette d'émissions. Et lorsqu'elles sont implantées sur de la tourbe, cela est d'autant plus grave. Dans la nuit du 24 juin 2018, un gigantesque incendie s'est déclaré dans les landes de Saddleworth Moor, au nord-est de Manchester. Les habitants ont été évacués, les écoles fermées, et les témoins racontent avoir vécu des journées apocalyptiques. Les pompiers et l'armée se sont battus des semaines durant contre cet incendie qui était extrêmement difficile à combattre, car quatre zones différentes d'incendie se sont incrustées dans une tourbe profonde et desséchée à la suite d'un printemps exceptionnellement sec[51]. La tourbe s'est alors embrasée en combustion lente, sans flamme, mais de façon très persistante. Le feu a continué de se propager sous terre, rendant son extinction à la limite de l'impossible. En plus du soutien de l'armée, ce sont d'importantes pluies qui ont permis de l'éteindre.

La tourbe est une matière végétale pauvre en oxygène, ce qui ralentit la décomposition des matières organiques, et dont l'épaisseur peut atteindre plusieurs dizaines de mètres. C'est un sol qui produit plus de matière organique qu'il n'en dégrade. Ainsi les tourbières stockent d'immenses quantités de carbone, deux fois plus que le carbone stocké dans la biomasse des forêts. Trois à 5 % des sols de la Terre sont recouverts de tourbe qui contient l'équivalent de 500 Gt de carbone. On trouve des tourbières, ces zones humides particulièrement végétalisées, dans les latitudes hautes (vers 50°) et dans les régions équatoriales. En Europe, elles sont situées dans le Nord mais aussi à des altitudes dépassant 1 000 mètres.

Il arrive que certains incendies de forêt brûlent la tourbe des sols de longs mois après la fin de l'incendie de surface, émettant ainsi de grandes quantités de CO_2. Ces incendies souterrains sont problématiques car ils peuvent se déplacer et apparaître ensuite en surface à des endroits très éloignés du foyer initial[52]. Ces feux couvants qui se propagent lentement (comme du charbon qui se consume) affectent ensuite les sols en profondeur. En plus d'émettre des gaz à effet de serre dans des quantités astronomiques, ils les rendent durablement stériles[53].

Les tempêtes et ouragans

Une Europe battue par les tempêtes

Le 16 octobre à Cork en Irlande, l'ouragan Ophelia enregistre des rafales à 190 km/h. Près de 300 000 foyers sont sans électricité et la plupart des routes sont barrées par des chutes d'arbres. À Aglish, dans le comté de Waterford, un peu avant midi une infirmière meurt dans sa voiture à la suite d'une chute d'arbre qui traverse le pare-brise (*Irish Times*)[54].

Si les ouragans sont rares sur le sol européen, plusieurs cyclones extratropicaux, dont la fréquence et l'intensité ne cessent d'augmenter, ont causé d'importants dégâts. À chaque fois, ce sont des dizaines de milliers de foyers privés de courant, des chutes d'arbres empêchant les personnes de circuler, des inondations, des dommages sur des maisons et des bâtiments publics, des toitures arrachées, des arbres déracinés, des perturbations dans les transports et les communications, des problèmes de ravitaillement et une impression de fin du monde qui marque à vie les personnes touchées.

En France, la mémoire de la tempête Xynthia en 2010, qui a fait 63 morts et plus de 3 milliards d'euros de dégâts, est encore vive. Les réfugiés climatiques affluaient dans les rues de l'Aiguillon-sur-Mer après avoir passé la nuit dans le gymnase. Ils partaient à la recherche de leurs voisins – dont nombre d'entre eux sont décédés[55].

Plus récemment, en février 2020, la tempête Ciara (13 morts, 1,9 milliard de dégâts) a traversé l'Europe de l'Ouest (Royaume-Uni, Irlande, France, Belgique, Pays-Bas, Allemagne) avec des vents atteignant jusqu'à 150 km/h. Elle a causé des inondations, des coupures de courant et des perturbations importantes dans les transports. Sans que nous soyons encore en mesure de chiffrer l'étendue des dégâts dans la littérature scientifique, nous pouvons relever que la tempête Dennis a continué en février 2020, touchant le Royaume-Uni, l'Irlande, la France, la Belgique et les Pays-Bas. En octobre 2020, la tempête Alex frappe le sud-est de la France avant de se déplacer vers l'Italie. Puis la tempête Barra prend le relais en décembre 2021 (Royaume-Uni, Irlande, France, Espagne), avant de céder la place, en février 2022, à Eunice, avec des vents pouvant atteindre 195 km/h dans le sud du Royaume-Uni et à Franklin, apportant leur lot de morts et de dégâts matériels. Puis c'est la tempête Daniel qui frappe la Grèce et la Turquie en septembre 2023. Etc.

Des scènes de fin du monde

Lors de ces différentes tempêtes géantes, les conditions sont extrêmes, et la violence des éléments peut entraîner des scènes dramatiques. Il arrive que les vents soufflent à plus de 150 km/h – et parfois même au-delà de 200 km/h. L'air est saturé de pluie battante, frappant le visage. Les bâtiments commencent à céder sous la pression des vents : les fenêtres volent en éclats, les portes se font arracher et les toits s'envolent. C'est tout l'environnement qui est transformé en arme : les voitures sont projetées à des dizaines de mètres, les troncs brisés se transforment en projectiles mortels. En glissant, les terrains engloutissent des maisons qui deviennent à leur tour des missiles mortifères. Et c'est sans compter les dégâts des câbles électriques qui deviennent des fouets électrifiants[56]. Nous pouvons nous retrouver projetés au sol, couverts de fractures et de blessures profondes, confrontés à des éclats de verre et à des débris divers. L'air est saturé de poussière et de pluie.

2049 *ou l'arrivée des cyclones en Europe*

On parle de cyclone pour désigner ces phénomènes météorologiques tourbillonnaires de vents violents qui se forment au dessus de l'océan. On les nomme « typhons » lorsqu'ils se créent au niveau de l'océan Indien et dans le sud de l'océan Pacifique (qui peuvent passer en Afrique, en Océanie et en Amérique du Sud) et « ouragans » lorsqu'ils se forment dans le nord de l'océan Atlantique et le nord-est de l'océan Pacifique (ce qui concerne l'Amérique du Nord et l'Europe). Leur taille varie entre 100 et 1 000 kilomètres de diamètre et ils durent de quelques heures à quelques semaines. C'est toujours sur l'eau qu'un cyclone se forme. La température élevée de l'eau qui entraîne une grande évaporation (avec une création massive de nuages) est le facteur déclenchant de vents convergents. L'air chaud se soulève et de l'air froid prend sa place, creusant ainsi une dépression qui se transforme en tempête.

Des bêtes alimentées par la chaleur

Le changement climatique augmente l'intensité des cyclones[57], ce qui ne fera que se développer dans la mesure où la chaleur est leur carburant. Les émissions d'aérosols atmosphériques ont un effet diminuant sur les cyclones (ils les refroidissent). Mais, si nous restons sur la trajectoire climatique actuelle, les décennies à venir seront marquées par une domination du forçage des gaz à effet de serre sur celui des aérosols, entraînant une augmentation de l'intensité des cyclones, déjà dévastateurs[58]. Chaque degré supplémentaire de réchauffement moyen augmente jusqu'à sept fois la probabilité de voir advenir les ouragans les plus violents[59]. Leur intensification est telle que des chercheurs ont proposé de créer une sixième catégorie dans l'échelle des ouragans de Saffir-Simpson lorsque leurs vents dépassent les 309 km/h, ce qui n'existait pas avant le dérèglement climatique. Cet élargissement a été conçu spécifiquement pour communiquer sur le pouvoir destructeur démultiplié de ces super cyclones sous l'effet du réchauffement climatique – les destructions augmentant de manière exponentielle[60].

À ce jour, c'est aux États-Unis qu'on dénombre le plus de cyclones catastrophiques. À eux seuls, les ouragans Katrina, Harvey et Maria ont totalisé 380 milliards de dollars américains de dégâts[61]. Ces vingt dernières années, la probabilité qu'un État comme le Texas soit confronté à des ouragans catastrophiques a été multipliée par six et le sera par dix-huit d'ici la fin du siècle[62].

Il peut arriver, plus rarement, que des ouragans se forment au-dessus de la mer Méditerranée. Alors qu'elle était particulièrement chaude, un intense ouragan, Ianos, s'est formé du 15 au 21 septembre 2020. Au cours d'un trajet de près de 2 000 kilomètres, ses vents dont les rafales pouvaient atteindre jusqu'à 200 km/h ont touché de nombreuses parties de la Grèce où il a fait plusieurs victimes[63]. Dans les années à venir, les tempêtes deviendront plus fréquentes en Europe de l'Ouest avec des vents dont la force sera augmentée de 25 %, avec des inondations fréquentes des côtes hollandaises, allemandes et danoises[64]. Et dans un monde à +3,5 °C, ce sont de véritables cyclones qui arriveront sur le sol européen, où ils auront suffisamment de puissance pour traverser le continent d'ouest en est[65], balayant nos infrastructures et nos systèmes de production agricole. Ce que nous savons de *2049* est que l'imprévisibilité sera au cœur de nos existences, fragilisant toute dynamique de projet ou de préparation de l'avenir.

7
La faim

La file d'attente dans laquelle Léo, la faim au ventre, s'est résolu à s'installer n'en finit pas[1]. Étudiant en première année de licence d'économie-gestion, c'est la première fois, ce samedi 18 novembre 2023, qu'il demande un panier-repas aux Restos du cœur, premier réseau d'aide alimentaire en France.

Le lendemain, les Restos du cœur lancent un appel sans précédent : ne pouvant pas faire face à une augmentation considérable de la pauvreté et de la faim en France, ils devront refuser de distribuer leur aide alimentaire à 150 000 personnes et diminuer les quantités de nourriture données aux personnes qui ont pourtant un besoin proprement vital de leur aide. Les 15 millions d'euros promis par le gouvernement n'y changeront rien, les besoins explosent. L'association aide déjà 200 000 personnes supplémentaires par rapport à 2022. Compte tenu de l'augmentation du coût de l'alimentation et de l'énergie, le président de l'association affirme sans ambages lors d'une interview sur TF1 : « À ce rythme, si nous ne faisons rien, même les Restos du cœur pourraient être contraints de fermer d'ici trois ans. » Mais les Restos du cœur ne sont pas un cas associatif isolé. Ainsi Laurence Champier, directrice générale des Banques alimentaires : « Nous recevons moins de dons alimentaires de la part des supermarchés et de l'agriculture et de l'industrie alimentaire » (*Le Monde*). Et le contexte est le même pour le Secours populaire, débordé par l'explosion des demandes[2].

En effet, l'année agricole française 2022 a connu sa pire sécheresse depuis 1959. La production nationale est au plus bas et les rendements de maïs ont chuté de 30 %. Conjuguée à la flambée des coûts de l'énergie à la suite de l'invasion russe de l'Ukraine, l'inflation alimentaire a bondi de 15 %. La faim, qui n'est jamais partie de l'Europe, fait aujourd'hui son retour en force.

Un des endroits où l'ampleur de la destruction des conditions d'existence est le plus perceptible est certainement celui de la production alimentaire. Pour dégager des excédents agricoles suffisamment importants issus de notre maîtrise des écosystèmes, la prévisibilité et la stabilité des équilibres entre le climat et la biosphère sont absolument essentielles. C'est ce que chacun des forçages anthropiques des processus écologiques est en train de pulvériser. À tel point que nous sommes d'ores et déjà engagés sur le chemin du retour des famines sur le territoire européen. Et chaque article académique, chaque nouvelle donnée scientifique produite sur le climat ou la biosphère, nourrit une image de *2049* où nous avons faim – très faim.

Nous sortons de la niche de température humaine

Durant des milliers d'années, les populations humaines se sont concentrées dans un sous-ensemble très étroit des régions terrestres, toutes caractérisées par des conditions climatiques similaires avec des températures annuelles moyennes autour de 13 °C. C'est ce qu'on appelle une niche de température humaine, liée à des contraintes fondamentales. Toutes les espèces animales et végétales ont une niche environnementale leur permettant de se développer, et c'est aussi le cas pour nous, même si nous disposons d'un outillage technique considérable.

Depuis la sédentarisation d'*Homo sapiens*, les populations se sont installées dans une fourchette climatique bénéficiant d'une température moyenne comprise entre 11 °C et 15 °C, seule niche permettant la production de cultures et d'élevages, fondements indispensables au développement des civilisations. Or le prolongement du scénario de développement actuel de nos sociétés peut placer d'ici 2070 jusqu'à 3 milliards de personnes en dehors des conditions climatiques qui ont permis le développement de l'humanité ces 6 000 dernières années.

En l'absence de migrations – ce qui, bien sûr, ne sera pas le cas –, c'est un tiers de la population mondiale qui sera confrontée à des températures moyennes supérieures à 29 °C, ce qui est incompatible avec une vie en société. À titre d'exemple, aujourd'hui seule 0,8 % de la surface terrestre a ce type de température : il s'agit de la région du Sahara, presque entièrement dépeuplée[3]. Si le sud de l'Europe est confronté à ces augmentations de la température poussant les populations à migrer, le reste de l'Europe est relativement épargné – mais l'agriculture y sera néanmoins fragilisée.

Le plus grand des dangers : l'impossibilité de nous nourrir

Voilà maintenant près de quarante ans, avec la création du GIEC en 1988, que les Nations unies travaillent à éviter ce que les chercheurs appellent les interférences anthropiques dangereuses avec le système climatique[4] (*dangerous anthropogenic interference*, DAI), au premier rang desquelles cette impossibilité de produire notre nourriture.

En 2001, les chercheurs du GIEC ont classé les risques climatiques en fonction des motifs de préoccupation (*reasons for concern*, RFCs)[5] : risques pour les systèmes naturels, risques d'événements météorologiques extrêmes, répartition des impacts entre les régions du monde, impacts globaux, risques de discontinuités à grande échelle (qui ont ensuite progressivement pris la dénomination de *tipping points*)[6]... Chacun de ces risques impacte de plein fouet le système agricole mondial.

L'agriculture tributaire des parties fluides du système Terre

Fin mai 2022, Luigi Ferraris, riziculteur italien de la province de Pavie depuis trente-sept ans, inspecte ses paddys (le riz sur pied) mais tout est brun, semblable à de la paille (*The Guardian*). À 58 ans, celui qui a hérité de son grand-père de rizières luxuriantes est dépité.

Il vient de perdre plus de la moitié de sa récolte d'arborio et de carnaroli, ces deux célèbres variétés de riz pour le risotto. En effet, les précipitations ont connu une baisse de 40 % au cours des derniers mois et comme la neige est peu tombée dans les Alpes, le Po, la rivière qui irrigue les rizières de la vallée, a 88 % d'eau en moins. C'est ici, dans cette vallée, qu'on cultive près de la moitié du riz de l'Union européenne grâce à une puissante toile de canaux d'irrigation construite entre le Moyen Âge et les années 1800. Depuis, jamais l'Italie n'avait connu une telle sécheresse.

Les riziculteurs, qui ont passé des siècles à empêcher l'eau d'inonder la vallée, n'auraient jamais imaginé que l'inverse puisse se produire un jour. La vallée du Po semble embarquée dans une spirale infernale où l'augmentation des températures accentue la fréquence et l'intensité des phénomènes de sécheresse.

L'exploitation de Luigi Ferraris a perdu 150 000 dollars en 2022, ce qui impacte son sommeil et sa santé. Le riz carnaroli classico, le « roi du risotto », nécessite des grains parfaits et sa culture exigeante bénéficie de marges économiques très faibles.

Pour tenter de faire face à la transformation de ces conditions climatiques, Luigi diversifie ses cultures et commence à planter du maïs, moins consommateur d'eau[7].

C'est la transformation des circulations atmosphérique et océanique, ces parties fluides du système Terre, qui vient impacter de plein fouet les exploitations de Luigi et fragiliser la production alimentaire européenne. Un trop grand forçage anthropique de ces circulations – à savoir les émissions de gaz à effet de serre et d'aérosols qui réchauffent les océans, modifient les régimes des vents, accélèrent la fonte des calottes glaciaires qui augmentent les apports d'eau douce dans les océans – fait courir le risque d'une réponse non linéaire caractéristique des *tipping points* avec un effondrement sans précédent du système agricole mondial[8].

Aujourd'hui, on observe un affaiblissement de certaines circulations, et tout particulièrement de l'importante circulation méridienne de retournement de l'Atlantique (AMOC)[9]. Depuis le milieu du xxe siècle, son affaiblissement est d'environ 15 %, réduisant le transport de chaleur vers le nord[10]. Si le ralentissement de ces circulations océanique et atmosphérique se confirme, et *a fortiori* si elles s'arrêtent, les transformations climatiques seront considérables, avec une transformation radicale du climat européen et un arrêt des moussons africaines[11].

Les moussons sont un élément du système climatique qui garantit la sécurité alimentaire mondiale. Leurs changements pourraient exposer les deux tiers de la population mondiale qui vit dans ces régions (Asie du Sud, Asie de l'Est, Afrique, Australie ou Amérique) à des effets dramatiques sur la production alimentaire (intensification des pluies dans certaines régions et assèchement dans d'autres)[12].

2049 ou les pannes du ventilateur mondial

Projetons-nous dans quelques années et imaginons ce 17 février 2045 dont Sofia, une océanographe suédoise, n'oubliera jamais le graphique qui s'est affiché sur son écran. L'algorithme d'alerte paramétré d'après le signal précoce mis au point par le chercheur néerlandais René van Westen montre clairement une intensification de la trajectoire d'effondrement de l'AMOC[13]. Trois mois plus tard, la Commission européenne déclare le niveau 2 de vigilance climatique, qui intègre un plan de secours pour les semences mais aucune mesure d'attention aux stocks alimentaires, qu'on estime encore confortables.

Au cours de la nuit du 8 au 9 avril 2048, Gilles, céréalier français de la Beauce, est paniqué. Alors qu'il pensait l'année dernière avoir survécu à l'hiver le plus froid depuis 1956, la température tombe sous la barre des -11 °C. Plus de la moitié des épis gèlent, comme brûlés. Ne sachant que faire, il filme ses champs, impuissant.

Le 9 août de la même année, la pédiatre de la petite Lucy de 5 ans la pèse avant sa rentrée scolaire à Birmingham, au Royaume-Uni : 13,4 kg. Elle souffre de malnutrition, contre laquelle les boîtes d'aide alimentaire, qui manquent de protéines, ne parviennent pas à lutter. Ces dernières années, le Royaume-Uni a perdu 32 % de terres arables, désormais trop sèches à la suite des déficits pluviométriques structurels sur la saison de croissance des végétaux, scénario anticipé il y a moins de trente ans par le chercheur britannique en sciences du système Terre Paul Ritchie et ses collèges[14]. Les importations depuis la mer Noire n'arrivent plus : les bateaux évitent désormais l'Atlantique nord constellé d'icebergs qui dérivent.

25 mars 2051. Laura, logisticienne pour le Programme européen de sécurité alimentaire, compte les sacs de blé qui arrivent

à Bruxelles. Cela fait dix-huit mois que le sud de l'Europe n'a pas connu de réelle pluie et vit enfermé sous un dôme subtropical. Les oliviers de la famille Fernàndez en Espagne sont sur pied, mais morts, désséchés. Ils ne porteront plus de fruits. Le Conseil européen et les États de l'UE font face aux émeutes de la faim à Marseille, Rotterdam, Rome et Bonn, que la mesure « pain pour tous » qui rationne les adultes à 1 800 kilocalories par jour, pour permettre à tous de se nourrir, n'a pas réussi à contenir.

6 janvier, fjord d'Isafjörður en Islande. Le dernier chalutier islandais, *Skuld*, rentre au port les cales quasi vides. La biomasse de cabillaud s'est effondrée ces dernières années sous l'effet de la désoxygénation accélérée de la colonne d'eau. Alors que les élevages terrestres ont des difficultés à trouver des fourrages, un pan entier d'approvisionnement en protéines animales s'est effondré sous l'effet de la transformation de l'océan Atlantique.

Le 5 mai 2055, l'océanographe Sofia est invitée pour une session extraordinaire au Parlement européen, à Strasbourg. Après une introduction par la présidente, qui cite le dernier bulletin de Copernicus et l'effondrement des rendements moyens des cultures européennes (-58 % pour le blé, -67 % pour le maïs et -71 % pour le colza), elle commence son propos en faisant état de la littérature scientifique des années 2020, qui alertait sur un possible effondrement de l'AMOC et sur ses conséquences désastreuses pour l'Europe. Elle parle alors aux députés des travaux des deux Ditlevsen[15] et de van Westen sur le rapprochement d'un franchissement de seuil[16], ou de l'alerte de Ritchie et ses collègues sur la quasi-disparition à court terme des cultures arables britanniques[17]. La multiplication par huit du coût des denrées alimentaires était prévue. La première famine paneuropéenne est actée. Aucune importation des autres continents n'est possible : tous sont dans la même situation.

La circulation atmosphérique et océanique est le grand mécanisme de régulation du climat terrestre qui détermine directement les conditions de température et d'humidité de la météo. Imaginons un ventilateur géant qui brasserait les masses d'air comme les masses d'eau. C'est lui qui permet des conditions climatiques plutôt tempérées favorables à la luxuriance actuelle des écosystèmes comme à leur exploitation à des fins alimentaires. Détraquer notre ventilateur, transformer la circulation atmosphérique et océanique, c'est prendre un risque vital.

C'est ce que nous faisons.

La circulation atmosphérique est la résultante du rayonnement solaire (avec une différence d'insolation entre l'équateur et les pôles, qui reçoivent moins de chaleur), de la rotation de la Terre (qui impacte la direction des vents) mais aussi des propriétés de l'air en tant que tel (l'air chaud monte, l'air froid descend). En gros : l'air chaud formé au niveau de l'équateur s'élève puis redescend vers 30° au nord et au sud de l'équateur ; puis il remonte vers 60° au nord et au sud comme il rencontre un air plus froid, donc plus dense, provenant des pôles. Cette dynamique sinusoïdale est détournée par la rotation de la Terre, qui crée des vents de surface vers l'ouest au niveau de l'équateur et des tropiques (ce qu'on appelle les alizés d'est) et vers l'est au niveau des latitudes moyennes et élevées (ce qu'on appelle les vents d'ouest)[18].

De la même façon, il existe une circulation au sein de l'immense océan mondial, qui recouvre plus de 70 % de la surface de la Terre, liée aux écarts de pression de l'eau (en raison des différences de température et de salinité). C'est ce qu'on appelle la circulation thermohaline : « thermo » pour la chaleur, « haline » pour la salinité. On attribue parfois à cette circulation océanique profonde l'image d'un tapis roulant, mais cela peut donner l'impression erronée d'un flux unique et continu, car nous avons affaire à une multitude de courants. Les mécanismes ressemblent à ceux de la circulation atmosphérique avec des mouvements qui s'effectuent dans la profondeur : l'eau dense (froide et salée) des régions polaires s'enfonce et l'eau remonte ensuite progressivement dans tout l'océan à la suite des mélanges verticaux. Ces courants constituent une boucle associant la circulation des eaux de surface et celle des eaux profondes qui brasse l'océan sur une période allant de mille à deux mille ans et transporte la chaleur aux quatre coins de notre monde. Et ce mouvement joue un rôle déterminant dans la captation du CO_2 atmosphérique[19]. Les circulations atmosphérique et océanique interagissent tout au long de leur parcours et les vents de surface entraînent des courants océaniques rotatifs, des « gyres ».

L'arrêt du ventilateur arctique et atlantique

Un ralentissement de la circulation méridienne de retournement de l'Atlantique (AMOC)

On a autrefois connu la circulation méridienne de retournement de l'Atlantique (AMOC) sous le nom de Gulf Stream, un courant atmosphérique et océanique chaud identifié dès le XVIe siècle par les navigateurs européens qui l'utilisaient sur leur trajet de retour des Amériques. Mais le Gulf Stream, qui transporte de la chaleur et de l'humidité de façon rapide et puissante, n'est qu'une partie de l'AMOC[20].

Les eaux chaudes de surface de l'océan Atlantique se déplacent vers le nord, puis, se refroidissant, elles descendent dans les profondeurs océaniques et retournent au sud. À travers ce circuit, l'AMOC transmet la chaleur du sud vers le nord, maintenant un climat relativement doux au niveau de l'Europe occidentale. L'effet combiné de la fonte de la calotte glaciaire du Groenland (qui augmente le débit d'eau douce qui arrive dans l'Atlantique) et du réchauffement climatique (qui réorganise la circulation) vient diminuer la force de l'AMOC à tel point que l'Atlantique nord est une région du globe sujette au franchissement d'un point de basculement.

De toutes nouvelles données scientifiques

Le premier volet du dernier rapport du GIEC, publié en 2021 à partir de l'étude des articles des années passées, estime que l'AMOC devrait diminuer au cours du XXIe siècle et qu'il n'est pas impossible que le XXIIe siècle voie un effondrement de cette circulation[21]. Mais de nouvelles données, plus récentes, viennent bousculer le débat scientifique. Dans une publication de 2023, le climatologue danois Peter Ditlevsen et sa sœur statisticienne Susanne Ditlevsen projettent un effondrement de l'AMOC dès le milieu de ce siècle en raison d'une réévaluation de la formation des eaux profondes, de la salinité et du ruissellement de l'eau de la calotte du Groenland[22].

Puis viennent les conclusions en 2024 d'un article de René van Westen, Michael Kliphuis et Henk Dijkstra, trois chercheurs à l'Institut de recherche marine et atmosphérique des Pays-Bas : « Les données d'observation et de nouvelle analyse indiquent que l'AMOC est actuellement sur une voie de basculement[23]. » Cette conclusion s'inscrit dans le prolongement des travaux de reconstitution des variations de l'AMOC de ces derniers siècles réalisés par Simon Michel et son équipe de ce même institut de recherche marine et atmosphérique, qui estiment avoir mis le doigt sur un signal d'alerte potentiel signifiant que nous approchons d'un point de basculement dans l'AMOC[24].

David Armstrong McKay, chercheur au Stockholm Resilience Centre, estime avec ses collègues dans un article de *Science* que la vitesse de basculement de l'AMOC est de 15 à 300 ans[25]. C'est la vitesse du forçage de l'eau douce, donc principalement la vitesse de fonte de la calotte glaciaire du Groenland, qui explique un tel écart. L'augmentation des taux de fonte des glaces de la calotte glaciaire arctique, qui produit un apport en eau douce considérable dans l'océan, pourrait agir sur un effondrement de l'AMOC avant même le franchissement d'un seuil critique de fonte des glaces. Cela signifie que nous entrons dans une nouvelle dimension du risque climatique sur nos sociétés. C'est une terrible conclusion, également partagée par Peter Ditlevsen et le climatologue danois Johannes Lohmann dans *PNAS* sur le risque d'effondrement de l'AMOC : « L'espace de fonctionnement sécurisé du système Terre pourrait être plus restreint qu'on ne le pensait [...], avec des conséquences potentiellement catastrophiques[26]. »

Il se trouve qu'un forçage de faible amplitude peut suffire à l'effondrement de l'AMOC si son taux de changement est rapide. En effet, un système complexe peut basculer d'un état stable à un autre en dehors de l'atteinte d'un seuil critique, parce que le paramètre pouvant conduire à un basculement subit un changement trop rapide. C'est ce qu'on appelle un phénomène de basculement induit par le taux (*rate-induced tipping*). Même si le niveau du paramètre déclencheur reste dans une zone « sûre », le fait que son augmentation (ou sa diminution) soit trop rapide peut déclencher une transition. Cela est dû à la manière dont le système réagit au changement rapide, perturbant sa capacité à s'adapter progressivement. Le *rate-induced tipping* met en lumière une vulnérabilité supplémentaire du système Terre, signifiant que ce n'est pas seulement la magnitude des changements qui compte, mais aussi la vitesse à laquelle ils se produisent. Les conditions initiales jouent aussi un rôle critique, rendant les résultats imprévisibles pour des variations, même minimes. Cela complexifie la prévisibilité et la gestion des risques dans les scénarios de changement climatique rapide – raison pour laquelle nous entendons régulièrement dire que « chaque dixième de degré de réchauffement épargné compte ».

Un drame européen

Ces récents travaux sont à prendre très au sérieux, tant le risque est vital pour les sociétés du monde, et tout particulièrement pour le système de production agricole de l'Europe occidentale. Dans les communautés scientifiques, la préoccupation est à son comble car l'AMOC est un des éléments de basculement du système Terre les plus importants.

L'effondrement de l'AMOC ne s'accompagnerait pas d'un réchauffement du climat en Europe occidentale et septentrionale, mais bien d'un refroidissement très fort, pouvant aller jusqu'à une dizaine de degrés par rapport à la moyenne des températures préindustrielles. Cela transformerait les hivers européens. Le refroidissement de l'Atlantique nord réduirait l'évaporation, ce qui diminuerait les précipitations. Moins nombreuses, les précipitations apparaîtraient davantage sous forme de neige, accompagnées de froids extrêmes, de vents violents et, régulièrement, de tempêtes. Ce qui s'annonce : une baisse de la disponibilité en eau et de la productivité végétale[27]. Un arrêt de l'AMOC s'accompagnerait d'une augmentation de la glace de mer arctique. C'est l'ensemble du climat mondial qui connaîtrait une nouvelle étape de dérèglement. L'été, les nuages seraient réduits, avec plus de précipitations sur le sud de l'Europe[28].

Comme l'AMOC a une fonction de ventilation de l'Atlantique nord, notamment par la convection de masses d'eaux profondes entre le Canada et le Groenland qui oxygènent l'eau et captent une partie du carbone de l'atmosphère, ses transformations réduiraient les capacités de captation du carbone[29]. De plus, les modélisations climatiques prévoient une augmentation du réchauffement de la couche supérieure de l'océan. Cela a pour conséquence directe une augmentation de l'acidification et une diminution de la ventilation de l'oxygène sous la surface, conduisant à un processus de désoxygénation des océans[30]. La perturbation, si ce n'est la destruction, des écosystèmes marins serait considérable. Et ce n'est pas tout : un effondrement de l'AMOC entraînerait une importante augmentation du niveau des mers en raison du changement de densité de l'eau et des courants, particulièrement dans l'Atlantique nord avec un retrait du trait côtier européen et états-unien[31].

Un effondrement des récoltes

Une Europe refroidie par un affaiblissement de l'AMOC est tout sauf une aubaine. Car cela perturberait intégralement tous les systèmes alimentaires mondiaux, désorganiserait l'ensemble des marchés et mettrait à plat le système agricole mondial[32]. Ainsi, Paul Ritchie et ses collègues de l'Institut des systèmes globaux de l'université d'Exeter au Royaume-Uni clarifient toute spéculation hâtive : « Les pertes de production agricole seraient d'un ordre de grandeur supérieur à celles résultant du changement climatique sans effondrement de l'AMOC[33]. » Si un refroidissement survenait, à aucun moment il ne s'agirait d'un retour aux conditions préindustrielles. Les transformations des circulations atmosphérique et océanique entraîneraient des changements dans les écosystèmes avec des conséquences tant sur la floraison que sur la biodiversité marine. C'est l'ensemble du système de production agricole et de pêche qui pourrait s'effondrer[34], et ce d'autant plus violemment que les précipitations seraient considérablement réduites[35].

Les conditions plus froides et sèches feraient s'effondrer la production agricole de l'hémisphère Nord. Les sols verraient une réduction de leur humidité et donc une diminution généralisée de la productivité[36]. Il est également possible que l'effondrement de l'AMOC provoque une disparition de plus de la moitié du plancton dans l'Atlantique, fragilisant les écosystèmes marins[37], pouvant faire disparaître les zones de pêche[38].

L'identification précise des impacts est incertaine car ils dépendent du réchauffement global au moment de l'effondrement de l'AMOC. Il est possible qu'au moment de son effondrement, le refroidissement qui aura lieu au-dessus de l'Atlantique soit un facteur important du dérèglement climatique et constitue un processus de refroidissement au sein du système climatique. Mais d'autres facteurs, au contraire, exacerberaient le réchauffement (la réduction du transport de chaleur vers le nord augmenterait le réchauffement de l'hémisphère Sud)[39]. Une chose est sûre : les incertitudes sont importantes concernant les réponses de l'AMOC aux forçages anthropiques actuels du climat. Des travaux de modélisation sont actuellement en cours, mais nous manquons de recul dans les observations car une des caractéristiques de cette circulation est d'être multidécennale[40].

La clim' détraquée du Pacifique

Après avoir retrouvé les carcasses des chèvres et des vaches mortes noyées, les pâturages de Langwathby et d'Ullswater au Royaume-Uni resteront gorgés d'eau tout l'hiver. Il est devenu impossible d'y remettre les bêtes en ce mois de décembre 2015 (BBC). Pour tenter de permettre au bétail qui a échappé à la tempête Desmond de survivre, les éleveurs ont dû importer du fourrage à prix d'or, car leurs silos ont été contaminés par des eaux boueuses. Meurig Raymond, président de l'Union nationale des agriculteurs du Royaume-Uni (NFU), interpelle le gouvernement pour qu'il débloque une aide de toute urgence à la suite du passage de la tempête, dont les inondations ont tué le bétail, mais aussi balayé les murs des exploitations et déclenché des glissements de terrain ravageant les terres agricoles. Les coupures de courant qui ont suivi ont empêché la traite des vaches encore en vie ; les livraisons d'aliments pour les animaux se font attendre et la collecte des produits laitiers est interrompue[41]. La tempête Desmond a un nom de famille : El Niño.

El Niño pour « oscillation australe El Niño » (*El Niño – Southern oscillation*, ENSO), signifiant ces transformations qui opèrent dans l'océan Pacifique tropical. Lors de ce qu'on appelle un événement El Niño, une séquence de rétroactions autorenforçantes se met en place entre les températures de surface de la mer, des changements dans les vents de surface, la remontée d'eau au niveau de l'équateur[42]. Les eaux deviennent plus chaudes, ce qui entraîne des modifications dans les précipitations et les vents venant affecter de nombreuses régions du monde. Et lorsque le phénomène inverse se produit, un refroidissement des eaux de surface de l'océan Pacifique, il s'agit d'un événement La Niña. Le dérèglement climatique intensifie les événements El Niño en augmentant leur fréquence et leur intensité[43].

ENSO est un événement interannuel qui a généralement lieu tous les trois à cinq ans. Les deux phases de l'oscillation ont des impacts de grande envergure sur le climat mondial, la météo et les écosystèmes. Il arrive parfois qu'un événement El Niño ait des impacts prononcés avec une augmentation de la température mondiale de 0,25 °C, contribuant à des vagues de chaleur dans le monde entier, avec une baisse drastique des rendements agricoles aboutissant à de véritables famines. Tous les El Niño extrêmes (1982, 1997, 2015 et 2023) se sont produits pendant l'accélération de l'augmentation de la température terrestre moyenne[44]. Cela donne à craindre un monde au sein duquel le réchauffement s'intensifie de façon cyclique tous les trois à cinq ans.

Cet hiver 2015-2016 a montré certains des effets directs de l'intensité d'El Niño en Europe à travers ses tempêtes et pluies diluviennes qui ont inondé le nord-ouest de l'Angleterre. Mais, bien sûr, l'eau exceptionnellement chaude dans l'océan

Pacifique a conduit à des températures record et à des précipitations extrêmes, dont l'effet principal a été les dizaines de millions de personnes qui, en Afrique, en Asie ou en Amérique du Sud, ont dû faire face à une insécurité alimentaire exceptionnelle dès janvier 2016[45].

Les dégâts se chiffrent toujours à plusieurs milliards de dollars. Comme ce phénomène s'intensifie sous la pression des forçages anthropiques, ces dommages pourraient atteindre des sommes astronomiques au cours du XXIe siècle (84 milliards de dollars, selon une étude parue dans *Science*[46]). Parce qu'ENSO augmente les sécheresses comme les inondations, il a un effet bien établi sur la santé humaine (épidémies de paludisme en Asie du Sud et Amérique du Sud, de choléra au Bangladesh)[47] et sur les capacités de production agricole.

Une des questions qui se posent est de savoir s'il existe un seuil de réchauffement qui, s'il était franchi, donnerait lieu à une transition abrupte vers un nouvel état. Pour l'instant, les recherches identifient une intensification linéaire de ce phénomène climatique dévastateur tout au long du XXIe siècle[48], ce qui fait dire à Laurent Testot et Jean-Michel Valantin que nous avons affaire à une bombe climatique aux effets géopolitiques destructeurs[49]. Une controverse scientifique existe cependant autour des effets d'une augmentation du taux de CO_2 dans l'atmosphère sur la possibilité de déclenchement d'un état de « El Niño permanent », ce que suggère la comparaison avec l'époque du Pliocène où les concentrations de CO_2 étaient similaires à celles que nous connaissons, mais la moyenne des températures était plus élevée de 3 °C[50]. Toutes les recherches convergent vers une augmentation de l'ampleur des impacts d'El Niño dans un monde en réchauffement. Avec une atmosphère chargée en vapeur d'eau, les impacts des événements El Niño s'étaleraient davantage dans la durée, augmentant de plus en plus la période d'impact au-delà de l'épisode de réchauffement[51].

La perte de puissance du ventilateur antarctique

Le 10 avril 2016, Pedro, accompagné de milliers d'autres pêcheurs chiliens, a abandonné son bateau pour bloquer les routes avec des barricades dans la région de Los Lagos[52]. La plus importante marée rouge de l'histoire empoisonne ses zones de pêche. Il proteste contre le gouvernement, impuissant à atténuer les effets économiques de la prolifération d'algues qui rend l'eau de mer rouge. Pourtant habitué à ce phénomène naturellement récurrent dans le sud du Chili, Pedro, de formation scientifique, sait qu'une catastrophe est en train de s'installer, silencieusement. Cette épidémie destructrice est multicausale. Elle advient au cours d'une année marquée par un El Niño particulièrement intense. L'industrie chilienne du saumon d'élevage, très implantée dans la région de Los Lagos, a aussi sa part de responsabilité[53]. Mais le lien avec les premiers signes avant-coureurs de basculement de l'océan Austral est également à souligner, tant ils inaugurent de sombres temps dans les années à venir si un point de basculement est franchi.

Dans l'océan Austral aussi (qu'on appelle également océan Antarctique), il existe des mécanismes de circulation atmosphérique et océanique puissants dans lesquels le franchissement de *tipping points* aurait des conséquences agricoles mondiales de grande ampleur. La circulation de retournement de l'Antarctique est elle aussi un méga-courant océanique qui transporte la chaleur, l'oxygène et les nutriments tout autour du globe. Il est caractérisé par le fait qu'il entoure l'Antarctique. Comme l'AMOC, il relie les eaux de fond aux eaux de surface. Il s'agit aussi d'un phénomène global complexe qui recèle beaucoup d'incertitudes et mobilise de nombreux scientifiques. En revanche, comme le remarquent Timothy Lenton et ses collègues, les preuves de son affaiblissement se multiplient depuis quelques années, entraînant une réduction de la teneur en oxygène des océans profonds[54].

Cette transformation de la formation des eaux de fond de l'Antarctique (AABW) est problématique car elles sont essentielles à la séquestration de la chaleur et du carbone sur des échelles de temps de pluridécennales à millénaires. En altérant cette circulation, ce sont les capacités de production agricole des prochains millénaires que nous impactons[55]. Mais ces répercussions à grande échelle sur le climat mondial et les écosystèmes seront perceptibles dès ce siècle[56].

L'accélération de la fonte des glaces de l'Antarctique a un impact significatif sur le climat mondial et sur le système agricole. L'eau douce supplémentaire qui arrive dans l'océan Austral ralentit la formation des eaux profondes, ce qui réduit la ventilation de l'océan. Cette eau de fonte de l'Antarctique a un rôle crucial dans le basculement de l'océan Austral, dont les conséquences climatiques engagent les siècles à venir. Le ralentissement de cette circulation océanique sera de l'ordre de 40 % d'ici 2050[57] et, à ce jour, les modélisations climatiques n'intègrent pas encore la probabilité que la formation des eaux profondes s'arrêtera presque intégralement en une cinquantaine d'années, impliquant une transformation de la distribution de la chaleur, du carbone et des nutriments océaniques. Ce changement brutal de la circulation océanique s'accompagnerait d'une hausse soudaine de température au niveau de la calotte glaciaire antarctique[58]. Cet effondrement pourrait survenir à partir d'un réchauffement compris entre 1,7 °C et 3 °C[59]. Ces toutes dernières années, les preuves d'un effondrement de cette circulation océanique ne cessent d'être de plus en plus nombreuses, avec un processus plus rapide que prévu[60].

La baisse des rendements agricoles

Les risques agricoles systémiques

Dans la plaine de Thessalie, en Grèce, en février 2024, Babis Evangelinos fait le tour des terres qu'il a cultivées toute sa vie… dans un bateau à moteur (Reuters). À perte de vue, ce qui est désormais un lac recouvre les champs de blé, de coton et d'amandiers détruits par les inondations depuis cinq mois. Babis : « Je n'aurais jamais imaginé devoir embarquer sur un bateau pour voir mes terres. Le travail de toute une vie a été ruiné, envolé en trois ou quatre jours de pluie. » Un des principaux greniers à blé de la Grèce n'est plus et les pélicans s'installent désormais au bord de l'eau. Et des milliers d'agriculteurs ont migré à Athènes pour manifester ces derniers jours. Parmi ces agriculteurs exsangues, Vangelis Peristeropoulos, qui, à 35 ans, a vu la quasi-totalité de ses 640 porcs et moutons se noyer à Stefanovikeio, une ville proche du lac. Depuis ces inondations qui n'en finissent pas, il est chauffeur routier[61].

La Thessalie est une des plus importantes zones agronomiques de la Grèce. Les sols s'érodent à une vitesse sans précédent sous le triple effet de la salinisation, d'inondations liées à des précipitations fulgurantes et de désertification sous l'effet de la chaleur[62]. Convergent ici deux points de basculement, pédologique et climatique, qui entravent la production agricole européenne.

Aujourd'hui, environ 52 % des terres agricoles mondiales sont dégradées[63]. Cela signifie une diminution de la fertilité des sols (capacité à nourrir les cultures), une fragilisation de leur structure (un compactage qui réduit la perméabilité donc la capacité à absorber l'eau) et un appauvrissement de la biodiversité (la faune et la flore utiles aux systèmes agricoles s'érodent). Les causes de cette dégradation sont les pratiques agricoles intensives, la surexploitation des ressources, le changement climatique, les pollutions des sols et l'urbanisation (ou l'anthropisation des sols).

Les zones céréalières clés, responsables de la majorité de la production mondiale de maïs et d'autres cultures, sont particulièrement vulnérables aux changements climatiques actuels. De plus, les événements climatiques extrêmes perturbent les écosystèmes agricoles et les chaînes d'approvisionnement. Ils affectent les infrastructures et la distribution des aliments, ce qui rend l'accès à la nourriture encore plus difficile dans les zones touchées et accentue les situations d'urgence humanitaire dans de nombreuses régions.

Par ailleurs, les crises alimentaires liées au climat ont un potentiel de déclenchement de cascades de risques systémiques. Une baisse significative des rendements agricoles peut entraîner une hausse des prix des denrées, générant des tensions sociales, des migrations forcées et, dans certains cas, des conflits armés. Ces crises alimentaires affectent également les économies locales et mondiales, les nations les plus fragiles risquant de subir un effondrement complet de leurs systèmes politiques et économiques. Un risque localisé, comme une mauvaise récolte, peut rapidement se transformer en une crise systémique d'ampleur mondiale.

Et c'est compter sans la façon dont les points de basculement, tels que le dégel du permafrost ou la perte de forêts tropicales comme l'Amazonie, exacerbent les impacts du changement climatique sur la sécurité alimentaire. Une fois ces seuils critiques franchis, les impacts peuvent devenir irréversibles, provoquant des déséquilibres massifs dans la production agricole mondiale.

La mondialisation a interconnecté les systèmes alimentaires, ce qui rend la sécurité alimentaire mondiale vulnérable à des chocs localisés. La perte de production dans une région clé, combinée à des restrictions sur les exportations pour protéger les marchés locaux, peut provoquer des pénuries à grande échelle.

Ces perturbations s'aggravent dans les contextes de crises multiples, comme la combinaison des impacts climatiques avec des tensions géopolitiques ou des pandémies. La dépendance accrue aux chaînes d'approvisionnement mondiales, bien qu'efficaces en temps normal, devient une source de fragilité face aux perturbations climatiques croissantes[64].

Enfin, en dépit de ce contexte de fragilisation croissante de la sécurité alimentaire mondiale, selon un rapport de la *Food and Agriculture Organization* (FAO) de l'ONU, dès 2050 il est probable que nous aurons besoin de 70 % de nourriture supplémentaire (avec un passage d'une production de 2,1 milliards de tonnes de céréales à 3 et de 200 millions de tonnes de viande à 470)[65].

2049 : *des niveaux de rendements extrêmement bas ou la fin de l'agriculture*

Au cours de l'été 2023, Jean égraine les épis de blé avant qu'ils ne rejoignent son silo[66]. Les canicules à répétition de ces dernières années ont provoqué une baisse de rendement de 20 % environ. Et la tendance est à la baisse, complexifiant chaque jour le fragile équilibre économique de son exploitation. Dès que le mercure franchit la barre des 40 °C, les rendements sont directement impactés. Cette même année, ses collègues andalous ont vécu leur pire récolte depuis des décennies, certains ayant même déclaré jusqu'à 80 % de pertes. Les dominos écologiques s'alignent : manque d'eau, pression de la chaleur, déficit de la nutrition des pollinisateurs.

Ces dernières décennies, la recherche agricole a favorisé la recherche de productivité. Mais le changement climatique est venu percuter ces évolutions de plein fouet. L'impact négatif sur les rendements des quatre grandes cultures à l'échelle mondiale (blé, riz, maïs, soja) est systématique.

Depuis 1961, le changement climatique anthropique a réduit la productivité de l'ensemble de l'agriculture mondiale de 21 %. Et chaque degré de réchauffement supplémentaire diminue les rendements d'un minimum de 10 % – sans prendre en compte les logiques de *tipping points* dans l'aridité des sols, dans le régime des précipitations, dans les cycles de l'azote et du phosphore, etc.[67]. Cette seule question de la baisse des rendements agricoles est de nature à rompre la sécurité alimentaire mondiale. À titre d'exemple, la canicule de 2003 en Europe a causé la perte de 30 % des récoltes de maïs, de 21 % de celles de blé, et de 25 % des fruits en France.

Deux chercheurs ont analysé l'impact de l'augmentation des températures sur les rendements de trois cultures : le maïs, le soja et le coton. Ils montrent clairement la non-linéarité entre la température et les rendements agricoles, avec des seuils critiques où les rendements commencent à diminuer de manière drastique. Par exemple, une journée entière à 40 °C réduit le rendement de maïs de 7 % par rapport à une journée à 29 °C. Les projections climatiques pour la fin du siècle montrent des pertes importantes selon différents scénarios de réchauffement. Dans un scénario de « réchauffement lent » (augmentation des températures moyennes de 2 °C à 3 °C), les rendements moyens pourraient diminuer de 30 % à 46 %. Dans le scénario de « réchauffement rapide » (4 °C à 5 °C), les baisses pourraient atteindre 63 % à 82 %. C'est l'augmentation de la fréquence des températures extrêmes qui est responsable de ces pertes, combinée à la sensibilité des cultures au-delà de ces seuils critiques[68]. Avec ces températures, les pertes sont si importantes qu'elles compromettent la viabilité agricole.

Et c'est compter sans le fait que les niveaux croissants de CO_2 atmosphérique affectent le pollen de certaines fleurs comme les solidagos (ou goldenrod, solidages ou verges d'or) en Europe, qui est une source d'alimentation essentielle pour les abeilles en automne. La concentration en protéines de leur pollen diminue, ce qui représente un risque pour la santé des abeilles et la stabilité de leurs populations[69]. Le pollen de ces fleurs jaunes éclatantes que l'on voit souvent dans les prairies ou sur les bords de route est précieux pour elles, car elles fleurissent plus tard que les autres fleurs. Et les protéines de leur pollen sont le carburant essentiel des abeilles qui préparent leurs réserves pour l'hiver. Les abeilles européennes sont en proie à une malbouffe qui fragilise leur santé et impacte en retour les rendements agricoles.

2049 *ou la vie sans grenier*

« La chaleur est arrivée trop tôt », raconte Gopilaal, céréalier du Rajasthan, devant sa moisson littéralement grillée (Reuters). En mars 2022, le nord de l'Inde vit son mois le plus chaud depuis 122 ans, avec des thermomètres qui dépassent les 45 °C à une période où le blé est encore en floraison. Parce que les rendements vont chuter en flèche, l'Inde interdit toute exportation de blé. Les marchés mondiaux attendront. Ils étaient pourtant impatients de s'approvisionner auprès du deuxième plus grand producteur mondial après la chute des exportations ukrainiennes à la suite de l'invasion du pays par la Russie le 24 février 2022[70].

Trois ans plus tard, au Nebraska (États-Unis), Greg Anderson est confronté à la période de semis la plus sèche de sa carrière (*Brownfield*). Il doit irriguer plein pot son maïs et son soja, faisant exploser ses coûts. La tension monte sur l'offre céréalière américaine en mai 2025[71].

À l'inverse, au même moment, dans la pampa argentine, ce sont 400 millimètres de pluie qui se sont subitement déversés. Martin Vivanco, céréalier de San Antonio de Areco, raconte qu'une mer d'eau a détruit les cultures de soja, propagé des maladies et noyé les silos du premier exportateur mondial de farine et d'huile de soja (Reuters)[72].

Ces trois événements ne sont pas parfaitement simultanés, mais ils se chevauchent assez pour peser sur les cours céréaliers. C'est ce qu'illustre une recherche parue dans *PNAS* montrant que la probabilité qu'une même année les quatre principaux exportateurs de maïs perdent une partie de leur production augmente de façon significative. La probabilité que des chocs de production simultanés adviennent ne cessera d'augmenter tout au long du XXIe siècle : « Pour les quatre principaux pays exportateurs de maïs, qui représentent 87 % des exportations mondiales, la probabilité qu'ils subissent simultanément des pertes de production supérieures à 10 % au cours d'une année donnée est actuellement pratiquement nulle, mais elle passe à 7 % en cas de réchauffement de 2 °C et à 86 % en cas de réchauffement de 4 °C[73]. »

La hausse de la moyenne des températures de surface, qui augmente le risque de conditions climatiques extrêmes, augmente le risque de baisse des récoltes mondiales, qui pourrait produire ce qu'on appelle des « ruptures de grenier », une insuffisance simultanée aux différents endroits du globe des réserves agricoles provoquant un choc des prix alimentaires. Et cela s'accompagnerait d'autres risques systémiques, comme une augmentation de l'insécurité ou une instabilité politique. Des chercheurs ont estimé que le risque d'échec simultané des cultures de blé, de maïs et de soja ne cessait de croître – le riz est moins concerné par des conditions climatiques défavorables simultanées[74].

Le risque d'effondrement agricole pour la population mondiale est tel que nombre de chercheurs ont travaillé à proposer des définitions de ces risques. Le *risque global catastrophique* (*global catastrophic risk*, GCR) désigne la probabilité d'une perte de 25 % de la population mondiale à la suite d'une perturbation sévère du système alimentaire, dans un laps de temps donné (années ou décennies) et la perte de la capacité de l'humanité à maintenir sa forme actuelle[75].

2049 ou la vie sans nourriture

L'effondrement des zones de pêche

Le tatouage de Gerard Sheehy est comme le mantra de la pêche irlandaise : « Nous pouvons échouer, mais nous devons naviguer » (« *Fail We May, Sail We Must* ») (*The Guardian*). La crise qu'il rencontre avec ses collègues pêcheurs est inédite depuis que le Brexit a réduit les quotas de poissons qu'ils sont autorisés à pêcher[76]. Alors, ce jour de tempête de février 2024, voyant que la fenêtre de tir pour capturer des maquereaux migrateurs allait se refermer, il a sorti son chalutier et bravé ce temps dangereux, tout juste à la limite de ce que son bateau peut endurer. Il fait partie du petit tiers de pêcheurs irlandais toujours en activité par rapport au début des années 2000. L'industrie de la pêche en Irlande est dans un profond état d'effondrement et ce sont 16 000 emplois de l'Irlande rurale qui sont menacés par la baisse des pêches[77]. En effet, les poissons traditionnellement pêchés par les Irlandais, comme les maquereaux, se déplacent aujourd'hui vers le nord en raison du réchauffement de la température de la mer[78].

Entre 1930 et 2010, la productivité des zones de pêche mondiales a connu une diminution de plus de 4 %, avec des pertes atteignant jusqu'à 35 % dans certaines régions très productrices (comme la mer Celtique). Or les poissons sont une source essentielle de protéines animales pour plus de 3 milliards de personnes.

Ainsi, c'est plus d'un tiers de la population mondiale qui va souffrir dans les années à venir, compte tenu de la baisse des stocks de poissons, de la croissance démographique en cours, et surtout de la hausse des températures océaniques – une hausse de la température moyenne au-delà de 2 °C fait exploser l'intégrité des écosystèmes marins nécessaires à la sécurité alimentaire mondiale[79]. Par ailleurs, plus les populations de poissons sont surpêchées, plus leur résilience au réchauffement diminue[80].

Une baisse de la qualité nutritionnelle des aliments

L'immense paradoxe de la deuxième partie du XXe siècle et du début du XXIe est le suivant : plus nous recherchons une augmentation des rendements, plus la qualité nutritionnelle des aliments s'effondre[81]. La plupart des aliments ont vu leur qualité nutritive baisser entre le milieu et la fin du XXe siècle : le calcium a presque diminué de moitié dans les haricots verts, idem pour le taux de vitamine A dans les asperges ou la quantité de fer dans les tiges de brocoli[82]. L'augmentation du taux de CO_2 dans l'atmosphère n'a pas pour seule incidence de transformer le climat, elle s'insinue dans la composition même de nos aliments. Les plantes grossissent, mais leur capacité à concentrer des minéraux et des protéines ne suit pas.

Cette diminution de la qualité nutritive pourrait même avoir des impacts systémiques sur la santé humaine dans la mesure où nous avons injecté une immense quantité de glucides dans la biosphère, qui bouleverse tous les équilibres nutritionnels de l'alimentation humaine[83].

Cet effondrement nutritif exacerbe le risque de carence en zinc pour 138 millions de personnes supplémentaires d'ici 2050. Ces carences ont des conséquences particulièrement graves : elles augmentent la mortalité liée aux maladies infectieuses comme la diarrhée et la pneumonie, compromettent le développement et le fonctionnement du système immunitaire (en particulier chez les enfants et les femmes enceintes)[84].

Un effondrement de la production de protéines

L'augmentation des concentrations atmosphériques de CO_2 a également un impact sur la teneur en protéines des principales cultures alimentaires et sur les risques de carence en protéines au niveau mondial. D'ici 2050, la baisse du taux de protéines dans les cultures pourrait être de l'ordre de 7,6 % pour le riz, 7,8 % pour le blé, 14,1 % pour l'orge, 6,4 % pour les pommes de terre (*a priori* il n'y a pas de baisse significative du taux de protéines pour la culture du maïs, du sorgho ou des légumineuses).

Cette baisse fragilise les populations dépendantes de ces cultures pour leur apport en protéines, avec des régimes végétariens ou pauvres en protéines animales (comme en Inde, en Afrique subsaharienne ou au Moyen-Orient). Ce sont 148 millions de personnes supplémentaires exposées à un risque de carence en protéines, uniquement en raison de l'augmentation du taux de CO_2 dans l'atmosphère.

Or les inégalités économiques sont corrélées avec la variabilité de l'apport protéique. En clair : l'augmentation du taux de CO_2 fragilise les personnes les plus vulnérables qui n'ont pas les moyens d'une consommation de protéines animales. Avec un taux de concentration de plus de 500 ppm, la diminution de la teneur en protéines des aliments de base pourrait compromettre la sécurité alimentaire globale[85].

Les incidences catastrophiques du franchissement de **tipping points**

Où qu'ils soient situés sur le globe, le point commun de nos systèmes alimentaires est qu'ils dépendent tous d'un fragile équilibre entre le climat et les écosystèmes de la biosphère. Aujourd'hui, les interactions entre les points de basculement et leurs impacts sur les systèmes alimentaires mondiaux ne sont que très partiellement modélisées[86]. Mais la sécurité alimentaire mondiale est directement vulnérable aux effets du franchissement de *tipping points*. Quelques exemples :

(1) *Le dégel du permafrost* viendrait diminuer la qualité de l'eau en raison du rejet de contaminants et empêcherait les pratiques traditionnelles d'approvisionnement et de stockage des aliments dans la glace. De plus, il augmenterait les températures globales (associé à la dissociation des hydrates de méthane) par l'ajout massif de gaz à effet de serre, exacerbant les stress thermiques et hydriques sur l'agriculture. Ces effets amplifient l'incidence des sécheresses, modifient les régimes pluviométriques et réduisent la productivité agricole mondiale.

(2) *L'effondrement des calottes glaciaires* contribuerait significativement à l'élévation du niveau de la mer, mettant en péril les terres agricoles côtières. Il s'accompagnerait d'une salinisation des eaux souterraines dans les régions côtières, fragilisant ou empêchant les cultures côtières. De plus, cela perturberait l'agriculture sahélienne déjà fragile (une bande semi-aride entre le désert du Sahara et les savanes plus humides au sud qui couvre des parties du Sénégal, de la Mauritanie, du Mali, du Niger, du Tchad, du Burkina Faso et du Soudan) par la réduction des précipitations de mousson en Afrique de l'Ouest. Par ailleurs, la disparition de la mer de glace arctique pourrait affecter les climats régionaux (sans certitude) et on ne sait pas quels seraient les effets sur les précipitations et les cultures.

(3) *Les variations de la mousson indienne* amplifieraient l'alternance des inondations et des sécheresses, affectant la sécurité alimentaire dans les régions dépendantes de cette saisonnalité[87].

(4) *Le dépérissement de l'Amazonie* réduirait le débit des rivières. L'impact sur l'agriculture régionale est double : la chaleur diminuerait les rendements ou empêcherait certaines cultures et diminuerait les plages de travail agricole disponibles

en raison des risques d'exposition prolongée aux chaleurs sur la santé humaine.

Et nous pouvons ajouter encore : la perte de fertilité des sols, l'effondrement des stocks halieutiques, les changements climatiques rapides comme l'aridification, ou encore des vagues de chaleur extrêmes – qui constituent en tant que telles une menace pour la sécurité alimentaire mondiale[88], etc. De plus, ces transitions brusques peuvent exacerber les pénuries alimentaires et entraîner des hausses de prix. Prédire ces points de basculement est un exercice difficile en raison des interactions complexes entre les systèmes biologiques et socio-économiques[89].

Une augmentation croissance de l'insécurité alimentaire mondiale

En Afrique, Emmanuel Himoonga, le chef de Shakumbila, une petite ville de Zambie, âgé de 61 ans, marche dans son champ de maïs, aux nombreuses tiges détruites par la chaleur exceptionnelle (*The Guardian*). Bien que rompu aux sécheresses, jamais il n'avait connu une telle situation : « Nous n'avons pas les moyens d'acheter trois repas par jour et ; je suis le mieux loti [du village]. » En 2024, l'Afrique australe vit sa pire sécheresse et ce sont 21 millions d'enfants qui souffrent de malnutrition.

La sécheresse se loge également au cœur des dynamiques familiales : Agness Shikabala, une jeune mère de 23 ans qui a six enfants à charge, n'a pas de nouvelles de son mari qui a quitté Shakumbila pour trouver du travail dans une plus grande ville. « J'ai peur que mes enfants commencent à tomber malades à cause du manque de nourriture. Nos granges sont complètement vides. [...]. Je prie Dieu de me garder de la tentation de coucher avec un autre homme pour un gallon de maïs. »

En effet, la prostitution (auprès de travailleurs des plantations de canne à sucre) pour nourrir ses enfants est devenue monnaie courante[90].

Aujourd'hui, plus de 9 % de la population mondiale (735 millions de personnes) souffre de faim chronique, en n'ayant pas accès à une alimentation suffisante pour mener une vie active, et près de 30 % (2,4 milliards de personnes) est en insécurité alimentaire en ne pouvant pas bénéficier de façon régulière d'une alimentation adéquate[91]. La production alimentaire mondiale pourrait diminuer de 6 à 14 %, entraînant une augmentation de 556 millions à 1,36 milliard de personnes en insécurité alimentaire grave par rapport à 2020[92]. C'est presque l'intégralité de la population du continent africain (70 et 95 %) qui serait en situation de sous-nutrition.

La population européenne, plutôt sur un déclin démographique, serait moins impactée en 2050[93] – mais fondamentalement elle ne serait pas épargnée au cours du XXIe siècle. L'histoire européenne de ce dernier millénaire, une lutte contre les famines déclenchées par des anomalies climatiques extrêmes (hivers froids, étés humides, sécheresses) qui ont régulièrement décimé la population, pourrait faire son retour[94].

Les sociétés ont progressivement développé des stratégies pour répondre aux famines : des systèmes de stockage, des importations de céréales ou des mesures de redistribution. Mais ces mécanismes n'ont jamais été très efficaces ni équitables. Les famines avaient aussi des effets délétères durables sur les structures sociales, économiques et politiques : les plus riches, capables de monopoliser les ressources alimentaires ou de spéculer sur les prix, renforçaient leur pouvoir économique et social, alors que les plus pauvres s'enfonçaient toujours plus, alimentant les tensions sociales et les relations conflictuelles entre classes[95]. C'est à quelque chose comme cela que l'Europe de *2049* court le risque de ressembler.

Ce sont des risques de véritables famines généralisées, à échelle globale, qui sont devant nous. Dès +2,5 °C (disons en 2070), nous pourrions être à un point de bascule vers un monde en déficit global de nourriture, la terre produisant moins de calories que ce dont ont besoin les sociétés[96].

Alors que les rayonnages des supermarchés d'une partie du globe débordent, une famine mondiale est à notre porte.

8

La migration et la guerre

Amsterdam a une longue histoire européenne et mondiale. Alors qu'il s'agissait d'un village de pêcheurs au XIIe siècle, la ville se développe au Moyen Âge et déploie des routes commerciales maritimes jusqu'à devenir au XVIIe siècle le port de la première puissance commerciale mondiale. On y trouve des céréales, du bois, du sel, mais aussi des épices, de la porcelaine et du textile d'Asie, dont les importations sont organisées par la Compagnie néerlandaise des Indes orientales (Vereenigde Oost-Indische Compagnie, VOC). La puissance des navigateurs transforme la ville en un centre d'échanges internationaux où le trafic d'esclaves est tout d'abord interdit avant d'être développé à partir du milieu du XVIIe siècle.

Quatre cents ans plus tard, la richesse de l'empire néerlandais est sédimentée dans un patrimoine artistique et architectural exceptionnel. Le Rijksmuseum abrite les chefs-d'œuvre néerlandais. Parmi le million d'objets exposés, nous pouvons admirer *La Ronde de nuit* de Rembrandt ou *La Laitière* de Vermeer. À cinq minutes de marche, on se ressource auprès des *Tournesols* ou des *Amandiers en fleurs* du musée Van Gogh avant de continuer notre visite en longeant les canaux, patrimoine mondial de l'Unesco, en veillant soigneusement à ne pas nous faire renverser par les dizaines de milliers de cyclistes fonçant à toute allure, puis de nous extasier devant le palais royal (Koninklijk Paleis) construit au XVIIe.

De toutes ces merveilles il ne restera plus grand-chose à la fin du XXIe siècle. Les canaux auront été engloutis sous les eaux et les cyclistes poursuivront leur route plus au sud. Les Pays-Bas ne seront pas les seuls à souffrir de la montée des eaux. D'ici 2100, c'est 3 à 8 % du Grand Londres qui sera sous les eaux – notamment les quartiers de Newham, Southwark et Greenwich[1]. Les entreprises d'exploration des fonds sous-marins proposeront de visiter l'observatoire royal de Greenwich, au sud-est de Londres, à la base du système de fuseaux horaires. Et les ados iront plonger depuis les restes de Tower Bridge directement dans la mer du Nord.

Mais, bien sûr, l'essentiel est ailleurs. Si la *Ronde de nuit* et les *Amandiers en fleurs* auront trouvé une nouvelle demeure, rien n'est moins sûr en ce qui concerne la population.

Palavas sous la flotte

En France, Palavas-les-Flots en Méditerranée, qui a déjà été touchée par des inondations côtières en 1982 et 1997, sera désormais sous les flots[2]. Cette élévation du niveau de la mer est une menace majeure pour les communautés humaines, mais aussi pour les zones humides méditerranéennes et tous les écosystèmes qu'elles hébergent. Les zones humides côtières comptent parmi les écosystèmes les plus vulnérables ; elles subissent une pression croissante liée au changement climatique et à l'élévation du niveau de la mer. Ces écosystèmes sont essentiels pour la biodiversité, notamment pour les 145 espèces d'oiseaux d'eau hivernants[3].

D'ici 2100, le niveau de la mer pourrait atteindre +3,37 mètres lors des grandes marées auxquelles s'ajouterait une tempête plus forte que d'habitude. En langage clair : si votre maison n'est pas sur pilotis, elle est sous la flotte[4]. L'Europe de *2049* avec sa montée des eaux et les diverses pertes d'espaces d'habitabilité sera confrontée aux migrations comme aux conflits.

2049 sous la mer

Deux mètres de haut

Un matin de marée haute, dans la baie de Barmouth dans le nord du pays de Galles au Royaume-Uni, Bev Wilkins promène son chien, Lottie : « C'est un endroit charmant quand le soleil se lève » (*The Guardian*). Cette ancienne femme d'affaires, arrivée en 2022, pensait vivre une retraite paisible. Mais voilà : si elle vit aussi longtemps que sa mère de 98 ans, elle fera partie des premières résidentes britanniques à être déplacées. Le conseil de la ville de Gwynedd a informé qu'il ne pourrait pas se battre contre l'inévitable montée des eaux et que la digue ne serait plus entretenue au-delà de 2054 – voire avant, compte tenu de l'accélération de la montée des eaux identifiée ces derniers mois. Les 850 habitants de la commune seront déplacés. La mer récupérera les 410 maisons, l'épicerie, le *fish and chips*, les bouchers et le camping.

Une fois la décision du conseil municipal connue, le prix de l'immobilier s'est effondré. Face à la difficulté à vendre leur maison, certains habitants ont même arrêté d'entretenir maisons et jardins. Une campagne de dénigrement des travaux scientifiques ayant prévalu à cette décision municipale a même été organisée par des citoyens. Lorsqu'un habitant parvient à vendre sa maison au rabais, il n'a plus les moyens d'en acheter une autre ailleurs. Inversement, le jeune Benjamin Winfer, 18 ans, qui travaille dans une chocolaterie dans le secteur et aimerait acheter une maison à Fairbourne, fait face au refus des banques d'accorder des prêts immobiliers pour s'installer ici.

L'amertume et la tristesse sont les sentiments partagés par les habitants de Fairbourne. Et c'est une véritable épidémie émotionnelle qui se prépare. Les villages de Happisburgh ou Hemsby ont déjà perdu une cinquantaine de maisons et ce sont des centaines de milliers de maisons qui seront emportées par les flots sur les côtes britanniques d'ici 2050[5].

Les dégâts à venir de la hausse du niveau des mers sont d'une ampleur inédite. Les personnes vont devoir quitter leur maison, les écoles ne pourront plus accueillir les enfants, ni les hôpitaux les patients. En Europe, d'ici le milieu du siècle, des millions de personnes seront déplacées, puis des dizaines de millions d'ici 2100 – mais pour aller où ? Nous manquons déjà de bâtiments en France (et particulièrement de logements), un des pays les plus privilégiés en matière d'infrastructures.

L'élévation du niveau de la mer est un des indicateurs du changement climatique les plus flagrants. Depuis 1993, nous sommes capables de l'évaluer avec précision grâce aux mesures réalisées par satellite. Son élévation est de 11,1 cm, avec une accélération significative ces dernières années : nous sommes passés de 2,1 mm de moyenne annuelle en 1993 à 4,5 mm actuellement[6]. Mais début 2024, la Nasa s'est alarmée de la hausse exceptionnelle du niveau de la mer qui a eu lieu entre 2022 et 2023 : +7,6 mm, presque le double de la moyenne annuelle[7]. Le prolongement de cette trajectoire nous conduit à une vingtaine de centimètres d'ici 2050.

Des pertes de 27 000 milliards de dollars par an en 2100

Le chiffrage financier est un indicateur permettant de prendre la mesure de toute la gravité de ces scénarios. Sans adaptation, les coûts sous un réchauffement de 1,5 °C sont estimés à 10,2 trillions de dollars par an, représentant 1,8 % du PIB mondial, tandis qu'un réchauffement de 2 °C les élèverait à 11,7 trillions de dollars (2 % du PIB). Si les émissions suivent un scénario non contrôlé (RCP8.5), les pertes pourraient atteindre 27 trillions de dollars par an, soit 4,7 % du PIB mondial. Cela montre une augmentation disproportionnée (non linéaire) des impacts économiques pour des différences qui pourraient paraître relativement « modestes » dans l'élévation du niveau de la mer[8]. Concernant la France, un rapport du Cerema, un établissement public interministériel qui accompagne l'État et les collectivités dans leur politique d'aménagement des territoires, estime que, d'ici 2100, le nombre de maisons et bâtiments engloutis sous les eaux pourrait être de 450 000, pour une valeur estimée à 86 milliards d'euros, auxquels s'ajoutent 53 100 locaux d'activités pour une valeur de 7 500 milliards d'euros[9].

Dix pour cent de la population mondiale, produisant 14 % du PIB mondial, vit à moins de 10 mètres d'altitude[10]. Mais, compte tenu de la salinisation des régions côtières et des vagues submersives, ce sont 2 milliards de personnes qui seraient contraintes de se déplacer dans l'hypothèse de la perte d'une partie des calottes glaciaires équivalente à une augmentation de 10 mètres.

À la vitesse d'un cheval au galop

L'accélération de la fonte des glaciers reste l'incertitude majeure pour quantifier la perte de territoires côtiers aujourd'hui habitables. L'étude des variations passées des calottes glaciaires et du niveau de la mer donne un point de comparaison pour identifier notre proximité avec des *tipping points*. Il y a environ 125 000 ans, alors que la moyenne globale des températures était de 1 °C supérieure à celle d'aujourd'hui, le niveau des mers était de 6 à 9 mètres supérieur à ce que nous connaissons actuellement[11].

La Terre a déjà connu des moments très rapides de changement du niveau des mers de l'ordre de 4 mètres par siècle, durant les périodes d'effondrement des calottes glaciaires[12]. La perte totale de celle du Groenland entraînerait une augmentation du niveau des mers de 7,42 m[13]. Celle de l'Antarctique, quant à elle, est beaucoup plus volumineuse. La calotte glaciaire de l'Antarctique orientale est plutôt stable et peu sensible à une dynamique de *tipping point*, tandis que la calotte glaciaire occidentale (WAIS, *West Antarctic Ice Sheet*) est accrochée sous le niveau de la mer, ce qui la rend plus vulnérable à une fonte rapide. La disparition de WAIS augmenterait le niveau de la mer d'environ 5 mètres[14]. La fonte de WAIS et de la calotte groenlandaise pourrait se produire à des niveaux de réchauffement compris entre 1,5 et 3 °C. En revanche, la disparition de l'ensemble de la banquise antarctique est peu probable – à ce jour[15].

Lorsque l'accord de Paris a été signé en 2015, on pensait que l'ensemble de la banquise antarctique resterait stable, même dans l'hypothèse d'un réchauffement de plusieurs degrés. On envisageait alors une augmentation du niveau des mers de 1 mètre maximum d'ici la fin du siècle. Deux ans plus tard, l'administration océanique et atmosphérique américaine (National Oceanic and Atmospheric Administration, NOAA) estimait probable que nous aurons affaire à une hausse de 2,5 m d'ici 2100[16]. À la même période, le climatologue états-unien James Hansen et ses collègues estimaient même possible qu'en l'espace de cinquante ans le niveau de la mer puisse s'élever de plusieurs mètres[17].

Un Européen fait fondre 8,8 kg de glace toutes les heures

L'empreinte carbone par personne est de 9,2 t CO_2e/an en France[18] et de 7,26 t CO_2e/an[19] en Europe, ce qui équivaut à des émissions de 0,816 kg de CO_2 par heure et par

Européen. Or on peut estimer que chaque kilo de CO_2 fait fondre environ 650 kg de glace. Ce qui signifie que chaque Européen fait fondre, par son mode de vie, 530 kg de glace par heure, environ 8,8 litres d'eau par minute.

Et la vitesse de fonte des banquises ne cesse de s'intensifier. On perd 199 Gt de glaces par an pour la banquise de l'Antarctique (qui fond par sa base inférieure) et 278 Gt pour la banquise arctique du Groenland (qui fond par sa surface)[20]. Ce total de 477 Gt par an signifie une arrivée d'eau de $1{,}306849 \times 10^{12}$ litres par jour. Une piscine olympique contenant 2,5 millions de litres d'eau, cela représente une perte de plus de 500 000 piscines olympiques par jour. Soit 182 millions de piscines en raison des 52,962 $GtCO_2e$ émises chaque année par l'ensemble des activités humaines mondiales (l'Europe contribue à hauteur de 6 % environ, soit 3,222 $GtCO_2c$/an)[21].

L'Europe redessinée

Il est aisé d'imaginer un JT en 2078. Ce jour-là, l'autoroute A10 au sud de Tours est un corridor de migration intérieure. Camping-cars, camions aménagés, tracteurs, voitures avec remorques filent vers le Massif central. La Dr Angelina Martin, pédiatre nantaise qui a pris acte de la rupture définitive de la digue de Saint-Sébastien-sur-Loire pourtant récemment consolidée, a mis sa famille dans son monospace gris ; Thomas, avocat néerlandais dont le cabinet d'Amsterdam a été englouti par les eaux, espère trouver refuge dans les montagnes ; Maria, professeur des écoles, a rempli son minibus des orphelins bordelais dont les parents sont morts lors des récents mégafeux et part pour une aventure incertaine.

Ils font partie de ce que les médias ont pris l'habitude d'appeler la « vague des qualifiés ». Médecins, juristes, professeurs, ingénieurs qui sont sur les routes ou dans des camps de fortune, cherchant à prendre racine sur une terre hospitalière. Angelina, Thomas et Maria, après avoir fait un morceau de route ensemble, ont décidé de fonder une communauté provisoire et de lier leur destinée, temporairement installés dans le camp 13 en bordure de Clermont-Ferrand, où ils attendent leur précieux sésame administratif les autorisant à s'installer dans l'agglomération.

L'élévation du niveau de la mer aura des impacts significatifs en Europe, où 30 millions de personnes vivent dans des zones côtières à risque. La montée relative du niveau de la mer variera selon les régions : des augmentations inférieures à la moyenne mondiale sont attendues en Norvège, en Irlande et dans le nord de la Baltique, tandis que des hausses supérieures à la moyenne mondiale sont projetées sur les côtes atlantiques du Portugal, de la France, de la Belgique et des Pays-Bas. La mer Baltique connaîtra une baisse relative de son niveau, tandis que d'autres zones comme la Méditerranée connaîtront une amplification des risques d'inondation[22].

Avec un réchauffement de 5 °C (plus 2 à 5 mètres en 2150), ce sont de nombreuses villes européennes que nous perdrons – c'est-à-dire dont des quartiers entiers seraient sous les eaux, ou très vulnérables aux inondations côtières localisées (régulièrement complètement inondées) –, à savoir : Amsterdam, Rotterdam et La Haye aux Pays-Bas ; Bruges, Ostende et Anvers en Belgique ; Londres, Hull et Bristol au Royaume-Uni ; mais aussi Bordeaux, Nantes, La Rochelle, Marseille et Nice en France ; Barcelone en Espagne ; Lisbonne au Portugal ; Venise, Naples et Gênes en Italie ; Hambourg en Allemagne ; Copenhague au Danemark.

Les villes des pays scandinaves seront relativement épargnées en raison de l'ajustement isostatique glaciaire, un phénomène géologique. Lorsque les calottes glaciaires se forment, elles exercent une pression sur la croûte terrestre, qui s'enfonce. Lorsque les glaciers fondent, la pression diminue et la croûte terrestre remonte. Mais que les choses soient claires : si nous stabilisions alors le niveau de réchauffement, le niveau des mers continuerait de s'élever encore pendant des siècles (de même qu'il faut quelques minutes à votre glaçon pour fondre dans votre whisky). Ainsi le climatologue James Hansen estime qu'une élévation du niveau des mers de 25 mètres est inévitable si nous franchissons +2 °C. Cela ne signifie pas une augmentation de 25 mètres en 2050, mais un niveau de stabilisation à l'horizon de quelques siècles[23].

Des îles qui disparaissent

Sur la petite île allemande de Nordstrandischmoor, Ruth Hartwig-Kruse vit avec ses enfants et petits-enfants (BBC). Mais jusqu'à 50 fois par an, la mer du Nord inonde l'île et il ne reste que quatre monticules artificiels avec les fermes où les 25 habitants trouvent refuge en attendant le retrait de l'eau. L'État fédéré du Schleswig-Holstein, dans le nord de l'Allemagne, qui administre les dix îles au large de la côte, dépense plusieurs millions d'euros pour agrandir les monticules de Nordstrandischmoor, permettant aux insulaires de continuer de vivre… et à ces îles de continuer leur fonction de protection des côtes vis-à-vis des inondations[24].

Un peu plus à l'ouest, ce sont d'autres îles européennes qui subissent de plein fouet le dérèglement climatique. Fin octobre 2022, il a plu plus qu'à l'habitude à Kildonan, dans le sud de l'île de Uist, au sud-ouest de Glasgow en Écosse. La route centrale pour toute la vie des insulaires a été durablement inondée et bon nombre d'habitations se sont trouvées coupées du monde, inaccessibles sans l'aide des garde-côtes. La transformation des régimes de précipitations est en train de transformer l'habitabilité de Uist[25].

En France, ce sont les îles du Ponant qui se battent pour tenter de se donner quelques décennies de vie supplémentaires. Ce regroupement de quinze îles de la Manche et de l'Atlantique compte notamment l'île de Bréhat, l'île de Batz, l'île d'Ouessant, l'Île-aux-Moines ou Belle-Île-en-Mer. Les insulaires, regroupés en association, travaillent les cartes de leurs territoires profondément transformés à l'horizon de 2100. Mais chacun voit bien que les travaux de référence à partir desquels se rapprocher de ce qui se passera effectivement font défaut, car le phénomène d'emballement des conditions climatiques de ces dernières années n'était pas anticipé. Tout s'accélère, et on doute que les digues poursuivent leur fonction au fur et à mesure de notre avancée dans le XXIe siècle. Concrètement, la digue de l'île de Sein construite en 2011 est déjà détruite[26].

Et bien sûr, l'habitabilité future des îles coralliennes des atolls tropicaux est aujourd'hui condamnée à la suite des impacts combinés de l'élévation du niveau de la mer et des inondations dues aux vagues[27]. Ce drame de l'augmentation du niveau des mers et les destructions qu'elle charrie ont amené le ministre des Affaires étrangères des îles Marshall à comparer les migrations forcées dues au changement climatique à un génocide culturel[28].

2049 ou les guerres interminables

L'impact des transformations climatiques sur les mobilités n'est pas uniquement l'apanage de la montée des eaux. En transformant toutes les conditions qui permettent l'existence humaine, ce sont des tensions et des conflits armés qui vont continuer de s'installer sur le sol européen et nous contraindre à d'interminables déplacements.

Les fortes chaleurs augmentent le taux de criminalité

Imaginons un 13 août 2049 où l'Europe étouffe sous la canicule avec ce quatrième épisode au-delà de 42 °C depuis le début de l'été. La Dr Smith, qui coordonne les urgences du St Mary's Hospital à Londres, reçoit son vingt-quatrième blessé par agression de la journée ; elle a l'impression que la chaleur fonctionne comme un accélérateur d'adrénaline, un catalyseur de testostérone. Son service a même développé une réelle expertise pour suturer les coups de couteau. Elle fait désormais systématiquement équipe avec Will, un psychologue qui travaille à faire redescendre l'excitation des patients à leur arrivée.

Les conditions météorologiques liées au changement climatique agissent sur les taux de criminalité. La corrélation est forte entre les hausses de température et l'augmentation des crimes violents (les agressions comme les meurtres)[29]. Tout d'abord, quand il fait chaud et beau, les interactions humaines augmentent et les tensions peuvent rapidement dégénérer. Ensuite, la chaleur est connue pour augmenter l'irritabilité et diminuer la tolérance au stress. Cela peut conduire à des comportements impulsifs et agressifs, favorisant les conflits interpersonnels qui se transforment en crimes. En clair : la transformation du climat crée des opportunités pour la criminalité. Alors que les températures plus élevées facilitent les rencontres entre délinquants et victimes, les catastrophes et les pénuries réduisent la capacité des forces de l'ordre à maintenir la sécurité.

Le nombre d'études explorant cette corrélation de la météo sur les comportements violents est considérable[30]. Par exemple, un jour dont l'indice de chaleur dépasse la moyenne saisonnière de 13 °C voit une augmentation de 10 % des crimes violents et de 17 % des « comportements désordonnés » (des infractions qui perturbent l'ordre public tout en étant moins graves qu'un crime violent)[31]. Une autre étude estime qu'à l'horizon de la fin du siècle, le changement climatique pourrait provoquer 1,64 million de crimes supplémentaires en Australie si les tendances actuelles persistent. Pour compenser cette hausse anticipée des crimes australiens, il faudrait recruter environ 8 000 policiers supplémentaires tous les ans – et, bien sûr, à cela s'ajoutent d'autres coûts liés à l'adaptation au changement climatique ou à la réparation des dommages[32]. Concernant les seuls États-Unis, le coût social des crimes supplémentaires est estimé entre 20 et 68 milliards de dollars d'ici 2100 – ordre de grandeur qui donne une première estimation de ce qui pourrait être vécu en Europe.

Les cercles vicieux des changements climatiques

Les augmentations de température, les catastrophes naturelles, les pénuries alimentaires et d'eau, ainsi que les migrations forcées, sont des stress qui génèrent des émotions négatives comme la colère et la frustration. Ces tensions peuvent encourager le recours à la criminalité pour obtenir des ressources, se venger ou gérer ces émotions. Ensuite, les changements climatiques affaiblissent les formes traditionnelles de contrôle social, notamment au sein des familles, des communautés et des États. Par exemple, les migrations de masse vers des zones urbaines précaires réduisent la capacité des habitants à se surveiller mutuellement, tandis que les catastrophes naturelles submergent les ressources des États. C'est aussi le soutien social qui diminue à mesure que les catastrophes augmentent en fréquence et en intensité. Les familles et les gouvernements peinent à répondre aux besoins croissants des populations, ce qui exacerbe les inégalités et les frustrations.

Par ailleurs, les compétitions pour accéder à de l'eau et de la nourriture accroissent les conflits entre les groupes. Et ils peuvent être aggravés par des perceptions d'injustice, où les groupes marginalisés estiment être les principales victimes du changement climatique. Enfin, les individus peuvent se tourner vers des crimes violents ou des vols pour survivre ; les entreprises peuvent contourner les réglementations environnementales ; et les États peuvent recourir à des conflits armés pour sécuriser des ressources[33].

Le changement climatique reconfigure la sécurité géopolitique

Les armées à travers le monde sont obsédées par le changement climatique, les conflits et les migrations que cela va susciter. Chaque année, l'OTAN réalise un rapport sur les incidences du changement climatique sur la sécurité en identifiant la façon dont les changements actuels pèsent déjà sur les opérations militaires en cours[34]. C'est le facteur transformateur principal de la sécurité globale des populations : le changement climatique amplifie les tensions géopolitiques existantes.

La menace russe

La Russie, qui contrôle près de 50 % des terres arctiques, utilise la fonte des glaces pour renforcer sa présence militaire et économique dans la région. À tel point que l'Arctique devient un théâtre de militarisation avec le développement d'infrastructures militaires adaptées aux conditions extrêmes. Ces actions augmentent la compétition stratégique avec les membres de l'OTAN ayant des intérêts dans la région, comme le Canada et les États-Unis (qui en sont encore membres à l'heure où j'écris ces lignes). Mais le réchauffement, avec son dégel du permafrost et ses sécheresses, exacerbe les tensions économiques et sociales en Russie. Ces vulnérabilités climatiques pourraient influencer les décisions stratégiques du Kremlin, notamment en renforçant des politiques extérieures agressives pour détourner l'attention des problèmes internes.

Enfin, la Russie exploite les débats sur la transition énergétique et les impacts climatiques pour diffuser de la désinformation (avec une critique de la transition énergétique en Occident, une remise en question de sa faisabilité et de l'urgence de réduire la dépendance aux énergies fossiles). Elle cherche à diviser les alliés de l'OTAN et à affaiblir leur volonté de mener des politiques climatiques ambitieuses. L'objectif de ces narratifs est de maintenir une demande pour les combustibles fossiles russes, de freiner les efforts des pays de l'OTAN pour diversifier leurs sources d'énergie.

La puissance chinoise

La Chine est très vulnérable aux impacts du changement climatique. Un phénomène de désertification, notamment dans le nord-est, est particulièrement destructeur. Les sécheresses s'intensifient et la région perd son couvert végétal ; c'est un problème considérable qui réduit la productivité des sols et affecte la sécurité alimentaire de dizaines de millions d'habitants.

L'augmentation du niveau de la mer, notamment dans les grandes zones urbaines et industrielles situées dans le delta du Yangzi et autour de Shanghai, est un autre problème direct profondément déstabilisant. La population y est très importante et des infrastructures risquent d'être submergées. Les ports, qui jouent un rôle clé dans le commerce international de la Chine, seront gravement affectés, ce qui perturbera les chaînes logistiques mondiales. Par ailleurs, une partie des terres agricoles chinoises est également menacée par la salinisation des terres côtières.

Pour assurer sa sécurité alimentaire et énergétique, la Chine a alors intensifié l'acquisition de terres agricoles, parfois dans des régions stratégiques où les membres de l'OTAN ont des intérêts concurrents, comme en Afrique (en Angola, au Soudan ou en Éthiopie). Ces acquisitions permettent de produire de la nourriture destinée à l'exportation vers la Chine pour garantir son approvisionnement. La Chine a aussi investi dans des terres agricoles en Asie du Sud-Est (comme au Cambodge ou au Laos), une région stratégiquement importante pour ses besoins en riz.

Il en est de même concernant l'investissement dans des ressources énergétiques à l'étranger : la Chine a pris des positions sur le pétrole et le gaz de l'Angola et du Nigeria, elle a sécurisé son accès à des ressources fossiles du Moyen-Orient, a étendu son influence dans les petites nations insulaires du Pacifique sud, où elle finance des projets d'exploitation minière et énergétique.

Enfin, avec la Chine aussi l'OTAN doit faire face à des campagnes de désinformation au sein desquelles elle affirme son rôle de leader dans la lutte contre le changement climatique, tout en accusant les pays occidentaux d'être les principaux responsables des crises climatiques mondiales[35].

La folie états-unienne

L'augmentation des tensions géopolitiques et l'instabilité croissante du monde sont dignes d'un scénario apocalyptique qu'on aurait même eu de la peine à imaginer. La réélection de Donald Trump a bénéficié de la puissance financière de l'homme le plus riche du monde, Elon Musk. Ensemble, ils ont mis la pression sur les GAFAM qui les ont suivis et ont revu leurs modèles économiques, managériaux et de régulation. Séparément désormais, ils travaillent d'arrache-pied à la montée des partis d'extrême droite européens pour fragiliser l'Union européenne et provoquer un chaos européen.

Et c'est bien sur fond d'analyse climatique que le président des États-Unis déploie son action géopolitique : la fonte des glaces en Arctique modifiant les routes maritimes, Donald Trump, plus grand climatosceptique mondial autoproclamé, a informé qu'il souhaitait acheter le Groenland en janvier 2025 pour mettre la main sur ses hydrocarbures et sur ses terres rares, indispensables à la production de nos outils numériques. Il a précisé qu'en cas de refus, il aurait des difficultés à ne pas annexer ce territoire indépendant du sol danois, signifiant par là une rupture avec l'OTAN et une possible guerre contre l'Europe, alliée historique des États-Unis.

Les installations militaires de l'OTAN fragilisées

Mais le changement climatique a également des impacts directs sur les installations militaires de l'OTAN. Tout d'abord, elles risquent d'être affectées par l'élévation du niveau de la mer et les inondations côtières en Allemagne, aux Pays-Bas et en Belgique. Les bases militaires américaines situées sur la côte Est et dans les zones côtières du golfe du Mexique, comme Naval Station Norfolk (Virginie), la plus grande base navale au monde, sont déjà affectées par les inondations liées à l'élévation du niveau de la mer et les tempêtes côtières de plus en plus fréquentes.

De plus, les bases militaires situées dans l'Arctique sont gravement menacées. La base spatiale de Pituffik, située dans le nord-ouest du Groenland, ou les bases alaskaines de Fort Wainwright et Eielson Air Force Base, sont exposées au dégel du permafrost qui les fragilise.

Le changement climatique exacerbe aussi les défis opérationnels pour le personnel militaire et les infrastructures des forces armées. Les conditions climatiques extrêmes, comme les vagues de chaleur, augmentent les risques pour la santé des militaires, entraînant des troubles liés à la chaleur et une vulnérabilité accrue aux maladies infectieuses, ce qui réduit leur capacité opérationnelle tout en alourdissant les coûts d'entretien des équipements.

Les effets du changement climatique sur les guerres

2049 ou l'enfermement dans un dark age

Lorsqu'on analyse les siècles passés, on identifie des *golden ages*, des périodes de prospérité et d'harmonie qui se caractérisent par des climats relativement doux et stables, qui favorisent la productivité agricole, la stabilité sociale et une croissance démographique. Ces périodes, comme la Renaissance (1360-1558) et le siècle des Lumières (18e), sont associées à des températures modérées qui augmentent la durée des saisons de croissance et soutiennent des rendements agricoles élevés. L'abondance alimentaire réduit les tensions, favorise des revenus stables et limite les famines, les migrations et les épidémies. Pendant ces périodes, les surplus agricoles renforcent la résilience des sociétés face aux chocs sociaux et économiques.

Les *dark ages* en revanche sont des périodes de crise et de déclin qui se produisent lors de fluctuations climatiques, notamment des refroidissements prolongés comme ceux du petit âge glaciaire (1570-1710). Les saisons de croissance sont raccourcies, les rendements agricoles diminuent et la fréquence des mauvaises récoltes augmente. Les pénuries alimentaires qui en résultent provoquent une hausse des prix des céréales, ce qui exacerbe les inégalités économiques et sociales. Les *dark ages* sont également caractérisés par une augmentation des conflits armés, des révoltes sociales et des migrations massives. Cela amplifie la propagation des épidémies. Par exemple, pendant la guerre de Trente Ans (1618-1648) (avec une perte de 20 à 40 % de la population d'Allemagne, centre du conflit, soit 6 à 8 millions de personnes), les conditions climatiques ont joué un rôle dans la famine et les maladies qui ont décimé les populations européennes[36].

Bien que nous disposions aujourd'hui de technologies et d'institutions plus robustes, des chercheurs lancent un avertissement aux citoyens du monde : l'élévation du niveau de la mer, les événements climatiques extrêmes et les tensions sur les ressources pourraient entraîner des crises similaires à celles des siècles passés. En clair : c'est un retour des famines à travers le monde, y compris sur le sol européen[37].

Et la transformation d'ENSO intensifie encore le risque : la probabilité d'émergence de nouveaux conflits double pendant les années marquées par El Niño par rapport aux années La Niña, plus fraîches. Les mauvaises récoltes causées par la sécheresse ou des températures extrêmes exacerbent les tensions[38]. Entre 1950 et 2004, environ 21 % des conflits civils dans les tropiques ont été associés aux variations climatiques liées à ENSO[39].

Le climat ne fait pas tout

S'il est essentiel d'identifier la façon dont le changement climatique augmente les risques de conflits, il nous revient aussi de ne pas présupposer de relation linéaire simpliste entre le changement climatique et les conflits. Nous ne devons pas sous-estimer les stratégies de résilience et d'adaptation qui seront déployées par les populations[40]. Il n'est jamais anodin d'entrer en conflit avec un État voisin et les communautés ne s'engageront pas mécaniquement dans cette voie. C'est pourtant ce qui est présenté ci-dessus.

Présenter le réchauffement climatique comme une cause inéluctable de guerres civiles pourrait nuire aux efforts internationaux visant à stabiliser les régions. Cette vision pourrait amener à considérer l'instabilité comme inévitable, ce qui découragerait les investissements nécessaires pour promouvoir la paix, le développement économique et la résilience face aux changements climatiques[41].

Il existe dans la littérature de nombreuses controverses scientifiques autour de problématiques climatiques ou politiques (répression d'un régime, déficit d'anticipation des gouvernants...) comme principal facteur de conflits[42]. S'il est utile de préciser l'existence de ces controverses pour nous prémunir d'analyses erronées omettant la composante proprement politique de ce qui nous arrive, il est important de souligner l'ampleur de la littérature scientifique sur la façon dont les changements climatiques exacerbent les conflits et le risque de création de nouveaux conflits armés ou de guerres civiles. L'intensification des conflits pourrait devenir l'un des impacts sociaux majeurs du changement climatique dans les décennies à venir[43].

Les conflits violents impactent le système Terre

Les tensions actuelles correspondent à l'un des pires scénarios du GIEC sur l'avenir du climat – celui auquel presque personne n'a accordé d'importance tant il semblait fou[44] : le scénario SSP3-7.0, constitué de rivalités régionales organisées autour d'une résurgence des nationalismes et de conflits. Parce que les problèmes régionaux de sécurité alimentaire et énergétique mobilisent toute l'attention des peuples, les questions écologiques sont reléguées au second plan.

Le danger qui guette *2049* : que des conflits se généralisent et s'imposent à un niveau global, détournant alors toute notre attention sur la gestion de ces guerres. Cela aurait pour conséquence de perdre complètement de vue la principale menace des sociétés humaines qu'est le changement climatique. La capacité à réduire et à transformer notre empreinte environnementale pourrait se retrouver piégée dans ces conflits violents, limitant notre aptitude à coopérer pour répondre aux défis du dérèglement climatique. Dans les sociétés touchées par la guerre, les ressources sont souvent détournées pour soutenir l'effort militaire plutôt que pour mettre en œuvre des réponses climatiques.

En Ukraine, par exemple, 90 % de l'énergie éolienne et 50 % de la capacité d'énergie solaire ont été mises hors service depuis le début de la guerre – et la guerre de la Russie contre l'Ukraine a également perturbé la dynamique internationale lors de la COP27[45].

Effectivement, lorsque les conflits s'intensifient, ils peuvent à leur tour affecter le système Terre. Cela se produit directement lorsque les guerres génèrent des émissions massives de gaz à effet de serre ou détruisent des forêts entières – l'invasion de l'Ukraine par la Russie en est une bonne illustration, comme l'a montré le ministère ukrainien de l'Environnement et de la Protection naturelle[46]. Mais en dehors des périodes de conflit actif, les activités militaires quotidiennes contribuent également à des émissions significatives de gaz à effet de serre[47]. Ainsi, le Pentagone est le plus grand consommateur institutionnel de combustibles fossiles au monde : le département de la Défense représente entre 77 % et 80 % de la consommation énergétique totale du gouvernement américain. Cette consommation, principalement sous forme de carburants, a généré des émissions de gaz à effet de serre dépassant celles de nombreux pays industrialisés, comme la Suède ou le Danemark[48].

2049 ou la vie sur les routes

Continuons d'imaginer la vie en France un 3 juillet 2049. Sur le panneau qui s'allume sur l'A7 à hauteur de Lyon, Sofia peut lire : « Flux Nord : 783 000 personnes enregistrées depuis le 1er janvier. » Responsable du poste mobile de la protection civile, avec ses équipes elle a comptabilisé les réfugiés climatiques qui franchissent la vallée du Rhône vers l'Allemagne puis la Scandinavie. Sofia vient de Bizerte en Tunisie. Lorsque le sel a contaminé les nappes phréatiques, que les vignes de son père ont jauni, il est devenu évident pour sa famille qu'elle et ses frères et sœurs réaliseraient leurs études en France. Personne ne reprendrait l'exploitation. Son master en poche, elle a rapidement été embauchée par le ministère de la Protection civile. Elle se souvient de la première série d'évacuations cinq ans plus tôt, avant que tout ne s'accélère. Les tempêtes avaient détruit les stations d'épuration et il était devenu impossible de boire l'eau, puis d'assurer les maisons. L'immobilier s'était effondré en l'espace de deux jours.

La perte de territoires habitables liée à la montée des eaux, et l'augmentation exponentielle des tensions géopolitiques comme l'installation de véritables conflits armés transformeront la vie en *2049* en d'immenses et incessantes mobilités. Si l'on peut aisément imaginer une poursuite d'arrivée de migrants sur le territoire européen jusqu'en 2050, les années 2050 à 2100 pourraient consister en une fuite du pourtour méditerranéen pour le nord de l'Europe et la période 2100-2150, en un exil hors de l'Europe.

Mais pour aller où ?

Dix personnes déplacées chaque seconde d'ici 25 ans

En moyenne, 24 millions de personnes ont été déplacées chaque année au cours de la dernière décennie par des catastrophes climatiques[49]. Cela équivaut à une personne déplacée chaque seconde. Ce chiffre, nous sommes en train de le multiplier par dix à l'horizon du milieu du siècle.

En 2010, la Convention des Nations unies pour la lutte contre la désertification (UNCCD) estimait qu'environ 135 millions de personnes pourraient migrer d'ici 2030 à la suite de la désertification de leur territoire – dont 60 millions de l'Afrique subsaharienne vers l'Afrique du Nord et l'Europe[50]. L'estimation couramment citée est que d'ici 2050 environ 200 millions de personnes pourraient devenir des migrants environnementaux. Mais les chiffres proposés sont parfois significativement supérieurs : un rapport de 2009 sur les migrations liées au changement climatique, publié par l'Organisation internationale pour les migrations, fait état de 1 milliard de migrants d'ici 2050[51]. Ces déplacements pourraient transformer radicalement la géographie humaine mondiale.

On peine ensuite à imaginer ce à quoi pourrait ressembler le monde après 2100. Pour Ben Strauss, directeur du programme sur l'élévation du niveau de la mer à Climate Central, une organisation indépendante de scientifiques basée dans le New Jersey (États-Unis), selon le scénario des émissions élevées, le XXIIe siècle serait « le siècle de l'enfer », celui de l'exode côtier, car l'élévation du niveau de la mer serait telle qu'elle rayerait de nombreuses villes de la carte[52].

Les effets en cascade des migrations

Dans les décennies à venir, environ un tiers de la population mondiale pourrait connaître des extrêmes climatiques qui s'observent aujourd'hui sur seulement 0,8 % de notre planète[53]. Les forçages anthropiques actuels du système Terre ont, et ne cesseront d'avoir, un impact toujours plus important sur les migrations (mouvements volontaires), les déplacements (mouvements involontaires), ou, *a contrario*, l'immobilité (l'incapacité pour des populations à quitter une zone inhabitable ou à haut risque), voire les pièges (lorsque certaines populations souhaitant partir peuvent être empêchées, par un manque de ressources par exemple)[54].

Mais les migrations ne sont pas simplement des réactions aux changements environnementaux, elles ont ensuite des effets en cascade. Une diminution des ressources naturelles, comme l'eau d'un lac par exemple, peut amplifier les migrations régionales.

Ces migrations peuvent ensuite déclencher des tensions supplémentaires et des conflits pour l'accès aux ressources dans les communautés d'accueil, ce qui peut engendrer de nouvelles pressions environnementales et sociales. Les mobilités peuvent réduire la sécurité alimentaire, perturber l'accès au logement, accroître l'exposition à la violence et aux conflits et altérer le tissu social[55]. Ces situations tendues interagissent ensuite avec une échelle régionale ou globale lorsque les sécheresses sont telles qu'elles provoquent une hausse des prix alimentaires[56].

Après des millénaires de sédentarisation, ce sont de grands déplacements qui attendent *2049*. La réflexion sur les mobilités climatiques ne doit pas se restreindre aux zones d'origine mais doit aussi englober les zones de transit et de destination – et un des problèmes de *2049* est que nous préservions des zones de destination. Car ce sont les choix politiques des pays d'origine, de transit et de destination qui font de la mobilité un problème politique – et non la mobilité en tant que telle. L'enjeu est bien de dépasser la sécurisation de la mobilité climatique pour travailler à surmonter la peur de l'autre[57] et travailler la justice pour dépasser le sentiment de compétition pour l'accès aux ressources.

2049 *ou la sortie de niche climatique naturelle*

Comme pour les conflits, il est particulièrement difficile de réaliser des estimations du nombre de personnes qui seront confrontées à la mobilité au cours de ce siècle. Régulièrement, les chiffres sont basés sur des hypothèses simplistes, supposant que toutes les personnes vivant dans des zones à risque migreront, sans tenir compte des stratégies d'adaptation, des différences interpersonnelles ou des politiques publiques qui pourraient réduire ces déplacements[58]. Les interactions entre le changement climatique, les conflits et les migrations sont particulièrement complexes car profondément interconnectées, non linéaires, mais aussi non déterministes – dès qu'il s'agit de sociétés humaines, la liberté de l'action politique est à considérer. Par ailleurs, les projections ne prennent que très rarement en compte les dynamiques non linéaires propres au système Terre et leurs effets disproportionnés sur l'habitabilité. Aujourd'hui, il n'existe pas d'estimations qui fassent l'objet de consensus et les prévisions sont l'un des sujets les plus controversés dans les débats sur les mobilités environnementales.

Il me semble illusoire de proposer des chiffres prospectifs concernant le nombre de migrants, mais beaucoup plus opérant de penser en termes de sortie de la niche climatique naturelle propice aux sociétés. Le réchauffement climatique nous impose des défis sans précédent, notamment en poussant des populations entières hors de leur « niche climatique naturelle ». Cette niche, définie par des températures annuelles moyennes historiquement associées à une forte densité de population et à des écosystèmes favorables, est aujourd'hui menacée. Comme la niche climatique pour les populations humaines se restreint, la vulnérabilité et le risque se trouvent re-répartis – et de façon très inégale – et ils sont également susceptibles de changer plusieurs fois avec le franchissement de points de bascule du système Terre.

Il est clair que le franchissement des points de basculement identifiés dans les chapitres précédents accélérerait considérablement la mobilité humaine – ce qui peut en retour accélérer le franchissement de nouveaux *tipping points*. Les points de basculement du système Terre pourraient fonctionner comme de véritables catapultes, projetant des populations en dehors de leur zone géographique. Tout l'enjeu sera alors de permettre à ces populations de s'installer dans de nouveaux territoires[59].

Aujourd'hui, nous avons déjà 9 % de la population mondiale (environ 600 millions de personnes) qui vit en dehors de cette niche en raison de l'augmentation des températures. Un réchauffement de 2,7 °C pourrait pousser jusqu'à un tiers de la population mondiale hors de cette zone de confort climatique. Dans un scénario où le réchauffement atteindrait 3,6 °C, près de la moitié de la population mondiale vivrait en dehors de la niche climatique, exposée à des conditions extrêmes – 4,5 milliards de personnes si l'on inclut l'évolution démographique[60].

Les plus exposés sont les moins responsables

Où que nous portions notre regard, ce sont des inégalités qui apparaissent : les moins responsables des transformations climatiques sont les plus exposés aux températures extrêmes et à la destruction de leurs conditions d'existence. De plus, lorsque des migrants ou des personnes se déplacent, c'est majoritairement vers les villes qu'ils se dirigent. Cela intensifie l'effet d'îlot de chaleur urbain, augmentant les températures locales pouvant atteindre jusqu'à 5 °C supplémentaires dans certaines villes. Cela signifie que les migrants, souvent issus de populations vulnérables, s'installent dans des zones à risque, exposées aux inondations (la plupart des grands centres urbains sont à proximité de la mer) ou à des infrastructures inadéquates. Ces populations sont alors susceptibles de subir de nouveaux déplacements[61].

9
Le chaos

Un des pires scénarios pour les décennies à venir consiste dans un effondrement de l'AMOC : les mouvements de chaleur et d'humidité seraient bloqués, les précipitations baisseraient sur l'Europe et les rendements agricoles s'effondreraient. L'étendue des terres destinées à la culture du blé et du maïs diminuerait de moitié. L'Europe serait à nouveau le lieu de pénuries alimentaires et de famines, ferments d'une instabilité économique et politique d'une ampleur encore inégalée dans notre région du globe.

Voici le cercle vicieux au bord duquel nous sommes : la déstabilisation du système Terre et le basculement de certains de ses éléments peuvent déclencher des ruptures au sein de nos systèmes sociaux, économiques et politiques susceptibles d'empêcher l'action climatique et de renforcer ainsi le déséquilibre du système Terre[1].

Au bord de l'abîme

Avec la déstabilisation du système Terre, c'est toute la cohésion sociale qui se fragilise. La radicalisation de certains groupes politiques et la polarisation sociale, déjà à l'œuvre aujourd'hui, peuvent s'intensifier, rendant la recherche de solutions collectives encore plus complexe.

Concrètement, le changement climatique menace la sécurité car il agit sur un ensemble de mécanismes sociaux qui attisent les crises (famines, pénuries d'eau, traumatismes des événements extrêmes…) et entravent la coopération nécessaire pour atténuer ses effets. Ce déséquilibre pourrait provoquer des déplacements massifs de populations, tout en en laissant d'autres piégées dans des zones de plus en plus hostiles. Ces mouvements migratoires, s'ils avaient lieu, exerceraient une pression sur les écosystèmes des communautés d'accueil, aggravant encore les impacts sur le système Terre. Parallèlement, l'instabilité financière s'intensifierait, limitant les capacités d'intervention face à la dégradation du système Terre[2].

Un mot permet de saisir ce que le climat peut faire à l'Europe de *2049* : le chaos.

Le chaos est ce qui s'oppose aux perspectives de civilisation, ce qui ferme l'avenir. La trajectoire actuelle de nos sociétés nous conduit vers l'abîme et bon nombre des indicateurs de pilotage dont nous disposons biaisent notre analyse du réel car, demeurant exclusivement économiques, ils tardent à intégrer les savoirs du système Terre. Alors que la crise du système Terre nous entraîne vers un chaos économique et financier, tous nos indicateurs économiques devraient nous alerter et nous dissuader de poursuivre notre marche en avant. Mais ce n'est pas le cas, et force est de constater que notre boussole dysfonctionne. Nous, petite peuplade d'humains sur la Terre, apparaissons perdus – avec une très faible conscience de notre égarement.

Le danger mortel des indicateurs économiques faussés

La folie du coût social du carbone sous-évalué

Un célèbre économiste états-unien, William Nordhaus, a récemment proposé un modèle particulièrement emblématique de nos difficultés à accompagner la trajectoire de nos sociétés vers un espace sécurisé. Ses recherches portent sur l'intégration du changement climatique dans les analyses macroéconomiques à long terme – ce qui lui a valu en 2018 le prestigieux prix de la Banque de Suède, qu'on appelle le « prix Nobel d'économie ». Selon le modèle qu'il a développé, une augmentation de 4 °C des températures mondiales ne réduirait le PIB mondial que de 3,6 %. S'il fait partie des premiers à essayer d'intégrer les éléments environnementaux dans les modélisations économiques, nous percevons immédiatement que quelque chose cloche : sa méthode, en effet, néglige les transformations profondes que subiront nos sociétés et nos économies dans un monde en réchauffement. Chez le Nobel William Nordhaus : pas de franchissement de seuil, pas de rupture, pas d'effets non linéaires ou non proportionnels, pas d'effets dominos. On postule un monde stable et on fait des calculs. Sa méthode est donc non seulement inadaptée pour prévoir les impacts à venir, mais même profondément dangereuse car ses travaux sont utilisés comme un repère dans la conduite des affaires du monde.

À titre d'exemple : le modèle DICE développé par William Nordhaus, un modèle informatique qui se donne pour ambition d'intégrer les données climatiques et économiques pour accompagner les choix politiques, projette par exemple une perte de moins de 10 % du PIB global pour un réchauffement de 6 °C. Alors que les données physiques des sciences du système Terre indiquent, en substance, qu'il ne sera pas possible de nous nourrir ni même de survivre physiologiquement sur bon nombre de territoires devenus impropres à la vie, Nordhaus a calculé qu'en moyenne l'humanité vivrait avec 10 % de biens en moins. Ce résultat insensé n'a pas manqué de faire réagir des chercheurs au fait du fonctionnement du système Terre[3]. Car ce type d'analyse économique fait abstraction des « lois » du système Terre et de sa matière, pourtant au fondement des transactions économiques.

L'évaluation des impacts économiques du changement climatique a fait l'objet de nombreux débats et réflexions ces dernières années. Des modèles ont alors fait émerger ce qu'on appelle le coût social du carbone (SCC), qui exprime les dommages économiques associés à chaque tonne de CO_2 émise et est mobilisé comme un indicateur d'orientation des politiques climatiques. Mais nous avons ici un problème de taille : l'indicateur sous-estime systématiquement les risques liés à des niveaux de réchauffement au-delà de 2 °C.

Des modèles économiques dysfonctionnants

L'économiste Simon Dietz de la London School of Economics et ses collègues, dans un article technique bourré de chiffres et de formules, ont exploré les impacts économiques des *tipping points* en utilisant un modèle intégré d'évaluation (IAM)[4]. Ils ont réévalué le coût social du carbone en prenant en compte huit points de basculement[5]. Leur question : quels sont les impacts économiques du franchissement de tous ces points de basculement ? Leur réponse : le dépassement de l'ensemble des *tipping points* augmente le coût social du carbone de 24,5 %. L'impact le plus significatif provient des hydrates de méthane (+13,1 %) et du permafrost (+8,4 %)... et certains points, comme l'AMOC (-1,4 %) et l'albédo (-1,7 %), ont des effets compensateurs. À la fin de l'article on peut lire :

« Les points de basculement réduisent la consommation mondiale par habitant d'environ 1 % en cas de réchauffement de 3 °C et d'environ 1,4 % en cas de réchauffement de 6 °C. » Et ce n'est qu'à +10 °C que les effets du franchissement de *tipping points* deviennent plus importants.

La minimisation de la fragilisation économique générée par le franchissement de *tipping points* du système Terre donne à voir l'ampleur de l'ignorance et de l'incompréhension. On y est : pour ces économistes, l'effondrement de l'AMOC est mobilisé comme une bonne nouvelle car le refroidissement qu'il produit compense le réchauffement anthropique généralisé. Or, dans un rapport de plus de 400 pages de l'OCDE, des chercheurs écrivent clairement, sur la base des travaux scientifiques biogéophysiques : « Il est cependant incontestable qu'un effondrement de l'AMOC compromettrait gravement la sécurité alimentaire. Combiné au changement climatique, il aurait des conséquences catastrophiques[6]. »

Abasourdi par cet article tellement pétri de non-sens paru dans *PNAS*, qui publie pourtant des études de référence sur les questions climatiques, j'ai cherché à savoir s'il avait fait l'objet de controverses. Et en effet, quelques mois plus tard, cette même revue a publié un article écrit cette fois par une association de chercheurs en sciences du système Terre, d'économistes et de mathématiciens qui s'intitule : « Les estimations des dommages économiques et environnementaux causés par les points de basculement ne sont pas cohérentes avec la littérature scientifique[7]. » Cet article, piloté par Steve Keen de l'University College London et Timothy Lenton, porte précisément… sur une critique frontale de l'article de Simon Dietz et ses collègues : « Les méthodes et les conclusions de Dietz *et al.* n'ont aucun sens. »

Keen et Lenton critiquent les méthodes employées pour estimer les impacts économiques des *tipping points* climatiques :

le modèle utilisé simplifie excessivement la complexité des points de basculement et repose sur des hypothèses arbitraires ou dépassées. En substance : les conclusions de cet article sont tout simplement incompatibles avec les connaissances scientifiques actuelles. Steve Keen, Timothy Lenton et leurs collègues proposent alors un modèle alternatif qui reflète mieux la nature potentiellement explosive des dommages climatiques. Selon leurs estimations, les impacts deviennent proprement catastrophiques dès 3,5 °C.

Dietz et ses collègues ont ensuite répondu dans un article intitulé « Réponse à Keen *et al.* : La modélisation des points de basculement climatiques par Dietz *et al.* est informative, même si les estimations sont une limite inférieure probable[8]. » Ils reconnaissent immédiatement que leurs chiffres sont des sous-estimations ! Leur objectif, expliquent-ils, était d'intégrer des modèles géophysiques de points de basculement climatiques dans les modèles économiques et non de certifier les ordres de grandeur.

Mais force est de constater que les modèles économiques peinent à intégrer des dynamiques non proportionnelles. Une question demeure : comment l'article initial de Simon Dietz a-t-il pu être publié ? C'est aussi simple que ça : un article d'économistes ignorant les processus biogéophysiques a été expertisé… par des économistes ignorant les processus biogéophysiques.

Les pertes économiques de l'inaction climatique

Trois auteurs ont développé des travaux intéressants sur les impacts économiques du réchauffement climatique : Solomon Hsiang, qui dirige le laboratoire de politique mondiale de l'université Stanford, le professeur en sciences du système Terre de cette même université Marshall Burke, et Edward Miguel, qui a fondé le Centre pour une action mondiale efficace (CEGA) à l'université de Berkeley. Dans un article de référence publié en 2015 dans *Nature*[9], ils démontrent que la productivité économique mondiale est fortement influencée par les températures moyennes annuelles, et que leur relation est non linéaire. La productivité atteint un maximum à une température moyenne annuelle de 13 °C. En deçà ou au-delà de ce seuil, la productivité décline.

Marshall Burke, qui a beaucoup travaillé sur les impacts macroéconomiques du changement climatique, a été auditionné le 11 septembre 2019 par une commission du Congrès américain pour expliquer ses travaux[10]. Lors de son audition, il a pu expliquer que ses recherches montrent que, d'ici 2050, le changement climatique pourrait coûter 5 000 milliards de dollars à l'économie américaine. D'ici 2100, les pertes pourraient atteindre plusieurs dizaines de milliers de milliards. À ce jour, une augmentation de 1 °C des températures, déjà observée aux États-Unis, a coûté plus de 1 000 milliards de dollars à l'économie nationale. Mais les dégâts à venir sont non proportionnels au réchauffement. Il a pu souligner l'importance proprement vitale d'investir aujourd'hui pour stabiliser le climat. C'est comme si nous étions dans un navire avec des fuites d'eau. Colmater maintenant les brèches sera de toute façon moins coûteux que de tenter de nous remettre d'un naufrage globalisé.

Marshall Burke essaie désespérément de montrer la pertinence économique de tenir bon sur les objectifs de l'accord de Paris. Dans un article paru dans *Nature* en 2018, avec ses collègues Matthew Davis et Noah Diffenbaugh, il a tenté une probabilité : il y aurait 60 % de chances que les avantages mondiaux cumulés dépassent les 20 000 milliards de dollars si nous limitons le réchauffement climatique à 1,5 °C d'ici 2100 par rapport à 2 °C. Et encore, précise-t-il, ses résultats ne prennent pas en compte une éventuelle élévation du niveau de la mer à grande échelle entre +1,5 °C et +2 °C, ce qui fait partie des possibles. Mais surtout, c'est bien au-delà de +2 °C que ses études prospectives montrent les effets les plus dramatiques sur la production économique mondiale. Un réchauffement climatique compris entre 2,5 et 3 °C s'accompagne d'une réduction de 15 à 25 % de la production par habitant d'ici 2100 et de plus de 30 % pour un réchauffement de 4 °C[11]. Mais ici encore, ces chiffres ne prennent pas suffisamment en compte les *tipping points* et effets dominos. Ils peinent à saisir les effets économiques réels d'un emballement climatique au-delà de +2 °C.

Dans un article publié par *Nature* en 2024[12], une économiste et deux climatologues allemands ont examiné les pertes économiques mondiales déjà inéluctables en raison des émissions passées de gaz à effet de serre. Selon leurs calculs, nous avons d'ores et déjà engagé une perte de 19 % des revenus économiques mondiaux par habitant d'ici le milieu du siècle – et ce, indépendamment des futures trajectoires d'émissions. Ces pertes sont dues aux impacts du changement climatique sur les écosystèmes, à l'augmentation des températures moyennes et aux événements climatiques extrêmes. Lorsqu'ils intègrent dans leurs prospectives d'autres facteurs comme la variabilité des températures et les précipitations extrêmes, les dommages estimés augmentent de 50 %.

L'angle mort indépassable des analyses économiques

Durant des décennies, les chercheurs travaillant sur les interactions climat/société étaient limités à des interactions anecdotiques. Mais ces dernières années, des études cherchent à identifier les corrélations de plusieurs secteurs structurels de nos sociétés (santé, agriculture, économie, conflits, migrations, démographie…) avec le climat. Les chercheurs ont d'abord dû identifier des dispositifs méthodologiques puis en modifier les paramètres pour affiner les résultats. L'enjeu est complexe car les incertitudes sont considérables : on ne sait pas comment nos sociétés vont réagir aux franchissements de points de bascule fragilisant leurs conditions d'existence[13].

Les analyses coûts-bénéfices des politiques climatiques ont tendance à recommander des mesures relativement modérées, car elles évaluent les impacts économiques des changements climatiques comme relativement limités. Elles omettent la plupart du temps de considérer les effets du franchissement de *tipping points*, tant sur les biens marchands (comme la production agricole) que non marchands (comme les écosystèmes). Ces négligences entraînent la sous-estimation de la gravité des impacts climatiques comme l'urgence et l'ampleur des mesures nécessaires pour limiter les effets du changement climatique.

Et même lorsque des économistes tentent d'intégrer les points de basculement dans leurs modélisations, cette affirmation n'est pas suffisamment étayée par la suite. Ainsi cette étude conduite par Yongyang Cai de l'université de Chicago avec l'aide de plusieurs collègues, dont Timothy Lenton, « Les points de basculement environnementaux affectent de manière significative l'évaluation coûts-bénéfices des politiques climatiques ». Si l'on veut produire une estimation plus juste de la taxe carbone intégrant un point de basculement, on peut prendre le point de bascule du dépérissement de la forêt amazonienne par exemple : on intègre au calcul sa probabilité annuelle de 5 % si augmentation de la température de 4 °C et on obtient une augmentation immédiate de la taxe carbone de 45 \$/tC à une fourchette comprise entre 75 et 154 \$/tC[14].

À la fin de cette étude de modélisation économique, pourtant remarquable, à partir des risques de franchissement de *tipping points* qui avait pour objectif d'évaluer ce que serait un juste coût du carbone, les chercheurs écrivent que leurs résultats sont trop optimistes car ils ont simplifié la modélisation économique et opéré comme si l'économie n'était confrontée qu'à un seul point de basculement. En réalité, nous ne disposons aujourd'hui d'aucun modèle pour mesurer les effets des transformations climatiques sur le fonctionnement économique de nos sociétés. Pourquoi ? Parce que ces modélisations ont un angle mort, des données auxquelles elles n'auront jamais accès : la poursuite de l'emballement climatique détruit l'économie. Il pulvérise nos sociétés.

Le chaos qui vient

Une erreur épistémologique

Les prévisions concernant les dommages économiques du changement climatique sont bien plus optimistes que celles des scientifiques concernant les dommages causés à la biosphère. Comme si la population humaine était préservée par rapport aux autres vivants. Les économistes ont réalisé leurs propres projections avec des méthodes que nous pouvons qualifier de fallacieuses : la relation entre la température et le PIB constatée dans le passé peut ne rien avoir à voir avec celle qui sera en vigueur dans le futur. Un économiste comme William Nordhaus a tout simplement déformé la littérature scientifique pour justifier la description linéaire des dommages du changement climatique sur le PIB[15].

Car autant regarder la réalité en face : l'aggravation du changement climatique pourrait détruire progressivement le capital des entreprises, réduire leur rentabilité, détériorer leurs liquidités et affecter la productivité de leur main-d'œuvre. Ces effets cumulés augmenteraient les taux de défaut des entreprises et déstabiliseraient le secteur financier. Les faillites d'entreprises auraient des répercussions directes sur les banques, fragilisant leurs bilans et augmentant le risque de crises bancaires. À l'échelle mondiale, les impacts du changement climatique et des points de basculement franchis sont susceptibles de provoquer des chocs simultanés à grande échelle dans différentes régions, exacerbant les risques systémiques. Si un monde à +2 °C se trouve aux limites de l'assurabilité, un monde à +3,5 °C n'est plus assurable[16].

Pour les assureurs, le changement climatique est devenu une réelle préoccupation. Ils se demandent comment faire pour assurer les populations contre les risques croissants qu'elles courent… quand ce n'est pas plutôt comment faire pour être certains que tout ce qui relève des dommages climatiques ne soit jamais pris en charge. Les montants des sinistres liés au climat ne cessent de croître pour s'établir aux alentours de 6 milliards d'euros annuels en France ces dernières années. Le dérèglement climatique prend de court les assureurs, avec des coûts qui ont excédé leurs prévisions de 18 % sur la période 2020-2023. Les assureurs reprennent à leur compte les concepts d'effet domino, ou cascade de basculement, en alertant sur le fait que le dérèglement climatique a des répercussions sur 40 % des risques qu'ils couvrent[17]. Il y a aujourd'hui une tendance chez les compagnies d'assurance à se retirer des zones à risque élevé, comme celles exposées aux incendies de forêt et aux inondations. Pourtant, les événements climatiques extrêmes devraient causer des dommages croissants, avec une augmentation estimée de 275 % d'ici 2050[18].

L'impossible vie en société

La simple augmentation de la température agit à plusieurs niveaux : elle augmente la mortalité, impacte durablement les fœtus et les nourrissons, incite à l'agression et à la violence, diminue la productivité dont un individu est capable dans sa journée. Elle endommage les cultures, augmente la demande d'électricité (climatisation), déclenche des mouvements de population, insécurise les États qui peuvent durcir leurs politiques… Mais l'augmentation des températures alimente aussi les cyclones, dont un simple passage sur un territoire endommage durablement les infrastructures et diminue la production sur plusieurs années – sans oublier tous les morts. On l'a vu, l'augmentation des températures signifie encore une croissance des précipitations extrêmes profondément dévastatrices[19].

Lors d'une vague de chaleur, les infrastructures sont directement impactées, et parfois de façon irrémédiable. Les routes fondent, les avions ne décollent plus (les très hautes températures empêchent l'aérodynamisme qui permet aux avions de décoller[20]), les voies ferrées se déforment. Les centrales électriques côtières n'approvisionnent plus leur territoire en énergie[21]. La chaleur, qui produit des coupures d'électricité, va entraver le fonctionnement de tous les secteurs de nos sociétés.

Les transformations du climat et de la biosphère font également peser un risque sur la disponibilité énergétique. Dans un scénario d'effondrement de l'AMOC, les changements dans les schémas de vent et de précipitations[22] pourraient affecter la production d'énergie éolienne et hydraulique européenne. De plus, les changements dans la formation des nuages[23] pourraient aussi avoir des effets négatifs sur notre capacité de production d'énergie solaire. Les transformations climatiques à venir auront également un impact sur les capacités de nos centrales thermiques, qu'elles soient à combustible fossile ou nucléaire, car nombre d'entre elles ont été construites sur les côtes pour bénéficier d'un accès à l'eau nécessaire à leur refroidissement. L'augmentation du niveau de la mer – qui peut être d'autant plus subite dans l'hypothèse de franchissement de *tipping points* comme la perte de la banquise arctique – vient en outre grandement fragiliser les centrales[24].

Poursuivons rapidement : la montée du niveau de la mer aura un impact sur le fonctionnement d'Internet, car des milliers de kilomètres de fibres optiques seront submergés lors d'inondations côtières. Si ces équipements sont conçus pour résister à l'eau, ils ne sont pas adaptés à une immersion prolongée[25].

La montée des eaux s'apprête également à détruire d'innombrables bâtiments, œuvres ou institutions. Or, comme l'a bien mis en évidence la philosophe Hannah Arendt, ce sont les œuvres, faites de mains humaines, qui participent à l'hospitalité du monde. Rien d'anecdotique ou de superficiel dans ces bâtiments qui disparaîtront progressivement : ils créent ce monde qui nous accueille à notre naissance. Nos infrastructures sont conçues pour un monde stable et prévisible. Elles n'ont pas été pensées pour faire face au dérèglement climatique.

Des inégalités insoutenables ferments de guerres civiles à venir

Selon le magazine *Challenge*, le montant patrimonial des 500 plus grandes fortunes de France est passé de 194 milliards d'euros en 2009 à 1 170 en 2023[26]. Soit une multiplication par plus de cinq en quatorze ans. Le montant de 2009 représentait 10 % du PIB, celui de 2023, 45 %. Un autre chiffre qui donne le tournis, à l'échelle mondiale cette fois-ci : l'empreinte carbone moyenne des 1 % les plus riches est 175 fois plus élevée que l'empreinte carbone des 10 % les plus pauvres[27].

Le changement climatique détricote une partie des progrès sociaux qui ont été réalisés au cours du XXe siècle. En France, en 2024, ce sont 30 000 enfants qui vivent à la rue, laquelle est confrontée à une augmentation historique des victimes d'expulsions locatives avec 38 000 personnes expulsées en 2022, un chiffre qui a bondi de 130 % en vingt ans[28]. Lorsqu'on vit à la rue, dans des campements informels ou des bidonvilles, l'exposition à la moindre vague de chaleur ou à des averses plus fortes qu'à l'habitude est totale. Lors de la vague de chaleur historiquement meurtrière de 2003 en Europe et en France, la surmortalité dans le département le plus pauvre de France, la Seine-Saint-Denis, a été de 160 %.

La croissance de ces inégalités est proprement inquiétante. La Banque mondiale a commandité un rapport qui s'intitule *Ondes de choc : Gérer les effets du changement climatique sur la pauvreté*[29]. Ce rapport met en évidence que le changement climatique constitue une menace significative pour l'éradication de la pauvreté et qu'il aggrave les vulnérabilités des populations déjà défavorisées. Sans action concertée, plus de 100 millions de personnes pourraient sombrer dans l'extrême pauvreté d'ici 2030. La baisse des rendements agricoles mondiaux est en train d'augmenter les prix alimentaires, ce qui aggrave l'insécurité alimentaire des plus vulnérables. Le changement climatique a également des effets considérables sur la santé publique des plus précaires.

Combien de temps les plus pauvres, dans un contexte où les conditions d'existence ne vont cesser de se complexifier, vont-ils accepter d'être, à ce point, les grands perdants ? Nous pouvons imaginer que l'aggravation des différentes injustices climatiques va provoquer des soubresauts politiques, dont certains pourraient enclencher à terme des guerres civiles.

Des démocraties impossibles

En effet, le durcissement des conditions bioclimatiques d'existence fragilise les démocraties. À l'échelle mondiale, nous sommes dans la dix-huitième année consécutive de recul des libertés sous l'effet des transformations climatiques. Concrètement, les droits politiques se sont détériorés dans 52 pays quand ils se sont améliorés dans 21. Les libertés et les droits humains sont compromis dans de nombreuses régions du monde[30].

Or nous savons que les catastrophes climatiques sont généralement suivies de mesures politiques autoritaires, réponses aux défis sociaux et politiques qu'elles engendrent[31]. Les événements climatiques extrêmes augmentent les inégalités et les tensions sociales, contraignant les gouvernements à gérer les secours et le risque de soulèvements populaires. Les gouvernements optent généralement pour une stratégie combinant assistance post-catastrophe et restrictions des libertés politiques publiques, ce qui consolide leur pouvoir. On voit comment les chocs environnementaux peuvent jouer un rôle structurant dans l'émergence et la persistance de régimes autoritaires. Les transformations climatiques bouleversent nos vies politiques.

Un « risque de déraillement »

Plusieurs points de basculement sociétaux pourraient être déclenchés par la déstabilisation du système Terre. La rupture des normes sociales et des liens communautaires, associée à des désordres sociétaux et à une détérioration de la santé mentale exacerbée par des événements climatiques extrêmes, n'est pas à exclure[32]. Cela nous conduirait dans un monde où l'anomie et la désaffiliation seraient la norme. Mus par une compétition pour des ressources raréfiées, des conflits violents pourraient alimenter les tensions politiques et sociales et augmenter le risque de conflits armés[33].

C'est la capacité même de l'humanité à penser qui est en danger : le travail d'analyse et de réflexion demande du calme, de la sérénité, de la stabilité… et d'avoir de quoi se rassasier.

Plus encore : l'amour, l'amitié et la confiance sont aujourd'hui menacés par la transformation des conditions d'existence si nous demeurons sur notre trajectoire climatique.

Conclusion

Pour que *2049* n'advienne jamais

2049 est cette image de la Terre et de nos sociétés que les chercheurs maîtrisant les savoirs pluridisciplinaires du système Terre voient lorsqu'ils travaillent.

2049 est ce que je vois, chaque jour. Sans répit.

2049 est ce que chacun d'entre nous doit apprendre à voir.

2049 est là pour que nous l'évitions, qu'elle n'advienne jamais. Car il s'agirait du plus grand drame rencontré par l'humanité : sa fin.

2049 est là pour que nous cherchions à contenir l'emballement du climat, à entraver les effondrements des écosystèmes de la biosphère, à ralentir nos sociétés.

2049 n'est pas à comprendre de façon déterministe.

Nous, les humains, sommes caractérisés par notre liberté. Et notamment par la liberté de l'action politique, cette possibilité d'agir de concert pour aller dans une direction, relever un défi, tenir une promesse. Cela suppose d'engager des combats, de les politiser, de refondre notre constitution et nos outils législatifs. De démanteler les pans mortifères de notre activité économique.

2049 est là pour que nous tenions la promesse que nous avons faite à nos enfants en les projetant dans l'existence. La promesse que la vie ensemble, sur la Terre, vaut d'être vécue.

Notes

1. Hannah Arendt (1961), *Condition de l'homme moderne*, Calmann-Lévy, trad. fr. Georges Fradier, p. 8.

2. Jonas Salk, « *Our greatest responsibility is to be good ancestors.* » Salk Institute for Biological Studies. Biologiste états-unien, Jonas Salk est l'inventeur du vaccin contre la poliomyélite (1953), qu'il a choisi de ne pas breveter afin qu'il bénéficie largement aux millions de personnes en ayant besoin.

Introduction. *2049* comme une image

1. Steffen W. et al. (2020), « The emergence and evolution of Earth System Science », *Nature Reviews Earth & Environment*, 1, p. 54-63.

2. Slobodian Q. (2025), *Le Capitalisme de l'apocalypse, ou le rêve d'un monde sans démocratie*, Seuil.

1. La non-linéarité

1. Lenton T. M. *et al.* (2023), *Global Tipping Points Report 2023. Summary Report*, Exeter (UK), University of Exeter, p. 3.

2. *Ibid.*

3. *Ibid.*

4. *Ibid.*

5. *Open Letter by Climate Scientists to the Nordic Council of Ministers*, Reykjavik, octobre 2024.

6. Hoadley J. C. (1884), « A tilting water meter for purposes of experiment », *J. Franklin Inst.*, 117, p. 273-278.

7. Poincaré H. (1885), « Sur l'équilibre d'une masse fluide animée d'un mouvement de rotation », *Acta Math.* 7, p. 259-380.

8. Milkoreit M. *et al.* (2018), « Defining tipping points for social-ecological systems scholarship : An interdisciplinary literature review », *Environmental Research Letters*, 13, p. 2.

9. Norton J. D. (2004), « Henri Poincaré and the emergence of mathematical physics », *Journal of the History of Ideas*, 65 (2), p. 221-247.

10. Thom R. (1975), *Structural Stability and Morphogenesis : An Outline of General Theory of Models*, W. A. Benjamin Inc., traduit du français par D. H. Fowler ; Zeeman E. C. (1977), *Catastrophe Theory : Selected Papers, 1972-1977*, Addison-Wesley.

11. Strogatz S. H. (1994), *Nonlinear Dynamics and Chaos : With Applications to Physics, Biology, Chemistry, and Engineering*, CRC Press, Taylor & Francis.

12. Grodzins M. (1957), *Metropolitan Segregation*, University of Chicago Press ; *Id.* (1958), *The Metropolitan Area as a Racial Problem*, University of Pittsburgh Press.

13. Schelling T. (1971), « Dynamics models of segregation », *Journal of Mathematical Sociology*, 1, p. 143-186.

14. Stommel H. (1961), « Thermohaline convection with two stable regimes of flow », *Tellus*, 13 (2), p. 224-230.

15. Holling C. S. (1973), « Resilience and stability of ecological systems », *Annual Review of Ecology and Systematics*, 4, p. 1-23.

16. Clark W. C. (1985), « On the practical implications of the carbon dioxide question », Publication number 26 of the project Ecologically sustainable development of the Biosphere, International Institute for Applied System Analysis, Prepared for UNEP in Support of WMO/ICUS/UNEP Meeting, Villach, Autriche, 9-15 octobre 1985, p. 8.

17. Schellnhuber H. J., Held H. (2002), « How fragile is the earth system ? », dans James C. Briden et Thomas E. Downing (dir.), *Managing the Earth : the Linacre Lectures 2001*, Oxford University Press ; voir aussi ce qu'en disent Schellnhuber et Lenton dans Lenton T., Schellnhuber H. J. (2009), *New Hot Papers*, Essential Science Indicators ; ainsi que l'analyse de Chris Russill régulièrement évoquée.

18. White J. W. C. (2002), *Abrupt Impacts of Climate Change : Anticipating Surprises*, National Academy of Science, Sommaire, p. 4.

19. Alley R. B. (2003), « Abrupt climate change », *Science*, 299 (5615), p. 2005-2010.

20. Russill C. (2015), « Climate change tipping points : origins, precursors, and debates », *WIREs Clim Change*, 6 (4), p. 427-434.

21. À cet égard j'ai été marqué de constater le même soubassement que la notion d'Anthropocène, qui émerge à la même période comme un véhicule conceptuel, tant pour signifier les changements globaux du système Terre que l'inquiétude des chercheurs qui les mettent au jour.

22. Lindsay R. W., Zhang J. (2005), « The thinning of Arctic sea ice, 1988-2003 : Have we passed a tipping point ?, *Journal of Climate*, 18 (12), p. 4879-4894.

23. Voir cet article dans *Nature* : Kemp M. (2005), « Science in culture : Inventing an icon », *Nature,* 437, p. 1238.

24. Kluger J. (2006), « Earth at the tipping point : Global warming heats up », *Times,* 26 mars.

25. Lenton T. M., Schellnhuber H. J. (2007), « Tipping the scales », *Nature Climate Change,* 1, p. 97-98. En 2007, ce premier article sur les *tipping points* climatiques dans une revue académique est dans la catégorie des articles d'opinion et non des articles de recherche.

26. Lenton T. M. *et al.* (2008), « Tipping elements in the Earth's climate system », *PNAS,* 105 (6), p. 1786-1793.

27. Mossman K. (2008), « Profil of Hans Joachim Schellnhuber », *PNAS,* 105, p. 1783-1785.

28. GIEC (2001), *Bilan 2001 des changements climatiques. Rapport de synthèse,* p. 11 et p. 67.

29. Watson R. T. (dir.) (2001), *Climate Change 2001 : Synthesis Report. A Contribution of Working Groups I, II, and III to the Third Assessment Report of the Intergovernmental Panel on Climate Change,* Cambridge University Press, p. 14.

30. IPCC (2018), *Global Warming of 1.5°C* ; IPCC (2018), *IPCC Special Report on the Ocean and Cryosphere in a Changing Climate.*

31. Lenton T. *et al.* (2019), « Climate tipping points : too risky to bet against », *Nature,* 575, p. 592-595.

32. IPCC (2021), *Climate Change 2021 : The Physical Science Basis. Contribution of Working Group I to the Sixth Assessment Report of the Intergovernmental Panel on Climate Change* (Masson-Delmotte V. *et al.* [dir.]), Cambridge (UK) et New York, Cambridge University Press, p. 2391. Le terme *tipping point* apparaît d'ailleurs à deux reprises dans le résumé des trois volets de 81 pages, *Climate Change 2023 : Synthesis Report. Contribution of Working Groups I, II and III to the Sixth Assessment Report of the Intergovernmental Panel on Climate Change* (Lee H., Romero J. *et al.* [dir.], 2023), Genève, IPCC, p. 35-115.

33. Kemp L. *et al.* (2022), « Climate endgame : Exploring catastrophic climate change scenarios », *PNAS,* 119 (34), e2108146119.

34. Chen D. *et al.* (2021), « Framing, context, and methods », dans *Climate Change 2021…, op. cit.*, p. 147-286, RE6 (1.4.4.3).

35. Biggs R. *et al.* (2009), « Turning back from the brink : Detecting an impending regime shift in time to avert it », *PNAS,* 106 (3), p. 826-831.

36. Dirzo R., Ceballos G., Ehrlich P. R. (2022), « Circling the drain : The extinction crisis and the future of humanity », *Philosophical Transaction B,* 377 (1857).

37. Lenton T. M. *et al.* (2023), *Global Tipping Points Report 2023, op. cit.*

38. Les définitions mentionnées ici ont été détaillées par Lenton et ses collègues aux pages 41 et suivantes du *Global Tipping Points Report 2023.*

39. Voir notamment les pages 41 à 48 de Lenton T. M. *et al.* (2023), *Global Tipping Points Report 2023, op. cit.*

40. Lenton T. M., Schellnhuber H. J. (2007), « Tipping the scales », *art. cit.*, p. 97.

41. Armstrong McKay D. I. *et al.* (2022), « Exceeding 1.5 °C global warming could trigger multiple climate tipping points », *Science*, 377 (1171), p. 1-10.

42. Kriegler E. *et al.* (2009), « Imprecise probability assessment of tipping points in the climate system », *PNAS*, 106 (13), p. 5041-5046 ; Moore J. C. (2018), « Predicting tipping points in complex environmental systems », *PNAS*, 115 (4), p. 635-636.

43. Ritchie P. D. (2021), « Overshooting tipping point thresholds in a changing climate », *Nature*, 592, p. 517-523.

44. Wunderling N. *et al.* (2024), « Climate tipping point interactions and cascades : A review », *Earth System Dynamics*, 15, p. 41-74.

45. Lenton T. M. *et al.* (2023), *Global Tipping Points Report 2023. Summary Report, op. cit.*, p. 22.

46. *Ibid.*, p. 5.

47. *Ibid.*, p. 24.

48. Voir notamment le travail réalisé par Laurent Testot et Jean-Michel Valantin sur les incidences géopolitiques d'El Niño : Testot L., Valantin J.-M. (2023), *El Niño. Histoire et géopolitique d'une bombe climatique*, Nouveau Monde Éditions.

49. Juhola S. *et al.* (2022), « Social tipping points and adaptation limits in the context of systemic risk : Concepts, models and governance », *Frontiers in Climate*, 4, p. 1-9.

50. Processus de Rabat (2018), « Infographie : Démêler les causes profondes des déplacements forcés dans le bassin du lac Tchad », International Center for Migration Policy Development, 30 octobre.

51. Kemp L. *et al.* (2022), « Climate endgame… », *art. cit.*, p. 1.

52. Lenton T. M. *et al.* (2023), *Global Tipping Points Report 2023. Summary Report, op. cit.*, p. 5.

53. *Ibid.*

54. *Ibid.*

1. Shackle S. (2024), « The story of a heat death : David went to work in his new job on a French building site. By the end of the day he was dead », *The Guardian*, 13 juillet.

2. La chaleur mortelle

2. Wallace-Wells D. (2022), *La Terre inhabitable. Vivre avec 4 °C de plus*, Robert Laffont, trad. fr. Cécile Leclère, p. 101.

3. Robine J.-M. *et al.* (2008), « Death toll exceeded 70,000 in Europe during the summer of 2003 », *Comptes Rendus. Biologies*, 331 (2), p. 171-178.

4. *Le Monde* avec AFP (2010), « Russie : 55 000 morts supplémentaires pendant la canicule », *Le Monde*, 7 octobre.

5. Ballester J. *et al.* (2023), « Heat-related mortality in Europe during the summer of 2022 », *Nature medicine*, 29, p. 1857-1866.

6. Domeisen D. I. V. *et al.* (2023), « Prediction and projection of heatwaves », *Nature Reviews Earth & Environment*, 4, p. 36-50.

7. Di Luca A. *et al.* (2020), « Contribution of mean climate to hot temperature extremes for present and future climates », *Weather and Climate Extremes*, 28, 100255.

8. Bador M. *et al.* (2017), « Future summer mega-heatwave and record-breaking temperatures in a warmer France climate », *Environmental Research Letters*, 12, 074025.

9. Vicedo-Cabrera A. M. (2018), « Temperature-related mortality impacts under and beyond Paris Agreement climate change scenarios », *Climatic Change*, 150, p. 391-402.

10. Fischer H. *et al.* (2018), « Paleoclimate constraints on the impact of 2 °C anthropogenic warming and beyond », *Nature Geoscience*, 11, p. 474-485.

11. Matthews T. K. R., Wilby R. L., Murphy C. (2017), « Communicating the deadly consequences of global warming for human heat stress », *PNAS*, 114 (15), p. 3861-3866.

12. Bressler R. D. (2021), « The mortality cost of carbon », *Nature Communications*, 12 (4467), p. 1-12.

13. Matthews T. K. R., Wilby R. L., Murphy C. (2017), « Communicating the deadly consequences of global warming for human heat stress », *art. cit.*

14. Rahaman A. (2024), « Schools, colleges : A reopening that defies heatwave and logic », *The Daily Star*, 29 avril.

15. Justine J. *et al.* (2023), « The diurnal variation of wet bulb temperatures and exceedance of physiological thresholds relevant to human health in South Asia », *Communications Earth & Environment*, 4 (244), p. 1-11.

16. Coffel E. D., Horton R. M., Sherbinin A. (2017), « Temperature and humidity based projections of a rapid rise in global heat stress exposure during the 21st century », *Environmental Research Letters*, 13, p. 1-9.

17. Larry Kenney W. *et al.* (2023), « Chaleur et humidité : leurs effets sur notre corps se font ressentir plus tôt que prévu » *The Conversation*, 22 août.

18. Sherwood S., Huber M. (2010), « An adaptability limit to climate change due to heat stress », *PNAS*, 107 (21), p. 9552-9555.

19. Vecellio D. J. *et al.* (2022), « Evaluating the 35 °C wet-bulb temperature adaptability threshold for young, healthy subjects (PSU HEAT Project) », *Journal of Applied Physiology*, 132 (2), p. 340-345.

20. Wagner T. (2024), « Mourir de chaud : à quel degré la température devient-elle mortelle ? » *Bon Pote*, 4 janvier.

21. Raymond C., Matthews T., Horton R. M. (2020), « The emergence of heat and humidity too severe for human tolerance », *Science Advances*, 6 (19), p. 1.

22. Mora C. *et al.* (2017), « Global risk of deadly heat », *Nature Climate Change*, 7, p. 501-506.

23. Jha A. (2026), « Boiled alive », *The Guardian*, 26 juillet.

24. Dunne J. P., Stouffer R., John J. (2013), « Reduction in labour capacity from heat stress under climate warming », *Nature Climate Change*, 3, p. 563-566.

25. Zhang K. *et al.* (2023), « Increase heat risk in wet climate induced by urban humid heat », *Nature*, 617, p. 738-742.

26. Pal J. S., Eltahir E. A. B. (2015), « Future temperature in southwest Asia projected to exceed a threshold for human adaptability », *Nature Climate Change*, 6, p. 197-200.

27. Im E.-S., Pal J. S., Eltahir E. A. B. (2017), « Deadly heat waves projected in the densely populated agricultural regions of South Asia », *Science Advances*, 3, e1603322.

28. Kamal A. S. M. M., Fahim A. K. F., Shahid S. (2024), « Changes in wet bulb globe temperature and risk to heat-related hazards in Bangladesh », *Nature*, 14 (10417), p. 1-19.

29. Forster P. M. *et al.* (2024), « Indicators of Global Climate Change 2023 : Annual update of key indicators of the state of the climate system and human influence », *Earth System Science Data,* 16 6), p. 2625-2658.

30. *Reporterre* (2024), « Juin 2024 a été le plus chaud jamais enregistré », 8 juillet.

31. Hegerl G. C., Taylor K. L. (2024), « Last summer was the warmest in 2,000 years », *Nature*, 631, p. 35-36 ; Esper J., Torbenson M., Büntgen U. (2024), « 2023 summer warmth unparalleled over the past 2 000 years », *Nature*, 631, p. 94-97.

32. Cai Y. *et al.* (2015), « Environmental tipping points significantly affect the cost-benefit assessment of climate policies », *PNAS*, 112 (15), p. 4606-4611.

33. Forster P. M. *et al.* (2024), « Indicators of Global Climate Change 2023 : Annual update of key indicators of the state of the climate system and human influence », *art. cit.*

34. United Nations Environment Programme (2023), *Broken Record*, Emissions Gap Report 2023.

35. *Ibid.*, p. XI.

36. Miranda N. D. (2023), « Change in cooling degree days with global mean temperature rise increasing from 1.5 °C to 2.0 °C », *Nature Sustainability*, 6, p. 1326-1330.

37. United Nations Environment Programme (2022), *The Closing Window. Climate crisis calls for rapid transformations of societies*, p. XV, Emissions Gap Report 2022.

38. United Nations Environment Programme (2023), *Broken Record. Executive Summary*, Emissions Gap Report 2023, p. IX ; Ministère de la Transition écologique et de la Cohésion des territoires (2023), « Climat : que nous dit la science ? », 20 juin.

39. Selon une étude publiée en 2017 à la suite de la publication du cinquième rapport du GIEC : « La plage probable d'augmentation de la température mondiale est de 2,0 à 4,9 °C, avec une médiane de 3,2 °C » (Raftery A. E. et al. [2017], « Less than 2 °C warming by 2100 unlikely », *Nature Climate Change*, 7, p. 637). Une autre étude, publiée en 2022, évalue le réchauffement prévu en France en réponse à un scénario d'émissions intermédiaire à 3,8 °C (avec une fourchette entre 2,9 et 4,8 °C) en 2100 et il atteint 6,7 °C (avec une fourchette entre 5,2 et 8,2 °C) dans un scénario d'émissions très élevées (Ribbes A. *et al.* [2022], « An updated assessment of past and future warming over France based on a regional observational constraint », *Earth System Dynamics*, 13, p. 1397-1415), ce qui est à peu près conforme à un article publié en 2008 qui identifiait déjà un risque de réchauffement pouvant dépasser plus de 6 °C en 2100 dans l'hypothèse d'un tel scénario (Gao X., Giorgi F. [2008], « Increased aridity in the Mediterranean region under greenhouse gas forcing estimated from high resolution simulations with a regional climate model », *Global and Planetary Change*, 62[3-4], p. 195-209). Certaines études évoquent même la possibilité d'emballement du climat pouvant atteindre +7 °C d'ici 2100.

40. Garric A. (2019), « Jusqu'à +7 °C en 2100 : les experts français du climat aggravent leurs projections sur le réchauffement », *Le Monde*, 17 septembre.

41. Lyon C. *et al.* (2022), « Climate change research and action must look beyond 2100 », *Global Change Biology*, 28, p. 349-361.

42. Lyon C. *et al.* (2021), « Nos projections climatiques pour l'an 2500 montrent que la Terre sera inhospitalière pour les humains », *The Conversation*, 18 octobre.

43. Les balises prospectives proposées correspondant à un positionnement sur notre courbe actuelle de réchauffement sont concordantes avec un article publié dans *PNAS* : Xu Y., Ramanathan V. (2017), « Well below 2 °C : Mitigation strategies for avoiding dangerous to catastrophic climate changes », *PNAS*, 114 (39), p. 10315-10323.

44. Lee H. (2018), « What happened last time it was as warm as it's going to get later this century ? », *Arts Technica*, 18 juin.

45. *Ibid.*

46. Barron E. J., Thompson S. L., Schneider S. H. (1981), « An ice-free cretaceous ? Results from climate model simulations », *Science*, 212 (4494), p. 501-508.

47. Valdes P. (2011), « Built for stability », *Nature Geoscience*, 4, p. 414-416.

48. Burke K. D. *et al.* (2018), « Pliocene and Eocene provide best analogs for near-future climates », *PNAS*, 115 (52), p. 13288-13293 ; Zhu J. *et al.* (2019),

« Simulation of Eocene extreme warmth and high climate sensitivity through cloud feedbacks », *Science Advances*, 5 (9), p. 1-10.

49. Sherwood S., Huber M. (2010), « An adaptability limit to climate change due to heat stress », *art. cit.*

50. Burke K. D. *et al.* (2018), « Pliocene and Eocene provide best analogs for near-future climates », *art. cit.*

51. Tierney J. E. *et al.* (2022), « Spatial patterns of climate change across the Paleocene-Eocene Thermal Maximum », *PNAS*, 119 (42), e2205326119, p. 1-7 ; Sacco L. (2022), « Vers un climat qui ressemble à celui qui régnait sur Terre il y a 50 millions d'années ? », *Futura*, 17 juillet.

52. Alors que le sixième rapport du GIEC mentionne que si nos émissions de CO_2 doublent, le climat peut connaître un réchauffement de 5 °C, ces chercheurs estiment, compte tenu de ce qui a eu lieu au cours de ce qu'on appelle le « maximum thermique du Paléocène et de l'Éocène » (PETM, il y a 56 millions d'années exactement), que l'augmentation peut être de 5,7 à 7,4 °C supplémentaires.

53. Burke K. D. *et al.* (2018), « Pliocene and Eocene provide best analogs for near-future climates », *art. cit.*

54. *Le Monde* (2019), « Canicule : les épreuves du brevet reportées au 1er et au 2 juillet », 24 juin.

55. *Reporterre* (2024), « Canicule au Pakistan : les écoles fermées pendant une semaine », 24 mai.

56. *Id.* (2024), « Les températures approchent 50 °C en Inde », 23 mai ; *Id.* (2024), « Presque 50 °C à New Dehli : l'Inde étouffe », 30 mai ; *Id.* (2024), « Plus de 55 °C ressentis : vague de chaleur meurtrière au Pakistan », 2 juillet.

57. Shearing H. (2022), « Heatwave : Schools to close or let children wear PE kit to keep cool », BBC, 15 juillet.

58. McMurtry A. (2023), « School canceled all week in Spain's Canary Islands due to extreme heat », Anadolu Ajansi, 11 octobre.

59. Aljazeera (2024), « Greece shuts Acropolis, schools as it braces for 43 °C heatwave », 13 juin.

60. Rotta Loria A. F. (2023), « The silent impact of underground climate change on civil infrastructure », *Communications Engineering*, 2 (44), p. 1-12.

61. Voogt J. A., Oke T. R. (2003), « Thermal remote sensing of urban climates », *Remote Sensing of Environment*, 86 (3), p. 370-384.

62. Rais Assa C., Faure A., Gérardin M. (2022), « Risques climatiques, réseaux et interdépendances : le temps d'agir », La note d'analyse de France Stratégie, 108, p. 1-12.

63. *Ibid.*

64. Reuters (2022), « Madrid street-sweeper's death prompts curbs on heatwave working hours », 20 juillet.

65. Mallek J. (2023), « The death of a road worker during Italy's hellish heat wave is a labor rights issue », *Quartz*, 13 juillet.

66. Wallace-Wells D. (2022), *La Terre inhabitable*, *op. cit.* ; Lynas M. (2006), *Six degrés. Que va-t-il se passer ?*, Dunod, trad. fr. Pierre Kaldy.

67. IRD (2017), *La désertification : un défi pour la recherche*, Exposition, Institut de recherche pour le développement.

68. Sauquet E. *et al.* (2024), « Explore2. Les futurs de l'eau », Inrae, 28 juin (https://www.inrae.fr/actualites/explore2-life-eauclimat-cles-ladaptation-gestion-leau) ; *Reporterre* (2024), « Étés secs, hivers pluvieux : ce qui attend la France », 28 juin.

69. « Agriculture and rural development », Commission européenne (https://agriculture.ec.europa.eu/index_en) ; www.touteleurope.eu.

70. Jaubert R. (2000), « La désertification : slogan et impasse », *Cahiers de l'IUED*, 10, p. 175-190.

71. Unesco (1955), *Le Courrier « À la conquête du désert »*, 8-9, p. 4.

72. Huang J. *et al.* (2020), « Global desertification vulnerability to climate change and human activities », *Land Degradation & Development*, 31 (11), p. 1380-1391.

73. IRD (2017), *La désertification : un défi pour la recherche*, Institut de recherche pour le développement ; Chotte J.-L. *et al.* (2016), « Land degradation neutrality », dans S. Thiébault, J.-P. Moatti (dir.), *The Mediterranean Region under Climate Change : A Scientific Update*, IRD, p. 611-616.

74. Claussen M. *et al.* (1999), « Simulation of an abrupt change in Saharan vegetation in the Mid-Holocene », *Geophysical Research Letters*, 26 (14), p. 2037-2040.

75. Shanahan T. M. *et al.* (2015), « The time-transgressive termination of the African Humid Period », *Nature Geoscience*, 8, p. 140-144.

76. Claussen M., Dallmeyer A., Bader J. (2017), « Theory and Modeling of the African Humid Period and the Green Sahara », *Climate Science*, 29 mars.

77. Naumann G. *et al.* (2018), « Global changes in drought conditions under different levels of warming », *Geophysical Research Letters*, 45 (7), p. 3285-3296.

78. Zhang J. *et al.* (2023), « Water availability creates global thresholds in multidimensional soil biodiversity and functions », *Nature Ecology & Evolution*, 7, p. 1002-1011.

79. Lenton T. M. *et al.* (2023), *Global Tipping Points Report 2023*, *op. cit.*, p. 99.

80. Gao Y. *et al.* (2011), « A degradation threshold for irreversible loss of soil productivity : a long-term case study in China », *Journal of Applied Ecology*, 48 (5), p. 1145-1154.

81. Lenton T. M. *et al.* (2023), *Global Tipping Points Report 2023*, *op. cit.*, p. 96 ; Rillig M. C. *et al.* (2023), « Increasing the number of stressors reduces soil ecosystem services worldwide », *Nature Climate Change*, 13, p. 478-483.

82. Delgado-Baquerizo M. *et al.* (2013), « Decoupling of soil nutrient cycles as a function of aridity in global drylands », *Nature*, 502, p. 672-676.

83. Berdugo M. *et al.* (2017), « Plant spatial patterns identify alternative ecosystem multifunctionality states in global drylands », *Nature Ecology & Evolution*, 1 (003).

84. Nations unies (1994), Convention des Nations unies sur la lutte contre la désertification.

85. Hadden G. (2021), Southern Spain's green-belt project aims to stave off impending desertification, *The World*, 29 juillet.

86. Stefano Boeri Architetti (2024), « Linea verde parco Italia », 6 juin.

87. Wang-Erlandsson L. *et al.* (2022), « A planetary boundary for green water », *Nature Reviews Earth & Environment*, 3, p. 380-392.

88. *Ibid.*

89. Berrué D. (2024), « La sécheresse a défiguré nos paysages », *Reporterre*, 17 mai.

90. Ces éléments proviennent de la compilation des données de 70 études réalisée par Carbon Brief, « The impacts of climate change at 1.5 C, 2 C and beyond », accessible à : https://interactive.carbonbrief.org/impacts-climate-change-one-point-five-degrees-two-degrees/index.html. Les balises prospectives utilisées sont +1,5 °C, +2 °C, +3 °C.

91. Guitton-Boussion J. *et al.* (2024), « La Méditerranée à l'épreuve d'un réchauffement extrêmement rapide », *Reporterre*, 20 mai.

92. European Commission (2024), « Prolonged drought and record temperatures have critical impact in the Mediterranean », EU Science Hub, 20 février.

93. Gao X., Giorgi F. (2008), « Increased aridity in the Mediterranean region under greenhouse gas forcing estimated from high resolution simulations with a regional climate model », *art. cit.* ; Feng S., Fu Q. (2013), « Expansion of global drylands under a warming climate », *Atmospheric Chemistry and Physics*, 13 (19), p. 10081-10094 ; Spinoni J. *et al.* (2018), « Will drought events become more frequent and severe in Europe ? », *International Journal of Climatology*, 38 (4), p. 1718-1736.

94. Carvalho D. *et al.* (2022), « Aridity and desertification in the Mediterranean under EURO-CORDEX future climate change scenarios », *Climatic Change*, 174 (28), p. 1-24.

95. Spinoni J. *et al.* (2018), « Is Europe at risk of desertification due to climate change ? », NASA/ASD, EGU General Assembly Conference Abstracts, Geophysical Research Abstracts, Vol. 20.

96. Gibelin A.-L., Déqué M. (2003), « Anthropogenic climate change over the Mediterranean region simulated by a global variable resolution model », *Climate Dynamics*, 20, p. 327-339.

97. Guiot J., Cramer W. (2016), « Climate change : the 2015 Paris Agreement thresholds and Mediterranean basin ecosystems », *Science*, 354 (6311), p. 465-468.

98. *Ibid.*, p. 468.

3. La pénurie

1. Water Footprint Calculator (2015), « Interview : Arjen Hoekstra, Creator of the Water Footprint Concept », 21 mai.

2. Siegle L. (2010), « Arjen Hoekstra's innovation : the water footprint », *The Guardian*, 3 octobre.

3. Shiklomanov I. A. (1998), *World Water Resources : A New Appraisal and Assessment for the 21st Century*, United Nations Educational, Scientific and Cultural Organization, p. 4 (https://caee.utexas.edu/prof/mckinney/ce385d/Papers/Shiklomanov.pdf).

4. Burgen S. (2024), « Catalonia declares drought emergency, extending restrictions to Barcelona », *The Guardian*, 1er février.

5. Khokhar T. (2017), « Graphique : 70 % de l'eau douce est utilisée pour l'agriculture », Blog de la Banque mondiale.

6. Douville H. *et al.* (2021), « Water cycle changes », dans *Climate Change 2021*, *op. cit.*, p. 1055-1210 (p. 1060).

7. Mekonnen M. M., Hoekstra A. Y. (2016), « Four billion people facing severe water scarcity », *Science Advances*, 2 (2), p. 1-6.

8. OMS et UNICEF (2017), « 2,1 milliards de personnes n'ont pas accès à l'eau potable salubre », 12 juillet.

9. UNEP (2022-2025), *Freshwater*, UN Environment Programme.

10. Wallace-Wells D. (2022), *La Terre inhabitable*, *op. cit.*, p. 173.

11. Bolis A. (2023), « Sécheresse : un village ardéchois sans eau potable depuis l'été, “c'est la première fois que je vois ça” », *Le Monde*, 7 mars.

12. La Rédaction (2023), « Gestion de l'eau : les enseignements de la sécheresse 2022 », *Vie publique*, 19 avril.

13. London Assembly (2024), « London's water crisis », 18 janvier. https://www.london.gov.uk/who-we-are/what-london-assembly-does/questions-mayor/find-an-answer/londons-water-crisis.

14. Plimmer G., Wheatley J. (2025), « Thames Water's finance chief to stand down », *Financial Times*, 28 mars.

15. Borgomeo E. (2018), « Will London run out of water ? », *The Conversation*, 24 mai.

16. National Infrastructure Commission's Second National Infrastructure Assessment, Thames Water Submission, février 2022.

17. Chao B F., Wu Y. H., Li Y. S. (2008), « Impact of artificial reservoir water impoundment on global sea level », *Science*, 320, p. 212-215.

18. La Banque mondiale (2016), « Bientôt à sec ? Changement climatique, eau et économie. Résumé analytique », Pôle mondial d'expertise en eau ; World Bank (2016), « High and dry. Climate change, water and the economy », Water Global Practice.

19. Zhang X. *et al.* (2007), « Detection of human influence on twentieth-century precipitation trends », *Nature*, 448, p. 461-465.

20. Shabalova M. V., van Deursen W. P. A., Buishand T. A. (2003), « Assessing future discharge of the river Rhine using regional climate model integrations and a hydrological model », *Climate Research*, 23, p. 233-246.

21. Marty C. *et al.* (2017), « How much can we save ? Impact of different emission scenarios on future snow cover in the Alps », *The Cryosphere*, 11, p. 517-529.

22. Huss M. *et al.* (2017), « Toward mountains without permanent snow and ice », *Earth's Future*, 5 (5), p. 418-435.

23. Cooley C. W., Ryan J. C., Smith L. C. (2021), « Human alteration of global surface water storage variability », *Nature*, 591, p. 78-81.

24. Christian J. I. *et al.* (2021), « Global distribution, trends, and drivers of flash drought occurrence », *Nature Communications*, 12, p. 1-11.

25. Baruch J., Breteau P. (2018), « Feux de forêt et canicule : comment l'Europe du Nord a rattrapé celle du Sud », *Le Monde*, 31 juillet.

26. Représentation en France (2022), « Sécheresses en Europe en juillet 2022 : près de la moitié du territoire de l'UE à risque », Commission européenne, 18 juillet.

27. Lenton T. M. *et al.* (2023), *Global Tipping Points Report 2023*, *op. cit.*, p. 189.

28. Voir notamment les pages 225-228 de Testot L., Wallenhorst N. (2023), *Vortex. Faire face à l'Anthropocène*, Payot.

29. Vortex-io (2023), « Floods and drought : towards a radicalization of hydrological phenomena in Europe ? », 30 mai.

30. TF1 info (2022), « Camargue : les rizières menacées par le sel », 3 octobre.

31. Rafenberg M. (2024), « "Si ça continue, je vais changer de métier" : dans les Cyclades, la détresse des agriculteurs de Naxos après trois années sans pluie », *Le Monde*, 16 octobre.

32. Mastrocicco M., Colombani N. (2021), « The issue of groundwater salinization in coastal areas of the mediterranean region : A Review », *Water*, 13 (1), 90, p. 1-20.

33. FAO (2024), *Global Status of Salt-Affected Soils. Main Report*, Rome.

34. Pearce F. (2022), « Salt scourge : the dual threat of warming and rising salinity », *Yale Environment 360*, 10 mai.

35. Jeppesen E. *et al.* (2020), « Salinization increase due to climate change will have substantial negative effects on inland waters : a call for multifaceted research at the local and global scale », *Innovation*, 1 (2), 100030.

36. Rodriguez Martinez M., Montalto Monella L. (2022), « How a deadly storm turned a French resort into a climate change laboratory », Euro News, 28 décembre.

37. Hallegatte S., Przyluski V. (2012), *Gestion des risques naturels. Leçons de la tempête Xynthia*, Quæ.

38. Brenon F. (2023), « Tempête Céline : de nombreuses inondations dans l'ouest de la France », *20 minutes*, 28 octobre.

39. Pasquier V. (2024), « La Bretagne, première région à aider ses collectivités littorales face à l'érosion côtière et aux submersions », France info, 17 février.

40. Almar R. *et al.* (2021), « A global analysis of extreme coastal water levels with implications for potential coastal overtopping », *Nature Communications*, 12, p. 1-9.

41. GIEC (2021), « Changement climatique généralisé et rapide, d'intensité croissante », Communiqué de presse, 9 août, p. 2.

42. Huss M. *et al.* (2017), « Toward mountains without permanent snow and ice », *art. cit.*

43. IPCC (2019), *Special Report on the Ocean and Cryosphere in a Changing Climate* (H.-O. Pörtner *et al.* [dir.]], Cambridge University Press.

44. Armstrong McKay D. I. *et al.* (2022), « Exceeding 1.5 °C global warming could trigger multiple climate tipping points », *art. cit.* ; Wang S. *et al.* (2023), « Mechanisms and impacts of earth system tipping elements », *Reviews of Geophysics*, 61, p. 1-81.

45. Lenton T. M. *et al.* (2023), *Global Tipping Points Report 2023*, *op. cit.*, p. 57 ; Wunderling N. *et al.* (2024), « Climate tipping point interactions and cascades : a review », *Earth System Dynamics*, 15 (1), p. 41-74.

46. Cook J. M. *et al.* (2017), « A predictive model for the spectral "bioalbedo" of snow », *Journal of Geophysical Research : Earth surface*, 122, p. 434-454.

47. Rougier J. (2024), « Éboulements spectaculaires dans les Alpes françaises : le permafrost fond, les montagnes s'effondrent », France 24, 13 septembre.

48. Giuffrida A. (2022), « "Within five minutes everything changed" : town mourns victims of glacier tragedy », *The Guardian*, 5 juillet.

49. Hruby D. (2022), « Dans les Alpes, la fonte des glaces menace des milliers de personnes », National Geographic, 6 octobre.

50. Trento R. (2022), « Marmolada : i due francesi sopravvissuti raccontano i terribili istanti della tragedia », *La Voce del Trentino*, 2 août.

51. Carrivick J. L., Tweed F. S. (2016), « A global assessment of the societal impacts of glacier outburst floods », *Global and Planetary Change*, 144, p. 1-16.

52. Lenton T. M. *et al.* (2023), *Global Tipping Points Report 2023*, *op. cit.*, p. 71.

53. Schittly R. (2023), « Réchauffement climatique : un rapport alerte sur la baisse du débit du Rhône », *Le Monde*, 3 mars.

54. Otosaka I. N. *et al.* (2023), « Mass balances of the Antarctic and Greenland ice sheets monitored from space », *Surveys in Geophysics*, 44 (5), p. 1615-1652.

55. Boers N., Rypdal M. (2021), « Critical slowing down suggests that the western Greenland Ice Sheet is close to a tipping point », *PNAS*, 118 (21), e2024192118.

56. Wåhlin A. K. *et al.* (2021), « Pathways and modification of warm water flowing beneath Thwaites Ice Shelf, West Antarctica », *Science Advances*, 7 (15), eabd7254.

57. Rignot E. *et al.* (2024), « Widespread seawater intrusions beneath the grounded ice of Thwaites Glacier, West Antarctica », *PNAS*, 121 (22), e2404766121.

58. Dauphin S. (2021), « Le plus gros iceberg au monde s'est détaché de l'Antarctique », France inter, 20 mai.

59. Bradley A. T., Hewitt I. J. (2024), « Tipping point in ice-sheet grounding-zone melting due to ocean water intrusion », *Nature Geoscience*, 17, p. 631-637.

60. Hill E. A. *et al.* (2023), « The stability of present-day Antarctic grounding lines – Part 1 : No indication of marine ice sheet instability in the current geometry », *The Cryosphere*, 17 (9), p. 3739-3759.

61. Morlighem M. *et al.* (2020), « Deep glacial troughs and stabilizing ridges unveiled beneath the margins of the Antarctic ice sheet », *Nature Geoscience*, 13 (2), p. 132-137.

62. Rantanen M. *et al.* (2022), « The Arctic has warmed four times faster than the globe since 1979 », *Communication Earth & Environment*, 3 (168).

63. Lenton T. M. *et al.* (2023), *Global Tipping Points Report 2023*, *op. cit.*, p. 66.

64. Kim Y.-H. *et al.* (2023), « Observationally-constrained projections of an ice-free Arctic even under a low emission scenario », *Nature Communications*, 14, 3139, p. 1-8.

65. Turetsky M. R. *et al.* (2019), « Permafrost collapse is accelerating carbon release », *Nature*, 569 (7754), p. 32-34 ; Chen Y. *et al.* (2021), « Thermokarst acceleration in Arctic tundra driven by climate change and fire disturbance », *One Earth*, 4 (12), p. 1718-1729.

66. Boucher O. *et al.* (2009), « The indirect global warming potential and global temperature change potential due to methane oxidation », *Environmental Research Letters*, 4 (4).

67. Schuur E. A. G., Michelle C. M. (2018), « Ecological response to permafrost thaw and consequences for local and global ecosystem services », *Annual Review of Ecology, Evolution and Systematics*, 49, p. 279-301.

68. Lenton T. M. *et al.* (2023), *Global Tipping Points Report 2023*, *op. cit.*, p. 181.

69. Canton du Valais (2016), *Le Valais face aux changements climatiques. Effets et options d'adaptation dans les domaines de la gestion des eaux et des dangers naturels*. Document de synthèse.

70. Schuur E. A. G., Michelle C. M. (2018), « Ecological response to permafrost thaw and consequences for local and global ecosystem services », *art. cit.*

71. *Ibid.*

72. Schuur E. A. G. *et al.* (2013), « Expert assessment of vulnerability of permafrost carbon to climate change », *Climatic Change*, 119 (2), p. 359-374 ; Hugelius G. *et al.* (2014), « Estimated stocks of circumpolar permafrost carbon with quantified uncertainty ranges and identified data gaps », *Biogeosciences*, 11 (23), p. 6573-6593 ; Turetsky M. R. *et al.* (2019), « Permafrost collapse is accelerating carbon release », *art. cit.*

73. Schaefer K. *et al.* (2011), « Amount and timing of permafrost carbon release in response to climate warming », *Tellus B*, 63 (2), p. 168-180.

74. Turetsky M. R. *et al.* (2019), « Permafrost collapse is accelerating carbon release », *art. cit.*

75. Fewster R. E. *et al.* (2022), « Imminent loss of climate space for permafrost peatlands in Europe and Western Siberia », *Nature Climate Change*, 12, p. 373-379.

76. Kizyakov A. I. *et al.* (2024), « Characterizing Batagay megaslump topography dynamics and matter fluxes at high spatial resolution using a multi-disciplinary approach of permafrost field observations, remote sensing and 3D geological modelling », *Geomorphology*, 109183.

77. Tollefson J. (2014), « Epic blazes threaten Arctic permafrost. Can firefighters save it ? », *Nature*, 629, p. 270-271 ; Treharne R. *et al.* (2024), « Comprehensive assessment of permafrost carbon emissions indicates need for urgent action to keep Paris Agreement temperature goals within reach », PREPRINT (Version 1), *Research Square*.

78. Stone M. (2021), « Les feux de forêt dévastateurs en Sibérie, source de pollution extrême », *National Geographic*, 24 août.

79. Kim I.-W. *et al.* (2024), « Abrupt increase in Arctic-Subarctic wildfires caused by future permafrost thaw », *Nature Communications*, 15, 7868.

80. Lenton T. M. *et al.* (2023), *Global Tipping Points Report 2023*, *op. cit.*, p. 181.

81. Bentley J. (2023), « This indigenous community records the climate change that is causing its town to erode away », *Scientific American*, 9 octobre.

82. Turetsky M. R. *et al.* (2020), « Carbon release through abrupt permafrost thaw », *Nature Geoscience*, 13 (2), p. 138-143.

83. Box O. (2020), « Shifting fire regimes in the far North threaten a delicate balance », CASW, octobre.

84. Simpkins K. (2020), « Arctic permafrost thaw plays greater role in climate change than previously estimated », CU Boulder, 3 février.

85. Turetsky M. R. *et al.* (2019), « Permafrost collapse is accelerating carbon release », *art. cit.*

86. Troianovski A., Mooney C. (2019), « Radical warming in Siberia leaves millions on unstable ground », *The Washington Post*, 3 octobre.

87. Ward Jones M. K. *et al.* (2022), « Climate-driven expansion of northern agriculture must consider permafrost », *Nature Climate Change*, 12, p. 699-703.

88. Lenton T. M. *et al.* (2023), *Global Tipping Points Report 2023*, *op. cit.*, p. 181 ; Schaefer K. *et al.* (2020), « Potential impacts of mercury released from thawing permafrost », *Nature Communications*, 11, 4650.

89. Ward Jones M. K. *et al.* (2022), « Climate-driven expansion of northern agriculture must consider permafrost », *art. cit.*

90. Lenton T. M. *et al.* (2023), *Global Tipping Points Report 2023*, *op. cit.*, p. 182 ; Maslakov A. *et al.* (2022), « Thermal simulation of ice cellars as a basis for food security and energy sustainability of isolated indigenous communities in the Arctic », *Energies*, 15 (3), 972, p. 1-16.

91. Hjort J. *et al.* (2022), « Impacts of permafrost degradation on infrastructure », *Nature Reviews Earth & Environment*, 3, p. 24-38.

92. Yaffa J. (2022), « The great Siberian thaw », *The New Yorker*, 10 janvier.

4. Le dépeuplement

1. Dalrymple G. B. (2001), « The age of the Earth in the twentieth century : a problem (mostly) solved », *Journal of the Geological Society of London*, Special publication, 190, p. 205-221.

2. Wolff E. W. (2014), « Ice sheets and the Anthropocene », dans C. N. Waters *et al.* (dir.), *A Stratigraphical Basis for the Anthropocene*, Londres, Geological Society, Special publications, 395, p. 255-263.

3. Hublin J.-J. *et al.* (2017), « New fossils from Jebel Irhoud, Morocco and the pan-African origin of *Homo sapiens* », *Nature*, 546, p. 289-292.

4. Les végétaux ont également un processus de respiration cellulaire au sein duquel ils captent de l'O_2 et rejettent du CO_2, mais en valeur absolue leur bilan d'émission d'O_2 est plus important.

5. Weston P. (2022), « Falling birds and dehydrated hedgehogs : heatwave takes its toll on UK wildlife », *The Guardian*, 25 juillet.

6. Gore M. F., Castellanos S. (2022), « Spain's heatwave taking a toll on young birds », Reuters, 16 juin.

7. UN Environment Programme (2024), *State of the world's migratory species*, Convention on the Conservation of Migratory Species of Wild Animals.

8. UICN Comité français (2024), *Liste rouge des espèces menacées en France, 16 ans de résultats.*

9. UICN Comité français (2024), *La liste rouge des espèces menacées en France. Champignons de France métropolitaine : bolets, lactaires et tricholomes.*

10. WWF France (2024), *Pour des rivières vivantes. État des lieux de la biodiversité dans les rivières françaises.*

11. United Nation (2024), *Global Land Outlook, Thematic Report on Rangelands and Pastoralists, Convention to Combat Desertification.*

12. D'ailleurs, dans un rapport écrit en commun, les chercheurs du GIEC et de l'IPBES écrivent : « Le changement climatique et la perte de biodiversité sont

les deux problèmes les plus urgents de l'Anthropocène. » IPBES-GIEC (2021), *Biodiversity and Climate Change Workshop Report*, co-sponsored workshop IPBES and GIEC, juin.

13. Chuine I. (2020), « Changement climatique et biosphère, Compte rendu de l'Académie des sciences », *Géoscience*, 352 (4-5), p. 339-354.

14. WWF (2022), *Living Planet Report 2022. Building a Nature-positive Society*, 13 octobre.

15. Dubos N. *et al.* (2018), « Thermal constraints on body size depend on the population's position within the species' thermal range in temperate songbirds », *Global Ecology and Biogeography*, 28 (2), p. 96-106.

16. IPBES (2019), *Summary for Policymakers of the Global Assessment Report on Biodiversity and Ecosystem Services of the Intergovernmental Science-Policy Platform on Biodiversity and Ecosystem Services*, p. 12.

17. Sur un total d'espèces vivant actuellement estimé entre 5 et 30 millions d'espèces (certaines estimations vont jusqu'à 100 millions), seules 2 millions sont connues.

18. https://www.iucnredlist.org.

19. Robbirt K. M. *et al.* (2014), « Potential disruption of pollination in a sexually deceptive orchid by climatic change », *Current Biology*, 24 (23), p. 2845-2849.

20. Seibold S. *et al.* (2019), « Arthropod decline in grasslands and forests is associated with landscape-level drivers », *Nature*, 574 (7780), p. 671-674.

21. Dirzo R. *et al.* (2014), « Defaunation in the Anthropocene », *Science*, 345 (6195), p. 401-406.

22. Bartomeus I. *et al.* (2014), « Contribution of insect pollinators to crop yield and quality varies with agricultural intensification », *PeerJ*, 2, e328.

23. Garibaldi L. A. *et al.* (2014), « From research to action : enhancing crop yield through wild pollinators », *Frontiers in Ecology and the Environment*, 12 (8), p. 439-447.

24. Ceballos G., Ehrlich P. R., Dirzo R. (2017), « Biological annihilation via the ongoing sixth mass extinction signaled by vertebrate population losses and declines », *PNAS*, 114 (30), E6089-E6096.

25. Dirzo R., Ceballos G., Ehrlich P. R. (2022), « Circling the drain… », *art. cit.*. Voir l'analyse et l'interprétation de cet article par le politiste Bruno Villalba : Villalba B. (2025), *Au-dessus du gouffre. Extinction du vivant et responsabilité politique*, Actes Sud.

26. Ceballos G., Ehrlich P. R., Dirzo R. (2017), « Biological annihilation via the ongoing sixth mass extinction signaled by vertebrate population losses and declines », *art. cit.*

27. Barnosky A. D. *et al.* (2012), « Approaching a state shift in Earth's biosphere », *Nature*, 486, p. 52-58.

28. Brook B. W. *et al.* (2013), « Does the terrestrial biosphere have planetary tipping points ? », *Trends in Ecology and Evolution*, 28 (7), p. 396-401.

29. Duffy K. A. *et al.* (2021), « How close are we to the temperature tipping point of the terrestrial biosphere ? », *Science Advances*, 7 (3).

30. Voir notamment : Walter A., Lambrecht S. C. (2004), « Biosphere 2 Center as a unique tool for environmental studies », *Journal of Environmental Monitoring*, 6 (4), p. 267-277 ; Dempster W. F. (2008), « Tightly closed ecological systems reveal atmospheric subtleties – experience from Biosphere 2 », *Advances in Space Research*, 42, p. 1951-1956 ; Wikipédia, « Biosphère II ».

31. Voir à ce sujet la page Wikipédia « Écrevisse de Louisiane » (consultée le 8 avril 2025).

32. IPBES (2024), *The Thematic Assessment Report on Invasive Alien Species and Their Control.*

33. Haxaire J., Bouget J.-P., Tamisier J.-P. (2006), « *Vespa velutina* Lepeletier 1836, une redoutable nouveauté pour la faune de France », *Bulletin de la Société entomologique de France*, 111 (2), p. 194.

34. Villemant C., Haxaire J., Streito J.-C. (2006), « Premier bilan de l'invasion de *Vespa velutina* Lepeletier en France (Hymenoptera, Vespidae) », *Bulletin de la Société entomologique de France*, 111(4), p. 535-538.

35. Mainka S. A., Howard G. W. (2010), « Climate change and invasive species : double jeopardy », *Integrative Zoology*, 5 (2), p. 102-111.

36. Rahel F. J., Olden J. D. (2008), « Assessing the effects of climate change on aquatic invasive species », *Conservation Biology*, 22 (3), p. 521-533.

37. Hellmann J. J. *et al.* (2008), « Five potential consequences of climate change for invasive species », *Conservation Biology*, 22 (3), p. 534-543.

38. Lynas M. (2008), *Six degrés. Que va-t-il se passer ? op. cit.*, p. 147.

39. Thuiller W. *et al.* (2005), « Climate change threats to plant diversity in Europe », *PNAS*, 102, 23, p. 8245-8250 ; Geßler A. *et al.* (2006), « Potential risks for European beech (Fagus sylvatica L.) in a changing climate », *Trees*, 21, p. 1-11.

40. Thomas C. D. *et al.* (2004), « Extinction risk from climate change », *Nature*, 427, p. 145-148.

41. *Reporterre* (2024), « Le changement climatique menace la symbiose entre les arbres et les champignons », 27 mai ; Van Nuland M. E. *et al.* (2024), « Climate mismatches with ectomycorrhizal fungi contribute to migration lag in North American tree range shifts », *PNAS*, 121 (23), e2308811121.

42. Lucchese V. (2024), « Les forêts françaises ne sauveront pas le climat », *Reporterre*, 15 mai ; IGN (2024), *Projections des disponibilités en bois et des stocks et flux de carbone du secteur forestier français, Rapport d'étude*, mai.

43. Ni X., Groffman P. M. (2018), « Declines in methane uptake in forest soils », *PNAS*, 115 (34), p. 8587-8590.

44. Mahowald N. M. *et al.* (2017), « Are the impacts of land use on warming underestimated in climate policy ? », *Environmental Research Letters*, 12 (9), 094016.

45. Kovenock M., Swann A. L. S. (2018), « Leaf trait acclimation amplifies simulated climate warming in response to elevated carbon dioxide », *Global Biogeochemical Cycles*, 32 (10), p. 1437-1448.

46. *Reporterre* (2024), « Produire du vin en Méditerranée sera quasi impossible "d'ici la fin du siècle" », 26 mars ; van Leeuwen C. *et al.* (2024), « Climate change impacts and adaptations of wine production », *Nature Reviews Earth & Environment*, 5 (4), p. 258-275.

47. Yousefpour R. *et al.* (2009), « Evaluating the suitability of management strategies of pure Norway spruce forests in the Black Forest area of southwest Germany for adaptation to or mitigation of climate change », *Environmental Management*, 45 (2), p. 387-402.

48. Lenton T. M. *et al.* (2023), *Global Tipping Points Report 2023*, *op. cit.*, p. 92.

49. Thonicke K. *et al.* (2020), « Simulating functional diversity of European natural forests along climatic gradients », *Journal of Biogeography*, 47 (5), p. 1069-1085.

50. Lenton T. M. *et al.* (2023), *Global Tipping Points Report 2023*, *op. cit.*, p. 91.

51. Beckett H. *et al.* (2022), « Pathways of savannization in a mesic African savanna–forest mosaic following an extreme fire », *Journal of Ecology*, 110 (4), p. 902-915.

52. Flores B. F., Holmgren M. (2021), « White-sand savannas expand at the core of the Amazon after forest wildfires », *Ecosystems*, 24 (7), p. 1624-1637.

53. Lenton T. M. *et al.* (2023), *Global Tipping Points Report 2023*, *op. cit.*, p. 86.

54. Comme toujours avec les éléments du système Terre, tout est complexe. Certaines forêts montrent de la résilience aux sécheresses avec une intensification de la photosynthèse, tandis que d'autres subissent un dépérissement et une mortalité accrue des arbres. Dans le sud de l'Amazonie, les forêts situées sur des nappes phréatiques peu profondes résistent mieux aux sécheresses courtes grâce à une disponibilité en eau accrue, mais cette résilience diminue avec l'allongement des sécheresses. En revanche, dans le nord, où les sols sont moins fertiles avec des arbres plus robustes et à croissance lente, souvent avec des racines profondes, la résilience est meilleure, indépendamment de la profondeur des nappes phréatiques. Ces différences soulignent que les forêts les plus productives sont aussi les plus vulnérables, et que les sécheresses prolongées compromettent les capacités de résilience de multiples écosystèmes amazoniens. (Chen S. *et al.* [2024], « Amazon forest biogeography predicts resilience and vulnerability to drought », *Nature*, 631, p. 111-117.)

55. Liu T. *et al.* (2023), « Teleconnections among tipping elements in the Earth system », *Nature Climate Change*, 13 (1), p. 67-74.

56. Esquivel-Muelbert *et al.* (2020), « Tree mode of death and mortality risk factors across Amazon forests », *Nature Communications*, 11 (1).

57. Gatti L. V. *et al.* (2014), « Drought sensitivity of Amazonian carbon balance revealed by atmospheric measurements », *Nature*, 506 (7486), p. 76-80.

58. Gatti L. V. *et al.* (2021), « Amazonia as a carbon source linked to deforestation and climate change », *Nature*, 595, p. 388-392.

59. Silvério D. V. *et al.* (2013), « Testing the Amazon savannization hypothesis : fire effects on invasion of a neotropical forest by native cerrado and exotic pasture grasses », *Philosophical Transaction B*, 368, 1619 ; Flores B. F., Holmgren M. (2021), « White-sand savannas expand at the core of the Amazon after forest wildfires », *art. cit.*

60. Gomes V. H. F. *et al.* (2019), « Amazonian tree species threatened by deforestation and climate change », *Nature Climate Change*, 9 (7), p. 547-553.

61. Lapola D. M. *et al.* (2018), « Limiting the high impacts of Amazon forest dieback with no-regrets science and policy action », *PNAS*, 115 (46), p. 11671-11679.

62. Bindoff N. L. *et al.* (2019), « Changing ocean, marine ecosystems, and dependent communities », dans *IPCC Special Report on the Ocean and Cryosphere in a Changing Climate op. cit.*, p. 468.

63. Orr J. C. *et al.* (2005), « Anthropogenic ocean acidification over the twenty-first century and its impact on calcifying organisms », *Nature*, 437, p. 681-686.

64. Westberry T. *et al.* (2008), « Carbon-based primary productivity modeling with vertically resolved photoacclimation », *Global Biogeochemical Cycles*, 22 (2).

65. Henson S. A. *et al.* (2022), « Uncertain response of ocean biological carbon export in a changing world », *Nature Geoscience*, 15, p. 248-254.

66. Wieczynski D. J., Moeller H. V., Gibert J. P. (2023), « Mixotrophic microbes create carbon tipping points under warming », *Functional Ecology*, 37 (7), p. 1774-1786 ; Lenton T. M. *et al.* (2023), *Global Tipping Points Report 2023*, *op. cit.*, p. 117.

67. Raven J. A., Beardall J. (2021), « Influence of global environmental change on plankton », *Journal of Plankton Research*, 43 (6), p. 779-800.

68. Gleckler P. J. *et al.* (2016), « Industrial-era global ocean heat uptake doubles in recent decades », *Nature Climate Change*, 6 (4), p. 394-398.

69. Wang S. *et al.* (2023), « Mechanisms and impacts of Earth system tipping elements », *art. cit.*

70. Buffett B., Archer D. (2004), « Global inventory of methane clathrate : sensitivity to changes in the deep ocean », *Earth and Planetary Science Letters*, 227 (3-4), p. 185-199.

71. Bienvenu H. (2024), « La mer Baltique s'est vidée de ses poissons en raison de la surpêche et du rejet d'eaux usées », *Le Monde*, 20 août.

72. Adhikari P. L. *et al.* (2015), « Phosphorus speciation and sedimentary phosphorus release from the Gulf of Mexico sediments : Implication for hypoxia », *Estuarine, Coastal and Shelf Science*, 164, p. 77-85.

73. Diaz R. J., Rosenberg R. (2008), « Spreading dead zones and consequences for marine ecosystems », *Science*, 321 (5891), p. 926-929.

74. Watson A. J., Lenton T. M., Mills B. J. W. (2017), « Ocean deoxygenation, the global phosphorus cycle and the possibility of human-caused large-scale ocean anoxia », *Philosophical Transactions*, 375 (2102).

75. Kump L. R., Pavlov A., Arthur M. A. (2005), « Massive release of hydrogen sulfide to the surface ocean and atmosphere during intervals of oceanic anoxia », *Geology*, 33 (5), p. 397-400.

76. Altieri A. H., Gedan K. B. (2015), « Climate change and dead zones », *Global Change Biology*, 21 (4), p. 1395-1406.

77. Lenton T. M. *et al.* (2023), *Global Tipping Points Report 2023, op. cit.*, p. 115.

78. Edgar G., Ward T. J. (2018), « Australian commercial fish populations drop by a third over ten years », *The Conversation*, 7 juin.

79. Jackson J. B. C. *et al.* (2001), « Historical overfishing and the recent collapse of coastal ecosystems », *Science*, 293 (5530), p. 629-637.

80. Dulvy N. K. *et al.* (2021), « Overfishing drives over one-third of all sharks and rays toward a global extinction crisis », *Current Biology*, 31 (21), p. 4773-4787.e8.

81. Porteus C. S. *et al.* (2018), « Near-future CO_2 levels impair the olfactory system of a marine fish », *Nature Climate Change*, 8, p. 737-743.

82. Cela perturbe les cadres de gestion des pêches et peut provoquer des conflits entre les États. Nous avons connu cela en 2007 avec les maquereaux dans l'Atlantique nord ou entre les États-Unis et le Canada concernant les saumons du Pacifique. Pinsky M. L. *et al.* (2018), « Preparing ocean governance for species on the move », *Science*, 360 (6394), p. 1189-1191.

83. Lenton T. M. *et al.* (2023), *Global Tipping Points Report 2023, op. cit.*, p. 117.

84. WWF (2024), *2024 Living Planet Index Update for Migratory Freshwater Fishes*, 15 mai.

85. Mellin C. *et al.* (2022), « Safeguarding nutrients from coral reefs under climate change », *Nature Ecology & Evolution*, 6 (12), p. 1808-1817.

86. Leadley P. *et al.* (2022), « Achieving global biodiversity goals by 2050 requires urgent and integrated actions », *One Earth*, 5 (6), p. 597-603.

87. Veron J. E. N. *et al.* (2009), « The coral reef crisis : the critical importance of <350 ppm CO_2 », *Marine Pollution Bulletin*, 58 (10), p. 1428-1436.

88. Burke L. *et al.* (2011), *Reefs at Risk Revisited*. World Resource Institute.

89. Wong A. S., Vrontos S., Taylor M. L. (2022), « An assessment of people living by coral reefs over space and time », *Global Change Biology*, 28 (23), p. 7139-7153.

90. Wallace-Wells D. (2022), *La Terre inhabitable, op. cit.*, p. 191.

91. Beck M. W. *et al.* (2018), « The global flood protection savings provided by coral reefs », *Nature Communications*, 9 (1), p. 2186.

5. La contamination

1. Giulia est un personnage fictif mais l'étude scientifique est bien réelle.

2. Ragusa A. *et al.* (2021), Plasticenta : First evidence of microplastics in human placenta, *Environment International*, 146, 106274.

3. Nicolas est un personnage fictif mais le cadre est bien réel.

4. Mandard S., Horel S. (2023), « Contamination aux "polluants éternels" dans la région lyonnaise : le groupe chimique Arkema mis en accusation », *Le Monde*, 5 juin.

5. Tröger R. *et al.* (2021), « What's in the water ? – Target and suspect screening of contaminants of emerging concern in raw water and drinking water from Europe and Asia », *Water Research*, 198, 117099.

6. Geueke B. *et al.* (2024), « Evidence for widespread human exposure to food contact chemicals », *Journal of Exposure Science & Environmental Epidemiology*, 35, p. 330-341.

7. Richardson K. *et al.* (2023), « Earth beyond six of nine planetary boundaries », *Science Advances*, 9 (37).

8. Yan H., Cordier M., Uehara T. (2024), « Future projections of global plastic pollution : scenario analyses and policy implications, *Sustainability*, 16 (2), p. 643.

9. ONU (2024), *Global Waste Management Outlook 2024 : Beyond an age of waste – Turning rubbish into a resource*, Environment Programme.

10. European Academies Science Advisory Council (2024), « Press Release. Despite severe headwinds : A meaningful Plastics Treaty should aim to reduce plastics production and achieve circularity », 1er février.

11. Revel M., Châtel A., Mouneyrac C. (2018), « Micro(nano)plastics : A threat to human health ? », *Environmental Science & Health*, 1, p. 17-23.

12. Worm B. *et al.* (2017), « Plastic as a persistent marine pollutant, *Annual Reviews*, 42 (1), p. 1-26.

13. *Reporterre* (2023), « Mollusques, poissons… Tous contaminés par des microplastiques », 16 novembre.

14. Revel M., Châtel A., Mouneyrac C. (2018), Micro(nano)plastics…, *art. cit.* ; Carbery M., O'Connor W., Palanisami T. (2018), « Trophic transfer of microplastics and mixed contaminants in the marine food web and implications for human health », *Environment International*, 115, p. 400-409 ; Al Mamun, A. *et al.* (2023), Microplastics in human food chains : Food becoming a threat to health safety, *Science of the Total Environment*, 858(Pt 1), 159834.

15. Moore C. (2012), *Plastic Ocean : How a Sea Captain's Chance Discovery Launched a Determined Quest to Save the Oceans*, Avery.

16. Moore C. L. *et al.* (2001), « A comparison of plastic and plankton in the north Pacific central gyre », *Marine Pollution Bulletin*, 42 (12), p. 1297-1300.

17. Moore C. L. *et al.* (2002), « A comparison of neustonic plastic and zooplankton abundance in southern California's coastal waters », *Marine Pollution Bulletin*, 44 (10), p. 1035-1038.

18. Le gyre subtropical du Pacifique sud (au large de l'Amérique du Sud entre l'équateur et l'Australie), le gyre subtropical de l'Atlantique nord (entre la côte est des États-Unis et l'Afrique de l'Ouest), le gyre subtropical de l'Atlantique sud (entre l'Amérique du Sud et l'Afrique australe) et le gyre subtropical de l'océan Indien (entre l'Australie et l'Afrique).

19. Zhang Y. *et al.* (2023), « Plastic waste discharge to the global ocean constrained by seawater observations », *Nature Communications*, 14, 1372.

20. Cózar A. *et al.* (2014), « Plastic debris in the open ocean », *PNAS*, 111 (28), p. 10239-10244.

21. Carbery M., O'Connor W., Palanisami T. (2018), « Trophic transfer of microplastics and mixed contaminants in the marine food web and implications for human health », *art. cit.*

22. World Health Organisation (2022), *World Health Day 2022…, op. cit.*

23. InterAcademy Partnership (IAP) (2022), *Health in the Climate Emergency : A Global Perspective*, Trieste/Washington.

24. World Health Organisation (2022), *World Health Day 2022…, op. cit.*, p. 16.

25. Laville S. (2020), « Air pollution a cause in girl's death, coroner rules in landmark case », *The Guardian*, 16 décembre.

26. European Environment Agency (2022), *Air Quality in Europe 2022*, UE.

27. Koolen C. D., Rothenberg G. (2019), « Air pollution in Europe », *Chemical Sustainability Energy Materials*, 12 (1), p. 164-172.

28. Yang H. *et al.* (2023), « Socio-demographic factors shaping the future global health burden from air pollution », *Nature Sustainability*, 6, p. 58-68.

29. Shindell D. *et al.* (2018), « Quantified, localized health benefits of accelerated carbon dioxide emissions reductions », *Nature Climate Change*, 8 (4), p. 291-295.

30. Chadwick L. (2024), « Mayotte cholera outbreak : 3-year-old child dies in French territory as cases hit 58 », Euronews, 9 mai.

31. Reinert M. (2024), « Flambée de choléra : le changement climatique accélère la contamination », *Reporterre*, 3 mai.

32. Neira M. *et al.* (2023), « Climate change and human health in the Eastern Mediterranean and Middle East : Literature review, research priorities and policy suggestions », *Environmental Research*, 216, p. 114537.

33. World Health Organisation (2022), *World Health Day 2022…, op. cit.*, p. 16.

34. *Ibid.*

35. Grunau C., Brindley P. J. (2023), « Bilharziose en Europe : À la recherche de nouvelles armes pour combattre cette maladie tropicale déjà implantée en Corse », *The Conversation*, 28 septembre.

36. Le viticulteur, le médecin et l'enseignante sont des personnages fictifs, mais des cas de chikungunya ont bien été signalés en Italie du Nord.

37. Martine est un personnage fictif, mais la dengue a bien été signalée à Nice. Roucaute D. (2024), « La France menacée d'une épidémie de dengue », *Le Monde*, 16 octobre.

38. Neira M. *et al.* (2023), « Climate change and human health in the Eastern Mediterranean and Middle East… », *art. cit.* ; World Health Organisation (2022), *World Health Day 2022…*, *op. cit.*, p. 16.

39. *Ibid.* Voir en particulier les pages 11 à 12.

40. Van Daalen K. R. *et al.* (2024), « The 2024 Europe report of the *Lancet* Countdown on health and climate change : unprecedented warming demands unprecedented action », *The Lancet*, 9 (7), p. e495-e522.

41. EASAC (2010), « Climate change and infectious diseases : the views from EASAC », 30 mars, p. 9.

42. Diffey B. (2004), « Climate change, ozone depletion and the impact on ultraviolet exposure of human skin », *Physics in Medicine & Biology*, 49 (1), p. 1-11.

43. Umar S. A., Tasduq S. A. (2022), « Ozone layer depletion and emerging public health concerns – An update on epidemiological perspective of the ambivalent effects of ultraviolet radiation exposure », *Frontiers in Oncology*, 10 (12), 866733.

44. Bornman J. F. *et al.* (2015), « Solar ultraviolet radiation and ozone depletion-driven climate change : effects on terrestrial ecosystems », *Photochemical & Photobiological Sciences*, 14 (1), p. 88-107.

45. Williamson C. E. *et al.* (2019), « The interactive effects of stratospheric ozone depletion, UV radiation, and climate change on aquatic ecosystems », *Photochemical & Photobiological Sciences*, 18, p. 717-746.

46. Liang Q., Strahan S. E., Fleming E. L. (2017), « Concerns for ozone recovery », *Science*, 358 (6368), p. 1257-1258.

47. Maxwell J., Briscoe F. (1997), « There's money in the air : the CFC ban and Dupont's regulatory strategy », *Business Strategy and the Environment*, 6 (5), p. 276-286.

48. Dumont C. *et al.* (2020), « Climate change and risk of completed suicide », *The Journal of Nervous and Mental Disease*, 208 (7), p. 559-565.

49. Hanigan I. C. *et al.* (2012), « Suicide and drought in New South Wales, Australia, 1970-2007 », *PNAS*, 109, p. 13950-13955 ; Ngu F. F. *et al.* (2021), « Correlating heatwaves and relative humidity with suicide », *Scientific Reports*, 11 (1), 22175.

50. Guru Srikanth S. (2019), « Andhra Pradesh saw sharp rise in farm suicides in 2016, fourth in country », *The New Indian Express*, 11 novembre.

51. Kessler R. C. *et al.* (2006), « Mental illness and suicidality after Hurricane Katrina », *Bull World Health Organ*, 84 (12), p. 930-939.

52. Stanke C. *et al.* (2013), Health effects of drought : a systematic review of the evidence, *Plos Curr*, 5 (5).

53. Neira M. *et al.* (2023), « Climate change and human health in the Eastern Mediterranean and Middle East... », *art. cit.*

54. World Health Organisation (2022), *World Health Day 2022..., op. cit.*, p. 16.

55. Watts N. *et al.* (2017), « The *Lancet* Countdown : tracking progress on health and climate change » *The Lancet*, 18, 389 (10074), p. 1151-1164.

56. Van Daalen K. R. *et al.* (2024), « The 2024 Europe report of the *Lancet* Countdown on health and climate change... », *art. cit.*

57. *Ibid.* Voir les pages e498 à e500.

58. Préfet de la Gironde (2023), « Incendies de l'été 2022 : bilan et retour d'expérience », Services de l'État en Gironde, 4 avril.

59. Van Daalen K. R. *et al.* (2024), « The 2024 Europe report of the *Lancet* Countdown on health and climate... », *art. cit.* Voir la page e500.

60. Romanello M. *et al.* (2021), « Rapport 2021 du *Lancet* Countdown sur la santé et le changement climatique : code rouge pour un avenir sain », *The Lancet*, p. 2.

61. Colon-Gonzales F. J. *et al.* (2018), « Limiting global-mean temperature increase to 1.5-2 °C could reduce the incidence and spatial spread of dengue fever in Latin America », *PNAS*, 115 (24), p. 6243-6248.

62. Van Daalen K. R. *et al.* (2024), « The 2024 Europe report of the *Lancet* Countdown on health and climate... », *art. cit.* Voir les pages e500 à e504.

63. Pauline est un personnage fictif mais les allergènes se développent bel et bien. Voir notamment l'excellent Spinhirny F. (2025), *Vivre à fleur de peau. Allergies et politique*, Sens et Tonka.

64. Hedgecoe G. (2023), « Olive oil price skyrockets as Spanish drought bites », BBC, 6 décembre.

65. Williamson L. (2023), « Over a quarter of Spaniards skip meals for lack of money », In Spain News, 8 mars.

66. Van Daalen K. R. *et al.* (2024), « The 2024 Europe report of the *Lancet* Countdown on health and climate change... », *art. cit.* Voir pages e504-e505.

67. Romanello M. *et al.* (2021), « Rapport 2021 du *Lancet* Countdown sur la santé et le changement climatique... », *art. cit.*

68. *Ibid.*

69. Wallace-Wells D. (2022), *La Terre inhabitable, op. cit.*, p. 217.

70. Organisation mondiale de la santé (2024), *Rapport 2024 sur le paludisme dans le monde*, 11 décembre.

71. Bangalore M. *et al.* (2016), *Shock Waves : Managing the Impacts of Climate Change on Poverty*, World Bank Group, p. 119.

72. Wallace-Wells D. (2022), *La Terre inhabitable, op. cit.*, p. 223-224.

73. Voir l'excellent livre de Philippe Hamman et Aude Dziebowski, *Des tiques et des hommes : chronique d'une nature habitable*, Le Bord de l'eau, 2023.

74. Millins C. *et al.* (2017), « Effects of conservation management of landscapes and vertebrate communities on Lyme borreliosis risk in the United Kingdom », *Philosophical Transaction B*, 372, 20160123.

75. Ogden N. H. *et al.* (2024), « Estimating the incidence and economic cost of Lyme disease cases in Canada in the 21st Century with projected climate change », *Environmental Health Perspectives*, 132 (2), p. 027005.

76. Wallace-Wells D. (2022), *La Terre inhabitable, op. cit.*, p. 218-219 ; Yuan L. *et al.* (2017), « A single mutation in the prM protein of Zika virus contributes to foetal microcephaly », *Science*, 358 (6365), p. 933-936.

77. EASAC (2010), « Climate change and infectious diseases : the views from EASAC », 30 mars, p. 12.

78. Li C. *et al.* (2023), « Reversal of trends in global fine particulate matter air pollution », *Nature Communications*, 14, 5349.

79. OMS (2018), « Neuf personnes sur 10 respirent un air pollué dans le monde », 2 mai.

80. Pieters N. *et al.* (2015), « Blood pressure and same-day exposure to air pollution at school : associations with nano-sized to coarse PM in children », *Environmental Health Perspectives*, 123 (7), p. 737-742 ; Daellenbach K. R. *et al.* (2020), « Sources of particulate-matter air pollution and its oxidative potential in Europe », *Nature*, 587, p. 414-419.

81. Criqui P. (2013), « Les dynamiques mondiales de l'énergie », dans R. Mosseri, C. Jeandel (dir.), *L'Énergie à découvert*, CNRS Éditions, p. 19-21.

82. Selon l'Agence internationale de l'énergie, IEA (2019), *Data and Statistics*, publiées en octobre 2021.

83. Staniaszek Z. *et al.* (2022), « The role of future anthropogenic methane emissions in air quality and climate », *npj Climate and Atmospheric Science*, 5, 21.

84. Shindell D. *et al.* (2018), « Quantified, localized health benefits of accelerated carbon dioxide emissions reductions », *Nature Climate Change*, 8 (4), p. 291-295.

85. Fédération française de cardiologie (2021), « Pollution : un risque de maladies cardiovasculaires accru », 12 août.

86. Das P., Horton R. (2018), « Pollution, health, and the planet : time for decisive action », *The Lancet*, 391 (10119), p. 407-408.

87. Lee K. K., Miller M. R., Shah A. S. V. (2018), Air pollution and stroke, *Journal of Stroke*, 20 (1), p. 2-11.

88. Brook R. D. *et al.* (2010), « Particulate matter air pollution and cardiovascular disease : an update to the scientific statement from the American Heart Association », *Circulation*, 121(21), p. 2331-2378.

89. Turner M. C. *et al.* (2020), « Outdoor air pollution and cancer : an overview of the current evidence and public health recommendations », *CA : A Cancer Journal for Clinicians*, 70 (6), p. 460-479.

90. Guarnieri M., Balmes J. R. (2014), « Outdoor air pollution and asthma », *The Lancet*, 383 (9928), p. 1581-1592.

91. Stieb D. M. *et al.* (2012), « Ambient air pollution, birth weight and preterm birth : A systematic review and meta-analysis », *Environmental Research*, 117, p. 100-111.

92. Jung C.-R., Lin Y.-T., Hwang B.-F. (2015), « Ozone, particulate matter, and newly diagnosed Alzheimer's disease : a population-based cohort study in Taiwan », *Journal of Alzheimer's Disease*, 44 (2), p. 573-584.

93. Dutheil F. *et al.* (2021), « Autism spectrum disorder and air pollution : A systematic review and meta-analysis », *Environmental Pollution*, 278, 116856.

94. Power M. C. *et al.* (2016), « Exposure to air pollution as a potential contributor to cognitive function, cognitive decline, brain imaging, and dementia : A systematic review of epidemiologic research », *NeuroToxicology*, 56, p. 235-253.

95. Myhre O. *et al.* (2018), « Early life exposure to air pollution particulate matter (PM) as risk factor for attention deficit/hyperactivity disorder (ADHD) : Need for novel strategies for mechanisms and causalities », *Toxicology and Applied Pharmacology*, 354, p. 196-214.

96. Urrutia-Pereira M., Guidos-Fogelbach G., Solé D. (2022), « Climate changes, air pollution, and allergic diseases in childhood and adolescence », *Journal de Pediatra*, 98 (S1), p. 47-54.

97. Office parlementaire d'évaluation des choix scientifiques et technologiques, *Rapport sur les formes de pollution atmosphérique à longue distance dites « pluies acides »* (Rapporteur G. Le Baill), Rapport à destination du Sénat et de l'Assemblée nationale, 1985.

98. Lévy B. (1990), « Géographie des pollutions : Précipitations acides en Europe et en Amérique du Nord. Causes et conséquences », *Le Globe. Revue genevoise de géographie*, 130, p. 49-59.

99. Institut français de l'environnement (1998), « Les retombées acides diminuent en Europe, mais elles sont inégalement réparties », *Les Données de l'environnement*, 34, p. 1-4.

100. Luhn A. (2016), « Anthrax outbreak triggered by climate change kills boy in Arctic Circle », *The Guardian*, 1er août.

101. Stella E. *et al.* (2020), « Permafrost dynamics and the risk of anthrax transmission : a modelling study », *Scientific Reports*, 10, 16460.

102. Gilichinsky D. *et al.* (2008), « Bacteria in permafrost », dans R. Margesin *et al.*, *Psychrophiles : from Biodiversity to Biotechnology*, Springer, p. 83-102.

103. Bidle K. D. *et al.* (2007), « Fossil genes and microbes in the oldest ice on Earth », *PNAS*, 104 (33), p. 13455-13460.

104. Pearson J. (2015), « Meet the scientist who injected himself with 3.5 million-year-old bacteria », *Vice*, 9 décembre.

105. Wu R. *et al.* (2022), « Permafrost as a potential pathogen reservoir », *One Earth*, 5, p. 351-360.

106. Adam D. (2000), « Hardcore hibernation », *Nature*, 407 ; Vreeland R. H., Rosenzweig W. D., Powers D. W. (2000), « Isolation of a 250-million-year-old bacterium from a primary salt crystal », *Nature*, 407, p. 897-900.

107. Szuminska D. *et al.* (2023), « Reemission of inorganic pollution from permafrost ? A freshwater hydrochemistry study in the lower Kolyma basin (North-East Siberia) », *Land Degradation & Development*, 34 (17), p. 5591-5605 ; Cochand M., Molson J., Lemieux J.-M. (2019), « Groundwater hydrogeochemistry in permafrost regions », *Permafrost Periglacial Processes*, 30 (2), p. 90-103.

108. Potapowicz J. *et al.* (2019), « The influence of global climate change on the environmental fate of anthropogenic pollution released from the permafrost : Part I. Case study of Antarctica », *Science of The Total Environment*, 651 (1), p. 1534-1548.

6. L'imprévisible

1. Kale S. (2024), « The German valley that was swept away : "The cemeteries gave up their dead" », *The Guardian*, 10 avril.

2. Franke M. (2021), « "Wir hatten Panik" », *Frankfurter Allgemeine*, 15 juillet.

3. Morris L., Ledur J. (2021), « On one street in Germany's floods : Terror, survival, tragedy and the house that floated away », *The Washington Post*, 23 juillet.

4. Kale S. (2024), « The German valley that was swept away… », *art. cit.*

5. Morris L., Ledur J. (2021), On one street in Germany's floods… », *art. cit.*

6. Kreienkamp F. *et al.* (2021), *Rapid attribution of heavy rainfall events leading to the severe flooding in Western Europe during July 2021*, World Weather Attribution ; *Le Monde* avec AFP (2021), « Les inondations de juillet en Allemagne et en Belgique sont bien liées au réchauffement climatique », 24 août.

7. Center for Research on the Epidemiology of Disasters (2015), *The Human Cost of Weather Related Disasters 1995-2015*, UNISDR.

8. Velasco L. E. (2024), « Survivor of Spain's deadly floods : "I know at least 30 people who could have died" », *El Pais*, 31 octobre.

9. Morel S. (2024), « À Valence, les conséquences meurtrières d'une intensification des aléas climatiques », *Le Monde*, 13 novembre.

10. Madsen H. *et al.* (2014), « Review of trend analysis and climate change projections of extreme precipitation and floods in Europe », *Journal of Hydrology*, 519 (D), p. 3634-3650.

11. Les décodeurs (2020), « Six questions pour comprendre les intempéries d'une rare violence qui ont frappé le Sud-Est », *Le Monde*, 5 octobre ; *Le Monde* avec AFP (2022), « Deux ans après la tempête Alex, reconstruction express dans l'arrière-pays de Nice », 1er octobre.

12. *Le Monde* (2024), « Inondations à Cannes : la ville surprise tôt ce matin par un violent épisode orageux », 23 septembre.

13. *Reporterre* (2024), « En Isère, un village dévasté par des crues torrentielles », 24 juin.

14. Bloomfield H. C. *et al.* (2024), « Synoptic conditions conducive for compound wind-flood events in Great Britain in present and future climates », *Environmental Research*, 19, 024019 ; Archer L. *et al.* (2024), « Future change in urban flooding using new convection-permitting climate projections », *Water Ressource*, 60 (1), e2023WR035533 ; Wells H. M. *et al.* (2024), « Climatology and convective mode of severe hail in the United Kingdom », *Atmospheric Research*, 309, 107569.

15. Roche M. (2007), « Un projet de nouvelle barrière sur la Tamise pour sauver Londres des flots », *Le Monde*, 29 août.

16. *Le Monde* avec AP et AFP (2023), « Slovénie : six morts dans des inondations historiques », 8 août ; *Le Monde* avec AFP (2023), « Inondations en Grèce : 15 morts, selon un nouveau bilan », 10 septembre.

17. Nissen K. M., Ulbrich U. (2017), « Increasing frequencies and changing characteristics of heavy precipitation events threatening infrastructure in Europe under climate change », *Natural Hazards and Earth System Sciences*, 17 (7), p. 1177-1190.

18. Kahraman A. *et al.* (2021), « Quasi-stationary intense rainstorms spread across Europe under climate change », *Geophysical Research Letters*, 48 (13), p. 1-11.

19. Willner S. N. *et al.* (2018), « Adaptation required to preserve future high-end river flood risk at present levels », *Science Advances*, 4, p. 1-8.

20. Hosseinzadehtalaei P., Tabari H., Willems P. (2020), « Climate change impact on short-duration extreme precipitation and intensity-duration-frequency curves over Europe », *Journal of Hydrology*, 590, p. 125249.

21. Giuffrida A. (2020), « Venice floods as forecasts fail to predict extent of high tide », *The Guardian*, 8 décembre.

22. Valle-Levinson A., Dutton A., Martin J. B. (2017), « Spatial and temporal variability of sea level rise hot spots over the eastern United States », *Geophysical Research Letters*, 44 (15), p. 7876-7882.

23. *Ibid.*

24. Morrison J. (2018), « Flooding hot spots : why seas are rising faster on the U.S. East Coast », *Yale Environment 360*, 24 avril.

25. Barnard P. L. *et al.* (2021), « Multiple climate change-driven tipping point for coastal systems », *Scientific Reports*, 11, 15560 ; Garner A. J. *et al.* (2017), « Impact of climate change on New York City's coastal flood hazard : Increasing flood heights from the preindustrial to 2300 CE », *PNAS*, 114 (45), p. 11861-11866.

26. Behzad H. M., Nie Y. (2024), « Groundwater flooding risks overlooked », *Science*, 384 (6695), p. 518-519.

27. ABC News (2018), « Greece fires : Survivors forced into the sea to escape blazes that have killed at least 80 », 24 juillet.

28. BBC (2018), « Greece wildfires : Dozens dead in Attica region », 24 juillet.

29. *Le Monde* avec AFP (2024), « En Grèce, des incendies de forêt ravagent le pays, les autorités ordonnent l'évacuation de plusieurs localités près d'Athènes », 11 août.

30. Dupuy J.-L. *et al.* (2020), « Climate change impact on future wildfire danger and activity in southern Europe : a review », *Annals of Forest Science*, 77, 35.

31. Organisation météorologique mondiale (2020), « Record de 38 °C au nord du cercle arctique », 29 juin.

32. *Reporterre* (2024), « Dans l'Arctique, la toundra et les forêts boréales ravagées par les flammes », 2 juillet.

33. Wallace-Wells D. (2022), *La Terre inhabitable*, *op. cit.*, p. 150.

34. Finnegan W. (2018), « California burning », *The New York Review*, 16 août ; Wallace-Wells D. (2022), *La Terre inhabitable*, *op. cit.*, p. 151.

35. Adams M. A. (2013), « Mega-fires, tipping points and ecosystem services : Managing forests and woodlands in an uncertain future », *Forest Ecology and Management*, *294*, p. 250-261.

36. Jolly W. M. *et al.* (2015), « Climate-induced variations in global wildfire danger from 1979 to 2013 », *Nature Communications*, 6, 7537.

37. Cunningham C. X., Williamson G. J., Bowman D. M. J. S. (2024), « Increasing frequency and intensity of the most extreme wildfires on Earth », *Nature Ecology & Evolution*, 8, p. 1420-1425.

38. Senande-Rivera M., Insua-Costa D., Miguez-Macho G. (2022), « Spatial and temporal expansion of global wildland fire activity in response to climate change », *Nature Communications*, 13, 1208.

39. Van der Werf G. R. *et al.* (2017), « Global fire emissions estimates during 1997-2016 », *Earth System Science Data*, 9 (2), p. 697-720.

40. Adams M. A. (2023), « Mega-fires, tipping points and ecosystem services : Managing forests and woodlands in an uncertain future », *art. cit.*

41. Phillips C. (2021), « How wildfires affect climate change – and vice versa », *The Conversation*, 18 mai.

42. Wang J. A. *et al.* (2021), « Disturbance suppresses the aboveground carbon sink in North American boreal forests », *Nature Climate Change*, 11 (5), p. 435-441.

43. Marie-Louise est un personnage fictif.

44. Howard C. *et al.* (2021), « SOS ! Summer of Smoke : a retrospective cohort study examining the cardiorespiratory impacts of a severe and prolonged wildfire season in Canada's high subarctic », *BMJ Open*, 11, e037029.

45. Le G. E. *et al.* (2014), « Canadian forest fires and the effects of long-range transboundary air pollution on hospitalizations among the elderly », *International Journal of Geo-Information*, 3 (2), p. 713-731.

46. Johnston F. H. *et al.* (2012), « Estimated global mortality attributable to smoke from landscape fires », *Environmental Health Perspectives*, 120 (5), p. 695-701.

47. Van der Werf G. R. *et al.* (2009), « CO2 emissions from forest loss », *Nature Geoscience*, 2, p. 737-738.

48. Chaves L. S. M. *et al.* (2018), « Abundance of impacted forest patches less than 5 km^2 is a key driver of the incidence of malaria in Amazonian Brazil », *Scientific Report*, 8, 7077.

49. Ball G. *et al.* (2021), « Wildfires increasingly impact western US fluvial networks », *Nature Communications*, 12, 2484.

50. *Ibid.*

51. BBC (2018), « Saddleworth Moor fire : Homes evacuated as blaze continues to rage », 27 juin.

52. *Le Monde* avec AFP (2022), « Incendies : que sont les “feux zombies”, partiellement responsables des reprises en Gironde ? », 12 août ; Van der Werf G. R. *et al.* (2010), « Global fire emissions and the contribution of deforestation, savanna, forest, agricultural, and peat fires (1997-2009) », *Atmospheric Chemistry and Physics*, 10 (23), p. 11707-11735.

53. Rein G. *et al.* (2008), « The severity of smouldering peat fires and damage to the forest soil », *CATENA*, 74 (3), p. 304-309.

54. Logue P. *et al.* (2017), « Hurricane Ophelia : Three dead and 295,000 without power as storm enters final hours », *Irish Times*, 16 octobre.

55. Perry F. (2010), « À L'Aiguillon-sur-Mer, l'aide s'organise autour des victimes de la tempête Xynthia », *La Dépêche*, 1er mars.

56. Wallace-Wells D. (2022), *La Terre inhabitable*, *op. cit.*, p. 54-55.

57. Vecchi G. A. *et al.* (2021), « Changes in Atlantic major hurricane frequency since the late-19th century », *Nature Communications*, 12, 4054.

58. Sobel A. H. *et al.* (2016), « Human influence on tropical cyclone intensity », *Science*, 353, 6296, p. 242-246.

59. Grinsted A., Moore J. C., Jevrejeva S. (2013), « Projected Atlantic hurricane surge threat from rising temperatures », *PNAS*, 110 (14), p. 5369-5373.

60. Wehner M. F., Kossin J. P. (2024), « The growing inadequacy of an open-ended Saffir-Simpson hurricane wind scale in a warming world », *PNAS*, 121 (7), e2308901121.

61. Lau Y.-Y. *et al.* (2022), « A Review of historical changes of tropical and extra-tropical cyclones : a comparative analysis of the United States, Europe, and Asia, *International Journal of Environmental Research and Public Health*, 19 (8), 4499, p. 1-19.

62. Emanuel K. (2017), « Assessing the present and future probability of hurricane Harvey's rainfall », *PNAS*, 114 (48), p. 12681-12684.

63. Lagouvardos K. *et al.* (2022), « Ianos – A hurricane in the Mediterranean », *American Meteorological Society*, p. e1621-e1636.

64. Lambert S., Fyfe J. (2006), « Changes in winter cyclone frequencies and strengths simulated in enhanced greenhouse warming experiments : results from

the models participating in the IPCC diagnostic exercise », *Climate Dynamics*, 26 (7-8), p. 713-728.

65. Leckebusch G. C., Ulbrich U. (2004), « On the relationship between cyclones and extreme windstorm events over Europe under climate change », *Global and Planetary Change*, 44 (1-4), p. 181-193.

7. La faim

1. Léo est un personnage fictif, mais la pauvreté étudiante est bien en augmentation.

2. Ané C. (2023), « Incapables de faire face à l'afflux de demandeurs, les Restos du cœur appellent à l'aide », *Le Monde*, 4 septembre.

3. Xu C. *et al.* (2020), « Future of the human climate niche », *PNAS*, 117 (21), p. 11350-11355.

4. Smith J.-B. *et al.* (2009), « Assessing dangerous climate change through an update of the Intergovernmental Panel on Climate Change (IPCC) "reasons for concern" », *PNAS*, 106 (11), p. 4133-4137 ; United Nations (1992), *United Nations Framework Convention on Climate Change*.

5. Smith J.-B. *et al.* (2001), « Vulnerability to climate change and reasons for concern : A synthesis », *dans J. J.* McCarthy *et al.*, *Climate Change 2001 : Impacts, Adaptation, and Vulnerability*, IPCC, Cambridge University Press, p. 913-967.

6. Xu Y., Ramanathan V. (2017), « Well below 2 °C : Mitigation strategies for avoiding dangerous to catastrophic climate changes », *art. cit.*

7. Spaggiari O. (2024), « Risotto crisis : the fight to save Italy's beloved dish from extinction », *The Guardian*, 29 février.

8. Les circulations atmosphériques et océaniques sont des processus avec une forte variabilité inter-décennale. Les transformations qu'elles subissent sous l'effet des activités humaines sont donc scientifiquement difficiles à identifier car nous manquons de données au long cours. Mais en dépit de cette complexité, ces dernières décennies ont vu s'accumuler des savoirs scientifiques sur ces grands mouvements de brassage des océans.

9. Zhu C. *et al.* (2023), « Likely accelerated weakening of Atlantic overturning circulation emerges in optimal salinity fingerprint », *Nature Communications*, 14, 1245, p. 1-9.

10. Caesar L. *et al.* (2018), « Observed fingerprint of a weakening Atlantic Ocean overturning circulation », *Nature*, 556, p. 191-196.

11. L'exploration scientifique n'est pas achevée : des incertitudes demeurent sur la possibilité de basculement des moussons en Amérique du Sud et en Asie, dans les circulations atmosphériques aux latitudes moyennes qui traversent l'Europe occidentale, ou concernant une bascule vers un El Niño plus extrême. Mais l'étendue des forçages anthropiques ne cesse d'augmenter la probabilité de

provoquer des basculements dans ces trois systèmes de circulation. Car en plus de l'augmentation de la température de l'atmosphère et des océans, la pollution de l'air de plus en plus chargé en aérosols et la dégradation constante des écosystèmes agit directement sur ces fragiles équilibres. Loriani S. *et al.* (2023), « Tipping points in ocean and atmosphere circulations », *EGUsphere* (preprint) ; Lenton T. M. *et al.* (2023), *Global Tipping Points Report 2023*, *op. cit.*, p. 122.

12. Lenton T. M. *et al.* (2023), *Global Tipping Points Report 2023*, *op. cit.*, p. 139.

13. Van Westen R. M., Kliphuis M., Dijkstra H. A. (2024), « New physics-based early warning signal shows AMOC is on tipping course », *Science Advances*, 10 (6), p. 1-11.

14. Ritchie P. D. *et al.* (2020), « Shifts in national land use and food production in Great Britain after a climate tipping point », *Nature Food*, 1 (1), p. 76-83.

15. Ditlevsen P., Ditlevsen S. (2023), « Warning of a forthcoming collapse of the Atlantic meridional overturning circulation », *Nature Communications*, 14 (4254), p. 1-12.

16. Van Westen R. M., Kliphuis M., Dijkstra H. A. (2024), « New physics-based early warning signal shows AMOC is on tipping course », *art. cit.*

17. Ritchie P. D. *et al.* (2020), « Shifts in national land use and food production in Great Britain… », *art. cit.*

18. Lenton T. M. *et al.* (2023), *Global Tipping Points Report 2023*, *op. cit.*, p. 123.

19. Lenton T. M. *et al.* (2023), *Global Tipping Points Report 2023*, *op. cit.*, p. 123.

20. Barnes E. A., Screen J. A. (2015), « The impact of Arctic warming on the midlatitude jet-stream : Can it ? Has it ? Will it ? » *WIREs Climate Change*, 6 (3), p. 277-286 ; Stendel M. *et al.* (2021), « The jet stream and climate change », dans T. M. Letcher (dir.), *Climate Change* (3e édition), p. 327-357, Elsevier.

21. Lenton T. M. *et al.* (2023), *Global Tipping Points Report 2023*, *op. cit.*, p. 128.

22. Ditlevsen P., Ditlevsen S. (2023), « Warning of a forthcoming collapse of the Atlantic meridional overturning circulation, *art. cit.*

23. Van Westen R. M., Kliphuis M., Dijkstra H. A. (2024), « New physics-based early warning signal shows AMOC is on tipping course », *art. cit.*

24. Michel S. L. L. *et al.* (2022), « Early warning signal for a tipping point suggested by a millennial Atlantic Multidecadal Variability reconstruction », *Nature Communications*, 13, 5176.

25. Armstrong McKay D. I. *et al.* (2022), « Exceeding 1.5°C global warming could trigger multiple climate tipping points », *art. cit.*

26. Lohmann J., Ditlevsen P. D. (2021), « Risk of tipping the overturning circulation due to increasing rates of ice melt », *PNAS*, 118 (9), e2017989118, p. 1-6.

27. Jackson L. C. *et al.* (2015), « Global and European climate impacts of a slowdown of the AMOC in a high resolution GCM », *Climate Dynamics*, 45 (11), p. 3299-3316.

28. Ritchie P. D. *et al.* (2020), « Shifts in national land use and food production in Great Britain… », *art. cit.* ; Lenton, T. M. *et al.* (2023), *Global Tipping Points Report 2023*, *op. cit.*, p. 186.

29. Rhein M. *et al.* (2017), « Ventilation variability of Labrador Sea Water and its impact on oxygen and anthropogenic carbon : a review », *Philosophical Transactions A*, 375, p. 1-17 ; Steinfeldt R. *et al.* (2009), « Inventory changes in anthropogenic carbon from 1997-2003 in the Atlantic Ocean between 20°S and 65°N », *Global Biogeochemical Cycles*, 23 (3), p. 1-11.

30. Kwiatkowski L. *et al.* (2020), « Twenty-first century ocean warming, acidification, deoxygenation, and upper-ocean nutrient and primary production decline from CMIP6 model projections », *Biogeosciences*, 17 (3), p. 3439-3470.

31. Lenton T. M. *et al.* (2023), *Global Tipping Points Report 2023*, *op. cit.*, p. 186 ; Little C. M. *et al.* (2019), « The relationship between U.S. East coast sea level and the Atlantic meridional overturning circulation : a review », *JGR Oceans*, 124 (9), p. 6435-6458 ; Hu A. *et al.* (2009), « Transient response of the MOC and climate to potential melting of the Greenland Ice Sheet in the 21st century, *Geophysical Research Letters*, 36 (10).

32. Ritchie P. D. L. *et al.* (2020), « Shifts in national land use and food production in Great Britain… », *art. cit.*

33. *Ibid.* ; Lenton T. M. *et al.* (2023), *Global Tipping Points Report 2023*, *op. cit.*, p. 186.

34. Lenton T. M. *et al.* (2023), *Global Tipping Points Report 2023*, *op. cit.*, p. 134.

35. Jackson L. C. *et al.* (2015), « Global and European climate impacts of a slowdown of the AMOC… », *art. cit.*

36. Vellinga M., Wood R. A. (2002), « Global climatic impacts of a collapse of the Atlantic thermohaline circulation, *Climatic Change*, 54, p. 251-267.

37. Schmittner A. (2005), « Decline of the marine ecosystem caused by a reduction in the Atlantic overturning circulation », *Nature*, 434, p. 628-633.

38. Link P. M., Tol R. S. J. (2009), « Economic impacts on key Barents Sea fisheries arising from changes in the strength of the Atlantic thermohaline circulation », *Global Environmental Change*, 19 (4), p. 422-433.

39. Lenton T. M. *et al.* (2023), *Global Tipping Points Report 2023*, *op. cit.*, p. 186 ; Little C. M. *et al.* (2019), « The relationship between U.S. east coast sea level… », *art. cit.* ; Hu A. *et al.* (2009), « Transient response of the MOC… », *art. cit.*

40. Bellomo K. *et al.* (2021), « Future climate change shaped by inter-model differences in Atlantic meridional overturning circulation response », *Nature Communications*, 12, 3659.

41. BBC News (2015), « Storm Desmond : Farmers count cost of floods », 8 décembre.

42. Lenton T. M. *et al.* (2023), *Global Tipping Points Report 2023*, *op. cit.*, p. 141.

43. Testot L., Valantin J.-M. (2023), *El Niño. Histoire et géopolitique d'une bombe climatique*, *op. cit.*

44. Callahan C. W., Mankin J. S. (2023), « Persistent effect of El Niño on global economic growth », *Science*, 380, 6649, p. 1064-1069.

45. Vidal J. (2015), « UK floods and extreme global weather linked to El Niño and climate change », *The Guardian*, 27 décembre.

46. Callahan C. W., Mankin J. S. (2023), « Persistent effect of El Niño… », *art. cit.*

47. Kovats R. S. *et al.* (2003), « El Niño and health », *The Lancet*, 362, 9394, p. 1481-1489.

48. Lenton T. M. *et al.* (2023), *Global Tipping Points Report 2023*, *op. cit.*, p. 141 ; Cai W. *et al.* (2022), « Increased ENSO sea surface temperature variability under four IPCC emission scenarios », *Nature Climate Change*, 12, p. 228-231 ; Heede U. K., Fedorov A. V. (2023), « Towards understanding the robust strengthening of ENSO and more frequent extreme El Niño events in CMIP6 global warming simulations », *Climate Dynamics*, 61, p. 3047-3060.

49. Testot L., Valantin J.-M. (2023), *El Niño. Histoire et géopolitique d'une bombe climatique*, *op. cit.*

50. Wara M. W., Ravelo A. C., Delaney, M. L. (2005), « Permanent El Niño-like conditions during the Pliocene warm period », *Science*, 309, 5735, p. 758-761 ; Tierney J. E. *et al.* (2019), « Pliocene warmth consistent with greenhouse gas forcing », *Geophysical Research Letters*, 46 (15), p. 9136-9144.

51. Lenton T. M. *et al.* (2023), *Global Tipping Points Report 2023*, *op. cit.*, p. 141.

52. Pedro est un personnage fictif, mais le contexte de précarisation des pêcheurs chiliens au cours d'une forte année El Niño est bien réel.

53. Reuters (2016), « "A silent catastrophe" : Chilean fishermen protest failure to mitigate toxic "red tide" », *The Guardian*, 4 mai.

54. Gunn K. L. *et al.* (2023), « Recent reduced abyssal overturning and ventilation in the Australian Antarctic Basin », *Nature Climate Change*, 13, p. 537-544.

55. Zhou S. *et al.* (2023), « Slowdown of Antarctic bottom water export driven by climatic wind and sea-ice changes », *Nature Climate Change*, 13, p. 701-709.

56. En effet, la circulation de retournement de l'Antarctique affecte la formation des nuages, et est un régulateur essentiel de l'équilibre énergétique de la Terre, ce ratio entre les rayonnements solaires entrants et sortants qui se répercute sur la température moyenne de la Terre.

57. Li Q. *et al.* (2023), « Abyssal ocean overturning slowdown and warming driven by Antarctic meltwater », *Nature*, 615, p. 841-847.

58. Lenton T. M. *et al.* (2023), *Global Tipping Points Report 2023*, *op. cit.*, p. 134.

59. Lago V., England M. H. (2019), « Projected slowdown of Antarctic bottom water formation in response to amplified meltwater contributions », *Journal of Climate*, 32 (19), p. 6319-6335.

60. Gunn K. L. *et al.* (2023), « Recent reduced abyssal overturning and ventilation… », *art. cit.*

61. Koutantou A. (2024), « Flooded Greek lake a warning to European farmers battling climate change », Reuters, 24 février.

62. Kairis O. (2022), « Identifying degraded and sensitive to desertification agricultural soils in Thessaly, Greece, under simulated future climate scenarios, *Land*, 11 (3), p. 395.

63. ELD Initiative (2015), *Report for Policy and Decision Makers : Reaping Economic and Environmental Benefits from Sustainable Land Management.*

64. Kemp L. (2022), « Climate endgame… », *art. cit.*

65. FAO (2009), *How to feed the world in 2050*, UN.

66. Jean est un personnage fictif.

67. Battisti D. S., Naylor R. L. (2009), « historical warnings of future food insecurity with unprecedented seasonal heat », *Science*, 323, 5911, p. 240-244.

68. Schlenker W., Roberts M. J. (2009), « Nonlinear temperature effects indicate severe damages to U.S. crop yields under climate change », *PNAS*, 106 (37), p. 15594-15598.

69. Ziska L. H. *et al.* (2016), « Rising atmospheric CO2 is reducing the protein concentration of a floral pollen source essential for North American bees », *Proceedings of the Royal Society B, Biology*, 283 (1828).

70. Jadhav R., Bhardwaj M., Prusty N. (2022), « India bans wheat exports as heat wave hurts crop, domestic prices soar », Reuters, 16 mai.

71. Heavican K. (2025), « Nebraska farmer says it's the driest its been in 45 years », Brownfield, 16 mai.

72. Health M. (2025), « Argentina's farmers describe "sea of water" after downpour hits harvest », Reuters, 19 mai.

73. Tigchelaar M. *et al.* (2018), « Future warming increases probability of globally synchronized maize production shocks », *PNAS*, 115 (26), p. 6644-6649.

74. Gaupp F. *et al.* (2020), « Changing risks of simultaneous global breadbasket failure », *Nature Climate Change*, 10, p. 54-57.

75. Kemp L. (2022), « Climate endgame… », *art. cit.* (voir les annexes « Supporting information »).

76. O'Reilly F. (2024), « "We've heard these promises before" : is this the end of the line for Irish fishing ? », *The Guardian*, 28 novembre.

77. Michael N. (2024), « Fishing industry "in a state of collapse and crisis" », *Irish Examiner*, 4 novembre.

78. Farrell S. (2023), « Fishing industry fears changing stocks and species as sea temperatures rise from climate change », *The Irish Times*, 26 juin.

79. Plagányi E. (2019), « Climate change impacts on fisheries », *Science*, 363 (6430), p. 930-931.

80. Free C. M. *et al.* (2019), « Impacts of historical warming on marine fisheries production », *Science*, 363 (6430), p. 979-983.

81. Davis D. R., Epp M. D., Riordan H. D. (2004), « Changes in USDA food composition data for 43 garden crops, 1950 to 1999 », *Journal of the American College of Nutrition*, 23 (6), p. 669-682.

82. Lipton M. (2024), « Vegetables are losing their nutrients. Can the decline be reversed ? », *The Guardian*, 28 mars.

83. Loladze I. (2002), « Rising atmospheric CO_2 and human nutrition : toward globally imbalanced plant stoichiometry ? », *Trends in Ecology & Evolution*, 17 (10), p. 457-461 ; Loladze I. (2019), « Rising atmospheric CO_2 lowers concentrations of plant carotenoids essential to human health : a meta-analysis », *Molecular Nutrition & Food Research*, 63 (15), e1801047 ; Bottemiller Evich H. (2017), « The great nutrient collapse », The Agenda, 13 septembre.

84. Myers S. *et al.* (2015), « Effect of increased concentrations of atmospheric carbon dioxide on the global threat of zinc deficiency : a modelling study », *Lancet Global Health*, 3 (10), e639-e645.

85. Medek D. E., Schwartz J., Myers S. S. (2021), « Estimated effects of future atmospheric math input error concentrations on protein intake and the risk of protein deficiency by country and region », *Environmental Health Perspectives*, 125 (8), p. 087002.

86. Dietz S. *et al.* (2021), « Economic impacts of tipping points in the climate system », *PNAS*, 118 (34), e2103081118.

87. Dietz S. *et al.* (2021), « Economic impacts of tipping points in the climate system », *art. cit.*

88. Kornhuber K. *et al.* (2023), « Risks of synchronized low yields are underestimated in climate and crop model projections », *Nature Communications*, 14, 3528.

89. Global Food Security (2017), *Environmental Tipping Points and Food System Dynamics : Executive Summary*, The Global Food Security Programme, UK.

90. Savage R. (2024), « "I have lost everything" : southern Africa battles hunger amid historic drought », *The Guardian*, 14 novembre.

91. Gérard M. (2023), « "Une nouvelle normalité" : la faim dans le monde se maintient à un niveau très élevé », *Le Monde*, 12 juillet.

92. Kompas T., Nhu Che T., Grafton R. Q. (2024), « Global impacts of heat and water stress on food production and severe food insecurity », *Scientific Reports*, 14, 14298.

93. Molotoks A., Smith P., Dawson T. P. (2021), « Impacts of land use, population, and climate change on global food security », *Food and Energy Security*, 10 (1), e261.

94. La « grande famine » de 1315-1317, provoquée par des pluies incessantes sur plusieurs années détruisant les récoltes, a touché l'Europe du Nord-Ouest et a entraîné une baisse de 10 % de la population. Ensuite, la période de refroidissement climatique connue sous le nom de « petit âge glaciaire » (entre 1570 et 1710) a vu une augmentation des famines, amplifiée par de fortes éruptions volcaniques (qui refroidissent l'atmosphère). Ainsi, les famines des années 1590 sont liées aux hivers rigoureux et aux étés pluvieux avec des récoltes insuffisantes durant plusieurs années, générant une augmentation de la mortalité (entre 5 et 15 % de la population en fonction du territoire). Un siècle après, la famine de 1693-1697 (en Europe du Nord et de l'Est) a été structurée par les mêmes causes (hivers froids et pluies excessives l'été), amplifiées par des éruptions volcaniques. Puis ce fut la famine de 1708-1710.

95. Ljungqvist F. C., Seim A., Collet D. (2024), « Famines in medieval and early modern Europe – Connecting climate and society », *WIREs Climate Change*, 15 (1), e859.

96. Wallace-Wells D. (2022), *La Terre inhabitable*, *op. cit.*

8. La migration et la guerre

1. Yunus A. P. *et al.* (2016), « Uncertainties in tidally adjusted estimates of sea level rise flooding (bathtub model) for the Greater London », *Remote Sensing*, 8 (5), 366.

2. Marcos M., Jorda G., Cozannet G. L. (2016), « Sub-chapter 2.2.1. Sea level rise and its impacts on the Mediterranean », dans J.-P. Moatti et S. Thiébault (dir.), *The Mediterranean Region Under Climate Change*, IRD Éditions.

3. Verniest F. *et al.* (2024), « Exposure of wetlands important for nonbreeding waterbirds to sea-level rise in the Mediterranean », *Conservation Biology*, 38 (6), e14288.

4. Louisor J. *et al.* (2022), « Coastal flood modeling to explore adaptive coastal management scenarios and land-use changes under sea level rise », *Frontiers in Marine Science*, 9.

5. Wall T. (2019), « "This is a wake-up call" : the villagers who could be Britain's first climate refugees », *The Guardian*, 18 mai.

6. Hamlington B. D. *et al.* (2024), « The rate of global sea level rise doubled during the past three decades », *Communications Earth & Environment*, 5, 601.

7. *Reporterre* (2024), « Le niveau des océans a connu un "bond", alerte la Nasa », 22 mars.

8. Jevrejeva S. *et al.* (2018), « Flood damage costs under the sea level rise with warming of 1.5 °C and 2 °C », *Environmental Research Letters*, 13, 074014.

9. *Reporterre* (2024), « L'érosion va condamner des milliers de bâtiments en France », 20 mars ; *Reporterre* (2024), « Montée des eaux : un demi-million de logements menacés en France », 5 avril.

10. Lenton T. *et al.* (2023), *Global Tipping Points Report 2023, op. cit.*, p. 179.
11. Dutton A. *et al.* (2015), « Sea-level rise due to polar ice-sheet mass loss during past warm periods », *Science*, 349, 6244.
12. Lenton T. M. *et al.* (2023), *Global Tipping Points Report 2023, op. cit.*, p. 179.
13. Morlighem M. *et al.* (2017), « BedMachine v3 : complete bed topography and ocean bathymetry mapping of Greenland from multibeam echo sounding combined with mass conservation, *Geophysical Research Letters*, 44 (21), p. 11051-11061.
14. Pan L. *et al.* (2021), « Rapid postglacial rebound amplifies global sea level rise following West Antarctic Ice Sheet collapse », *Science Advances*, 7(18).
15. Lenton T. M. *et al.* (2023), *Global Tipping Points Report 2023, op. cit.*, p. 179. Le savoir étant en train de se construire, il reste encore de nombreuses incertitudes. Par exemple on n'identifie pas avec exactitude la rapidité de la fonte de la banquise. La vitesse de fonte actuelle est dix fois plus rapide que ce qui s'est passé au cours des 66 derniers millions d'années, durant le Maximum thermique du Paléocène-Eocène (PETM), un événement climatique déjà évoqué, caractérisé par la libération d'un taux de carbone annuel hors du commun de 1,1 Gt – aujourd'hui nous sommes à approximativement 11,5 Gt (10 liés à la combustion des énergies fossiles et 1,5 dû au changement d'utilisation des terres). Cette situation, complètement inédite du point de vue de la longue histoire de la Terre, rend complexes les prospectives. Gaffney O., Steffen X. (2017), « The Anthropocene equation », *The Anthropocene Review*, 4 (1) ; Zeebe R. E., Ridgwell A., Zachos J. C. (2016), « Anthropogenic carbon release rate unprecedented during the past 66 million years », *Nature Geosciences*, 9, p. 325-329.
16. Wallace-Wells D. (2022), *La Terre inhabitable, op. cit.*
17. Hansen J. *et al.* (2016), « Ice melt, sea level rise and superstorms : evidence from paleoclimate data, climate modeling, and modern observations that 2 °C global warming could be dangerous », *Atmospheric Chemistery and Physics*, 16, p. 3761-3812.
18. Données et études statistiques (2023), *L'Empreinte carbone de la France de 1995 à 2022*, Ministères Aménagement du territoire et Transition écologique. Consulté le 12 décembre 2024.
19. Olivier A. (2024), « Union européenne, Chine, États-Unis… qui émet le plus de gaz à effet de serre ? », Toute l'Europe, 18 novembre.
20. Olhoff A., Christensen J. M., Kappelle M., Liu J. (2020), « Emissions Gap (UNEP) », dans *United in Science 2020 : A multi-Organization High-Level Compilation of the Latest Climate Science Information*, p. 9, 10.
21. EDGAR Community GHG Database, Commission européenne, JRC, Agence internationale de l'énergie (IAE), 2024. En plus de ces émissions de carbone anthropiques directes correspondant à peu près à 10 GtC/an, il faut ajouter les effets des changements d'utilisation des terres (1,5 GtC/an), les sources naturelles amplifiées (mégafeux, dégel du permafrost, déséquilibre dans la respiration des écosystèmes)

(2-3 GtC/an) et le cycle naturel qui reste encore à peu près équilibré avec autant d'émission que d'absorption (120 GtC/an) mais en constante voie de fragilisation (Jackson R. B. *et al.* (2024), « Human activities now fuel two-thirds of global methane emissions », *Environmental Research Letters*, 19, 101002 ; Olhoff A., Christensen J. *et al.* (2020), *Emissions Gap Report 2020*, UNEP, UNEP Copenhagen Climate Centre.

22. Melet A. *et al.* (2024), Sea Level Rise in Europe : Observations and projections, in : Sea Level Rise in Europe : 1st Assessment Report of the Knowledge Hub on Sea Level Rise (SLRE1), B. van den Hurk *et al.* (Eds), *Copernicus Publications, State Planet*, 3-slre1, 4.

23. Lynas M. (2008), *Six degrés. Que va-t-il se passer ?* Dunod, traduction française.

24. Hardach S. (2021), « The islands that protect Germany from the North Sea », BBC, 17 février.

25. BBC (2022), « Flooding shuts Kildonan's lifeline road for days », 16 novembre.

26. Nescop R. (2024), « Face à la montée des eaux, les îles du Ponant se battent pour ne pas couler », L*e Télégramme*, 24 septembre.

27. Storlazzi C. D. *et al.* (2018), « Most atolls will be uninhabitable by the mid-21st century because of sea-level rise exacerbating wave-driven flooding », *Science Advances*, 4 (4), eaap9741.

28. De Brum T. (2016), « Marshalls likens climate change migration to cultural genocide », RNZ, 6 octobre.

29. Ranson M. (2012), « Crime, Weather, and Climate Change », *M-RCBG Associate Working Paper Series*, Harvard Kennedy School, 8 mai.

30. Voir par exemple : Mares D. (2013), « Climate change and crime : Monthly temperature and precipitation anomalies and crime rates in St. Louis, MO 1990-2009 », *Crime Law and Social Change*, 59 (2) ; Gamble J. L., Hess J. J. (2012), « Temperature and violent crime in Dallas, Texas : Relationships and implications of climate change », *Western Journal of Emergency Medicine*, 13 (3), p. 239-246.

31. Schinasi L. H., Hamra G. B. (2017), « A time series analysis of associations between daily temperature and crime events in Philadelphia, Pennsylvania », *Journal of Urban Health*, 94 (6), p. 892-900.

32. Churchill S. A., Smyth R., Trinh T.-A. (2023), « Crime, weather and climate change in Australia », *Economic Record*, 99 (324), p. 84-107.

33. Agnew R. (2011), « Dire forecast : a theoretical model of the impact of climate change on crime », *Theoretical Criminology*, 16 (1).

34. OTAN (2024), *Étude OTAN des incidences du changement climatique sur la sécurité, Troisième édition 2024, Rapport du secrétaire général.*

35. OTAN (2024), *Étude OTAN des incidences du changement climatique sur la sécurité, Troisième édition 2024, Rapport du secrétaire général.*

36. Zhang D. D. *et al.* (2011), « The causality analysis of climate change and large-scale human crisis », *PNAS*, 108 (42), p. 17296-17301.

37. Zhang D. D. *et al.* (2007), « Global climate change, war, and population decline in recent human history », *PNAS*, 104 (49), p. 19214-19219.

38. Valantin J.-M., Testot L. (2023), *El Nino. Histoire et géopolitique d'une bombe climatique*, *op. cit.*

39. Hsiang S. M., Meng K. C., Cane M. A. (2011), « Civil conflicts are associated with the global climate », *Nature*, 476 (7361), p. 438-441.

40. Forsyth T., Schomerus M. (2013), « Climate change and conflict : a systematic evidence review », *JSRP Paper 8*, The Justice and Security Research Programme.

41. Sutton A. E. *et al.* (2010), « Does warming increase the risk of civil war in Africa ? » *PNAS*, 107 (25), E112.

42. Burke M. B. *et al.* (2009), « Warming increases the risk of civil war in Africa », *PNAS*, 106 (49), p. 20670-20674 ; Sutton A. E. *et al.* (2010), « Does warming increase the risk of civil war in Africa ? » *art. cit.* ; Selby J. *et al.* (2017), « Climate change and the Syrian civil war revisited Ÿ, *Political Geography*, 60, p. 232-244 ; Hsiang S. M., Burke M. (2014), « Climate, conflict, and social stability : what does the evidence say ? », *Climatic Change*, 123, p. 39-55 ; Buhaug H. *et al.* (2014), « One effect to rule them all ? A comment on climate and conflict », *Climatic Change*, 127 (3-4), p. 391-397.

43. Hsiang S. M., Burke M., Miguel E. (2013), « Quantifying the influence of climate on human conflict », *Science*, 341, 1235637.

44. Lucchese V. (2024), « Ukraine : les guerres pourraient nous entraîner dans le pire des scénarios climatiques », *Reporterre*, 24 février.

45. Lenton T. M. *et al.* (2023), *Global Tipping Points Report 2023*, *op. cit.*, p. 200.

46. De Klerk L. *et al.* (2022), *Climate Damage Caused by Russia's War in Ukraine, 24 February 2022 – 23 February 2025*, GHG Accounting of War.

47. Lenton T. M. *et al.* (2023), *Global Tipping Points Report 2023*, *op. cit.*, p. 199.

48. Crawford N. C. (2019), *Pentagon Fuel Use, Climate Change, and the Costs of War*, Costs of War, Watson Institute, 13 novembre.

49. Adger W. N. *et al.* (2020), « Urbanization, migration, and adaptation to climate change », *One Earth*, 3 (4), p. 396-399.

50. Gemenne F. (2011), « Why the numbers don't add up : A review of estimates and predictions of people displaced by environmental changes », *Global Environmental Change*, 21 (1), S41-S49.

51. Laczko F., Aghazarm C. (2009), *Migration, Environment and Climate Change : Assessing the Evidence*, International Organization for Migration.

52. Dennis B., Mooney C. (2016), « Scientists nearly double sea level rise projections for 2100, because of Antarctica », *The Washington Post*, 30 mars.

53. Xu C. *et al.* (2020), « Future of the human climate niche », *art. cit.*

54. Lenton T. M. *et al.* (2023), *Global Tipping Points Report 2023*, *op. cit.*, p. 197.

55. *Ibid.*, p. 205.

56. Franzke C. L. E. *et al.* (2022), « Perspectives on tipping points in integrated models of the natural and human Earth system », *Environmental Research Letters*, 17 (1), 015004.

57. Boas I. *et al.* (2019), « Climate migration myths », *Nature Climate Change*, 9, p. 901-903.

58. Gemenne F. (2011), « Why the numbers don't add up… », *art. cit.*

59. Lenton T. M. *et al.* (2023), *Global Tipping Points Report 2023*, *op. cit.*, p. 198.

60. Lenton T. M. (2023), « Quantifying the human cost of global warming », *Nature Sustainability*, 6, p. 1237-1247.

61. Adger W. N. *et al.* (2020), « Urbanization, migration, and adaptation to climate change », *art. cit.*

9. Le chaos

1. Lenton T. M. *et al.* (2023), *Global Tipping Points Report 2023*, *op. cit.*, p. 193.

2. *Ibid.*

3. Stoerk T., Wagner G., Ward R. E. T. (2018), « Recommendations for improving the treatment of risk and uncertainty in economic estimates of climate impacts in the Sixth Intergovernmental Panel on Climate Change Assessment Report », *Review of Environmental Economics and Policy*, 12 (2), p. 371-376.

4. Dietz S. *et al.* (2021), « Economic impacts of tipping points in the climate system », *art. cit.*

5. Dégel du permafrost, dissociation des hydrates de méthane océaniques, perte de la glace de mer arctique, effondrement de la forêt amazonienne, désintégration des calottes glaciaires du Groenland et de l'Antarctique occidental, ralentissement de l'AMOC et variabilité accrue de la mousson indienne.

6. OCDE (2022), *Gérer les risques climatiques et faire face aux pertes et aux dommages*, Paris, Éditions OCDE, p. 176.

7. Keen S. *et al.* (2022), « Estimates of economic and environmental damages from tipping points cannot be reconciled with the scientific literature », *PNAS*, 119 (21), e2117308119.

8. Dietz S. *et al.* (2022), « Reply to Keen *et al.* : Dietz *et al.* modeling of climate tipping points is informative even if estimates are a probable lower bound », *PNAS*, 119 (21), e2201191119.

9. Burke M., Hsiang S. M., Miguel E. (2015), « Global non-linear effect of temperature on economic production », *Nature*, 527, p. 235-239.

10. Voir le témoignage écrit de Marshall Burke (2019) : *Written Testimony of Marshall Burke, Hearing on "Examining the Macroeconomic impacts of a changing climate".*

11. Burke M., Davis W. M., Diffenbaugh N. S. (2018), « Large potential reduction in economic damages under UN mitigation targets », *Nature*, 557, p. 549-553.

12. Kotz M., Levermann A., Wenz L. (2024), « The economic commitment of climate change », *Nature*, 628, p. 551-557.

13. Carleton T. A., Hsiang M. (2016), « Social and economic impacts of climate », *Science*, 353 (6304).

14. Cai Y. *et al.* (2015), « Environmental tipping points significantly affect the cost-benefit assessment of climate policies », *PNAS*, 112 (15), p. 4606-4611.

15. Keen S. (2020), « The appallingly bad neoclassical economics of climate change », *Globalizations*, 18, p. 1149-1177.

16. Lenton T. M. *et al.* (2023), *Global Tipping Points Report 2023*, *op. cit.*, p. 201 ; Curcio D., Gianfrancesco I., Vioto D. (2023), « Climate change and financial systemic risk : Evidence from US banks and insurers », *Journal of Financial Stability*, 66, 101132 ; Kemp L. *et al.* (2022), « Climate endgame... », *art. cit.*

17. *Reporterre* (2024), « Les sinistres climatiques ont coûté 6,4 milliards d'euros aux assureurs en 2023 », 27 mars.

18. Lenton T. M. *et al.* (2023), *Global Tipping Points Report 2023*, *op. cit.*, p. 201.

19. Carleton T. A., Hsiang M. (2016), « Social and economic impacts of climate », *art. cit.*

20. Wallace-Wells D. (2022), *La Terre inhabitable...*, *op. cit.*, p. 235.

21. UCCRN (2018), *The Future we don't want. How Climate Change Could Impact the World's Greatest Cities, UCCRN Technical Report*, février.

22. Haarsma R. J. *et al.* (2015), « Decelerating Atlantic meridional overturning circulation main cause of future west European summer atmospheric circulation changes », *Environmental Research Letters*, 10, 094007.

23. Laurian A. *et al.* (2009), « Response of the Western European climate to a collapse of the thermohaline circulation », *Climate Dynamics*, 34 (5), p. 689-697.

24. Lenton T. M. *et al.* (2023), *Global Tipping Points Report 2023*, *op. cit.*, p. 191.

25. Durairajan R., Barford C., Barford P. (2018), « Lights out : climate change risk to Internet infrastructure », ANRW '18, 16 juillet.

26. Pelé D. (2023), « Les 500 plus grandes fortunes de France cumulent 1 170 milliards d'euros en 2023, du jamais-vu », *Challenge*, 5 juillet.

27. Oxfam (2015), « Inégalités extrêmes et émissions de CO_2 », Document d'information aux médias, 2 décembre.

28. Croix-Rouge française (2024), *Événements climatiques extrêmes : sommes-nous prêts à l'inévitable ? Rapport 2024 sur la résilience de la société française*,

Montrouge, Crédoc ; Clévenot E. (2024), « Précarité et climat : le cri d'alarme de la Croix-Rouge », 25 avril.

29. Hallegatte S. *et al.* (2016), *Shock Waves. Managing the Impacts of Climate Change on Poverty*, World Bank Group.

30. Freedom House (2024), *Freedom in the World 2024. The Mounting Damage of Flawed Elections and Armed Conflict*, février.

31. Rahman M. H., Anbarci N., Ulubaşoğlu M. A. (2022), « "Storm autocracies" : Islands as natural experiments », *Journal of Development Economics*, 159, 102982.

32. Laybourn L., Evans J., Dyke J. (2023), « Derailment risk : A systems analysis that identifies risks which could derail the sustainability transition », *Earth System Dynamics*, 14 (6), p. 1171-1182.

33. Spaiser V. *et al.* (2024), « Negative social tipping dynamics resulting from and reinforcing Earth system destabilisation », *Earth System Dynamics*, 15 (5), p. 1179-1206.

Remerciements

Je remercie mon éditrice, Salomé Viaud, pour son aide dans la conception du livre, son soutien de chaque instant, ses nombreuses relectures et son suivi du texte si méticuleux. Merci également à Muriel Brami et à toute l'équipe du Seuil pour leur précieuse confiance et leur accompagnement.

J'adresse toute ma reconnaissance aux chercheurs en sciences du système Terre pour leurs travaux si stimulants qui constituent la matière de ce livre, et tout particulièrement à Timothy Lenton qui a coordonné le *Global Tipping Point Report 2023*.

Cet ouvrage est également redevable à la vision systémique et à l'idée de rupture avec l'Holocène, l'époque géologique antérieure, développées par les travaux de mes collègues de l'Anthropocene Working Group (AWG) en charge de la datation de l'entrée dans l'Anthropocène : notamment Jan Zalasiewicz, Simon Turner, Reinhold Leinfelder, Jürgen Renn, Francine M. G. McCarthy, John R. McNeill, Anthony D. Barnosky, Julia Adeney Thomas, Martin Head, Buhm Soon Park.

Merci aux pédagogues de l'Anthropocène avec qui les échanges quotidiens sont toujours si stimulants et chaleureux. Merci à Renaud Hétier, François Prouteau, Luigi Russi, Michel Perrinel, Ludovic Aubin, Éric Mutabazi, Christoph Wulf, Juliane Engel, Cécile Redondo, Angela Barthes, Jean-Marc

Lange, Xavier Roth, Frédéric Spinhirny, David R. Cole, Ronald Barnett, Kristiina Kumpulainen, Anja Kraus, Denis Francesconi, Mariagrazia Portera, Charles-Antoine Bachand.

Enfin, merci du fond du cœur à Noémi.

Table

DU MÊME AUTEUR

L'école en France et en Allemagne.
Regards de lycéens, comparaison d'expériences scolaires
Peter Lang, 2013

(Direction avec François Prouteau et Dominique Serra-Coatanéa)
Éduquer l'homme augmenté.
Vers un avenir postprométhéen
Le Bord de l'eau, 2018

(Direction avec Jean-Philippe Pierron)
Éduquer en Anthropocène
Le Bord de l'eau, 2019

L'Anthropocène décodé pour les humains
Le Pommier, 2019

(Direction avec Sandra Mellot et Anaïs Theviot)
Interconnectés ?
Numérique et convivialisme
Le Bord de l'eau, 2020

La Vérité sur l'Anthropocène
Le Pommier, 2020

(Coordination)
Résistance, Résonance.
Apprendre à changer le monde avec Hartmut Rosa
Le Pommier, 2020

(Direction avec Éric Mutabazi)
D'une citoyenneté empêchée à une éducation citoyenne
Le Bord de l'eau, 2021

(Direction avec Éric Mutabazi)
Citoyennetés de seconde classe
Le Bord de l'eau, 2021

Mutation.
L'aventure humaine ne fait que commencer
Le Pommier, 2021

(Avec le collectif FORTES)
Pédagogie de la transition
Les liens qui libèrent, 2021

Accélérons la résonance !
Pour une éducation en Anthropocène
Entretiens avec Hartmut Rosa
Le Pommier, 2022

(Direction avec Brigitte Cholvy, David Doat, Pascal Marin et Tanguy Marie Pouliquen)
L'Avenir.
Critique, résistance, utopie
Peter Lang, 2022

(Direction avec Christoph Wulf)
Humains.
Un dictionnaire d'anthropologie prospective
Vrin, 2022

Sapere.
Savoirs et saveurs d'un monde qui nous parle
Entretiens avec Maurice Bellet
Le Pommier, 2022

Qui sauvera la planète ?
Les technocrates, les autocrates, ou les démocrates…
Actes Sud, 2022

(Avec Laurent Testot)
Vortex.
Faire face à l'Anthropocène
Payot, 2023

(Avec Frédéric Spinhirny)
Vous voulez sauver la planète ? Faites des gosses !
Le Pommier, 2023

*(Av*ec Renaud Hétier)
Penser l'éducation à l'époque de l'Anthropocène
Le Bord de l'eau, 2023

(Direction avec Christoph Wulf)
Handbook of the Anthopocene.
Humans Between Heritage and Future
Springer-Nature, 2023

A Critical Therory for the Anthopocene
Springer-Nature, 2023

Contenir l'emballement bioclimatique
Actes Sud, 2025

RÉALISATION : NORD COMPO À VILLENEUVE-D'ASCQ
IMPRESSION : NOUVELLE IMPRIMERIE LABALLERY À CLAMECY (58)
DÉPÔT LÉGAL : SEPTEMBRE 2025. N°158446-4 (510063)
IMPRIMÉ EN FRANCE